Dorothea Morgenroth

Ein Brief für dich

Roman

GerthMedien

Das Wichtigste zuerst

Als ich begann, diesen Roman zu schreiben, verlief mein Leben und das meiner Familie in geordneten Bahnen: Zwei von vier Kindern waren bereits ganz aus dem Haus, das dritte im Abflug begriffen und auch die Jüngste breitete allmählich ihre Schwingen aus. Mein Mann ging täglich seiner Arbeit außer Haus nach und ich der meinen im Haus. Doch das Haus war halb leer und doppelt so ordentlich wie vorher, die Wäscheberge im selben Maß geschrumpft wie die Menge der einzukaufenden Lebensmittel und selbst das Schreiben war nach etlichen veröffentlichten Büchern zum Alltag geworden. Wie gesagt: Mein Leben verlief in *sehr* geordneten Bahnen und es fiel mir zunehmend schwer, dankbar dafür zu sein.

Dann kam der Tag, der uns alle aus diesen Bahnen hinaus katapultierte: Mein Mann erkrankte lebensgefährlich. Eine Notoperation, künstliches Koma, mehrere weitere Operationen, und all das unter der ärztlichen Prognose: „Es sieht schlecht für ihn aus", die sich allmählich in „eine Überlebenschance von 50:50" wandelte. Dinge wie das tägliche Wiedersehen, vertraute Gespräche und Berührungen und, ganz praktisch, die finanzielle Versorgung, die vorher so selbstverständlich waren, gehörten plötzlich der Vergangenheit an und es war fraglich, ob und inwieweit sie noch zu unserer Zukunft gehören würden.

Was meinen Mann, meine Kinder und mich durch diese Tage und Wochen trug, waren die Gebete unserer erweiterten Familie, unserer Freunde und unserer Gemeinde, sowie (speziell in meinem Fall) die Worte und Eindrücke, die diese an uns weitergaben. Gebete und Worte, die einen Lichtschimmer in das Haus brachten, in dem Kummer und Sorge um das Leben eines geliebten Familienmitglieds und angsterfülltes Lauschen auf jedes Klingeln des Telefons eingezogen waren; Worte und Gebete, die ein

Krankenzimmer voll medizinischer Geräte und mit einer verkabelten, reglosen Gestalt im Bett mit Hoffnung und zunehmendem Vertrauen auf einen sich erbarmenden, mitfühlenden, liebenden Gott erfüllten ...

Plötzlich war genau die Art ermutigender, durch schwere Zeiten tragender Worte, die ich meinen Romanfiguren zuzuschreiben gedacht hatte, für mich. Sie wurden zu meinem höchst persönlichen Trost und Halt – und sind es noch immer in Anbetracht einer ungewissen Zukunft mit den bleibenden Folgen der Krankheit.

Deshalb sind die meisten der Ermutigungs-Texte am jeweiligen Kapitelanfang Verse, die mir selbst zur Ermutigung zugesprochen und –geschrieben wurden, und deshalb will ich diesem Roman vor allem eines voranstellen: Meinen Dank!

Danke an meine Familie, Freunde und Gemeindegeschwister, die nicht nur die besten Fürbitter und Ermutiger sind, sondern gleichzeitig geniale Krankenbesucher, Handy-Guthaben-Auflader, KFZ-Instandsetzungsspezialisten und Materielle-Lücken-Füller.

Danke an meinen Verlag Gerth Medien, der es mir ermöglicht, diese mutmachenden Worte in der Art und Weise weiterzugeben, die mir die Liebste ist: schriftlich und verpackt in eine (hoffentlich) fesselnde Romanhandlung!

Und danke in allererster Linie an den, in dessen heilende, wiederherstellende, fürsorgliche Hände wir uns in jeder Situation unseres Lebens und gerade in den schweren Tagen fallen lassen dürfen: Jesus!

Prolog

Gedankenverloren starrte sie aus dem Fenster. Die Anzeichen des Herbsts draußen im Garten waren nicht zu übersehen: Eine Windbö ließ die rot, braun und grün gescheckten Blätter des Apfelbaumes zu Boden trudeln und brachte die Kinderschaukel spielerisch zum Schwingen, die Sonne stand in dieser nachmittäglichen Stunde schon bedenklich tief und warf lange Schatten auf den Rasen, und auf der Terrasse tat sich eine kleine Blaumeise am ersten Vogelfutter der Saison gütlich.

Auch im Inneren des Hauses erzeugten die Sonnenstrahlen nicht länger die Wärme eines Sommertages – wenngleich deren Licht hier einen ganz besonderen Reiz ausübte, fand die Beobachterin in ihrem Schreibtischsessel. Unzählige Staubteilchen flimmerten im hellen Licht, tanzten federleicht entlang der Bücherregale an den Zimmerwänden und auf der Schreibtischplatte und selbst über dem rotgetigerten Fell der Katze auf ihrem Schoß. Vor allem, wenn die Katze sich wie jetzt gerade genüsslich räkelte und träge blinzelte.

Dabei musste sie einen Blick auf die Blaumeise vor dem Fenster erhascht haben, denn plötzlich schnellte sie hoch, sprang vom Schoß der Kranken und hinüber ins angrenzende Zimmer, von dem aus sie durch die Katzenklappe ins Freie gelangte. Lächelnd erwartete die stille Zuschauerin im Haus den Moment, in dem die Katze wieder in ihrem Blickfeld auftauchen und sich in Sichtweite des Futterhäuschens auf die Lauer legen würde; hoffnungsvoll und doch vergeblich, denn die Meisen waren viel zu flink, um gefangen zu werden und das Häuschen wohlweislich außerhalb der Reichweite der Katze platziert.

Noch ehe sie den Gedanken zu Ende gebracht hatte, schlich der Jäger auch bereits heran und bezog Stellung. Die rechte

Vorderpfote zuckte in Erwartung kommenden Jagdvergnügens. „Recht hast du, Stubentiger, wir beide haben lang genug vor uns hin geträumt!", ermahnte sich die Beobachterin selbst. „Es wird allmählich Zeit, etwas zu unternehmen."

Bedächtig rollte sie ihren Stuhl näher an den Schreibtisch heran und griff nach Briefbogen und Kugelschreiber.

Es war Herbst, zweifellos und unwiderruflich. Nicht gerade ihre Lieblingsjahreszeit, diese Wochen, in denen die Tage immer kürzer und die Nächte immer länger wurden. Nur allzu leicht legte sich die zunehmende Dunkelheit, jenes Fehlen des natürlichen Lichts, auch auf ihre Seele. So, wie sie es schon einmal erlebt hatte in dem Herbst, der auf die Diagnose ihrer Krankheit folgte.

Die Aussicht, nie mehr ein vollkommen unbelastetes, medikamentenfreies Leben führen zu können, jeden Moment auf einen neuen Schub der Erkrankung gefasst sein zu müssen, ihre Kinder möglicherweise schon bald vom Rollstuhl aus beim Heranwachsen beobachten zu müssen, hatte ihr damals jegliche Freude an ihrem Dasein geraubt. Wie ein niemals endender Herbst und Winter, ja, wie immerwährende Dunkelheit hatte ihr Leben vor ihr gelegen, und nur mit äußerster Kraftanstrengung hatte sie den Kindern und ihrem Mann zuliebe einen möglichst „normalen" Alltag aufrechterhalten. Tag für Tag hatte sie sich durch ihre Aufgaben gequält und gleichzeitig versucht, den Schmerz so weit wie möglich zu ignorieren und jeden tiefer gehenden Gedanken abzublocken.

Bis eines Tages kurz vor Weihnachten, als die Dunkelheit am größten schien, ein Licht in ihr selbst aufgegangen war. Entzündet wurde dieses Licht von den Worten eines längst verstorbenen Geistlichen, die ihre Schwiegermutter ihr damals als Gedicht übermittelt hatte. Zuerst war es nicht mehr gewesen als ein zaghaftes Flämmchen der Zuversicht darauf, dass Gott um ein Krankenzimmer keinen Bogen machte. Doch mit der Zeit hatte dieses Flämmchen sich ausgewachsen zu einer stabilen, hellen Flamme der Gewissheit, dass der Vater im Himmel ihr schon vorausgegangen war in diesen Raum voller Schmerzen und Niedergeschlagenheit. Er war hier, vielleicht intensiver und spürbarer als an jedem anderen Ort, und er wartete nur darauf, dass sie seine Nähe suchte und seine Hilfe in Anspruch nahm. Je mehr sie dies tat, je intensiver sie sich seiner Nähe aussetzte, desto heller wurde ihre Umgebung wieder – unabhängig von allen äußeren Faktoren. Und irgendwann wuchs in ihr der Wunsch, dieses Licht der Ermutigung an andere weiterzuschenken.

Sieben Jahre lang hatte sie seitdem „ihr" Gedicht und darüber hinaus viele andere Worte des Trostes und der Ermutigung an Menschen ihrer Umgebung weitergegeben. Meist kannte sie diese Menschen nicht, und meist übermittelte sie die Worte auch nicht persönlich, sondern in Form von absenderlosen Briefen. Aber jedes Mal schickte sie diese hinaus in der Hoffnung, dass der Empfänger durch sie ebenso gestärkt werden würde wie sie selbst damals. Und wenn sie es recht bedachte: Nicht nur damals, auch heute noch war jeder Brief, den sie in die Welt hinausschickte, ein kleiner Lichtstrahl in ihrem eigenen Leben.

Wer also diesen Brief – den ersten, den sie in diesem Herbst verfasste, empfangen würde ... sie wusste es nicht. Wie stets würde sie die Augen offen halten und sich von den Umständen leiten lassen, sobald der Brief einmal geschrieben war. Und für heute war es höchste Zeit dafür, denn in einer Stunde würden ihre beiden Söhne von der Schule zurückkehren, was die Stille und Ruhe im Haus auf einen Schlag beenden würde.

Für einen Augenblick hob die Kranke ihre Augen zum Himmel und faltete ihre Hände, dann rückte sie den Briefbogen zurecht, senkte ihren Kopf und begann zu schreiben:

Denk daran,
wo immer du dich niederlässt:
Er ist schon da ...

Kapitel 1

Der Herr stützt alle Fallenden,
er richtet auf alle Niedergebeugten.
(Psalm 145,14)

Der erste Tag ihres neuen Lebens war ein Desaster, vom frühen Morgen bis zu der Minute, da es endlich Zeit war, zu Bett zu gehen und alle Probleme des Tages hinter sich zu lassen. Und das, obwohl sie sich felsenfest vorgenommen, ja ihren Töchtern sogar versprochen hatte, einen zuversichtlich-entspannten Neuanfang hinzulegen!

Doch wie es aussah hatte sich ihr gesamtes Umfeld gegen sie verschworen. Esther erwachte in vollkommener Dunkelheit. Die Umrisse des Fensters an der gegenüberliegenden Schlafzimmerwand waren nicht auszumachen. Sie musste den Rollladen am vergangenen Abend bis zum Anschlag heruntergelassen haben. Seufzend drehte sie sich auf die linke Seite, um an den Digitalziffern ihres Radioweckers die Zeit abzulesen. Aber nicht einmal diese waren zu erkennen. Seltsam. Hatte sie den Wecker im Schlaf mit einer ungewollten Bewegung vom Nachttisch gefegt?

Widerwillig erhob sich Esther, wankte hinüber zum Fenster und öffnete den Rollladen. Zu ihrem Erstaunen war er nur halb geschlossen gewesen.

In hartem Stakkato prasselten Regentropfen auf die äußere Fensterbank, das Rauschen des Herbstwindes in den Baumwipfeln am nahen Waldrand bildete die Hintergrundmusik und – keine einzige Straßenlampe war in Betrieb. Zusammengenommen mit dem Ausfall des Radioweckers konnte dieses Szenario nur eines bedeuten: Stromausfall, und zwar mindestens in ihrem waldnahen Wohnviertel. Vermutlich hatte, wie schon des Öfteren, ein vom Sturm umhergewirbelter Ast auf der Stromleitung die Energiezufuhr unterbrochen, ausgerechnet an ihrem ersten Morgen allein.

Schaudernd in der Kühle des (vermutlich) gerade anbrechenden Tages hüllte Esther sich in ihren warmen Morgenmantel und tastete sich am Treppengeländer entlang ins Erdgeschoss und zum Telefonschränkchen, wo sie ihr Handy abends stets deponierte. Endlich hatte sie eine Uhrzeit: 6:15 Uhr! Die Zeit, zu der sie üblicherweise aufgestanden war, um mit ihrer jüngsten Tochter Juli gemeinsam zu frühstücken; und damit höchste Zeit für die dringend benötigte erste Tasse Kaffee. Die es unter diesen Umständen allerdings nicht geben würde, genauso wenig wie eine muntermachende Beleuchtung!

Glücklicherweise entsann Esther sich der Duftkerze vom vergangenen Abend. Sie hatte sie entzündet und auf dem Wohnzimmertisch deponiert, um sich diesen ersten einer endlosen Reihe von einsamen Abenden halbwegs gemütlich zu gestalten. Wenn sie Glück hatte, lag auch die Streichholzschachtel noch irgendwo in der Nähe. Richtig, da war sie, unmittelbar neben den seltsam geformten Kleinteilen, die die ganze Tischplatte zu bedecken schienen und unter Esthers Fingern knirschend zerbröselten. Sie konnte sich gar nicht daran erinnern, hier gestern Abend Essensreste hinterlassen zu haben ...

Endlich brannte die Kerze, eine winzige, zaghaft flackernde Insel des Lichts in dem dunklen Raum. Die Helligkeit reichte gerade aus, um die Essensreste auf der Tischplatte und dem Boden darunter zu identifizieren.

„Aber das ist ... Keiner Onkel!“ Empört fuhr Esther herum.

In dem offenen Durchgang zwischen Wohn- und Esszimmer stand seit einigen Wochen ein stabiler Papageienkäfig samt Bewohner. Es war Julis Idee gewesen, ein neues Haustier anzuschaffen für die Zeit, wenn Esther allein zu Hause zurückbleiben würde, und Esther hatte Gefallen daran gefunden. Einen Hund oder eine verschmuste Katze zum Kuscheln auf dem Sofa oder als „Ansprechpartner“ zu haben war besser als gar keine Gesellschaft, hatte sie zugegeben, und war in Begleitung ihrer Tochter zum städtischen

Tierheim aufgebrochen. Dass aus dem niedlichen Schoßhund allerdings ein geschwätziger Graupapagei werden würde, hatte weder sie selbst noch Juli erwartet. Aber Kleiner Onkel, so sagte man ihnen im Tierheim, bräuchte dringend ein neues Zuhause. Die alte Dame, bei der er die bisherigen 44 Jahre seines Lebens verbracht hatte, sei kürzlich verstorben und ganz ohne persönliche Ansprache würde er unter den vielen anderen Tieren im Heim allmählich verkümmern.

„Oh Mum, stell dir vor, er ist genauso alt wie du!", hatte Juli ausgerufen, und damit war Esthers und auch des Papageien Schicksal besiegelt: Noch am selben Tag hatte Kleiner Onkel, der den doppelten Konsonanten am Anfang seines Namens nicht aussprechen konnte und deshalb von Juli nur noch „Keiner Onkel" genannt wurde, im Haus Einzug gehalten. Die meiste Zeit über saß er friedlich vor sich hin schwatzend oder pfeifend auf seiner Stange, doch gelegentlich schien er Lust auf mehr Freiheit zu verspüren und öffnete trotz aller bisherigen Versuche, seinen Käfig „ausbruchssicher" zu verschließen, mit dem Schnabel die Tür. Seine Ausflüge führten ihn, wenn niemand sie rechtzeitig bemerkte, durchs gesamte Erdgeschoss.

Die Tatsache, dass er momentan den Kopf im Gefieder versteckt hatte und scheinbar schlafend im Käfig saß, konnte Esther nicht über seine neueste Missetat hinwegtäuschen.

„Was fällt dir eigentlich ein, Keiner Onkel! Schämen solltest du dich, nachts herumzugeistern und dich einfach über meine Nüsse herzumachen, du Räuber, du!", schalt sie angesichts der Erdnussschalenschweinerei nicht nur auf dem Tisch, sondern auch auf dem hellen, langflorigen Wohnzimmerteppich. „Nimm dich nur in Acht, mein Freund, demnächst schaffe ich ein Vorhängeschloss für deinen Käfig an!"

Keiner Onkels einzige Reaktion auf ihre Drohung bestand in einem zaghaft ins Gefieder gekrächzten und wahrhaftig verschlafen klingenden „Liiieber keiner Onkel!"

„Wenigstens ein schlechtes Gewissen könntest du haben, kleines Ungeheuer!" Ein halbes Lächeln stahl sich auf Esthers Lippen, während sie die Käfigtür schloss und sich entschied, mit dem Saubermachen zu warten, bis es richtig hell war. Doch beim Blick zurück auf die Kerze und die im Dunkeln liegende Küchentür verwandelte sich ihr Lächeln in eine kummervolle Grimasse. Kein Kaffee, nicht ein einziger Schluck. Womit sollte sie dann diesen Tag eröffnen – mit Fruchtsaft etwa, oder mit kalter Milch?

Mit der Kerze in der Hand und deutlich fehlendem Enthusiasmus trottete sie in die Küche. Einige Schritte vor der Theke fuhr sie entsetzt zurück: Ihre Füße in den Bettsocken waren in einer erschreckend kalten, erschreckend nassen Pfütze gelandet. Natürlich, daran hätte sie auch vorher denken können: Jedes Mal bei Stromausfall lief der Wassertank der Kaffeemaschine aus. Es handelte ich um eine Padmaschine älteren Datums, deren Pumpe sich bei fehlender Energiezufuhr einfach selbst entleerte. Immerhin war Esther heute nur erschrocken und nicht in der Wasserpfütze am Boden ausgerutscht, wie es schon einmal vorgekommen war. Wochenlang hatte ihre Hüfte danach geschmerzt!

Bemüht, sich auf diesen positiven Aspekt zu konzentrieren, stellte sie die Kerze ab, goss sich eine Tasse Milch ein und setzte sich an den kleinen Küchentisch. Doch kalte Milch und nasse Füße waren eine unglückliche Kombination. Nicht einmal der Aromakerzenduft konnte die Atmosphäre ein wenig gemütlicher gestalten.

Als Esther ihre Tasse zur Hälfte geleert hatte, ging sie deshalb zurück ins Wohnzimmer und bahnte sich den Weg durch die Erdnussschalen zum Sofa, wo sie sich ihrer Socken entledigte und stattdessen in eine warme Decke kuschelte. Allmählich drang die Morgendämmerung in den Raum. Der Kerzenschein verblasste und die Konturen der Möbel zeichneten sich immer deutlicher ab: die Regalwand mit ihrer Glasvitrine, dem TV-Gerät und einer Reihe von Büchern und Fotoalben, die Birkenfeige in der Zimmerecke, das zweite Sofa vor dem großen Fenster – allesamt Zeugen ihres nicht sonderlich aufregenden, dafür aber geborgenen Familienlebens. Das in dieser gewohnten Form nun für immer der Vergangenheit angehörte.

Mit einem abgrundtiefen Seufzer ließ Esther ihre Augen über die Reihe der Fotoalben gleiten. Diejenigen links von der grünen Box mit den noch ungeordneten, losen Bildern dokumentierten die ersten, glücklichsten Jahre dieses Lebens, als die Familie noch vollständig gewesen war: das Hochzeitsalbum, Alben voller Bilder eines strahlenden Bernhard mit seiner neugeborenen ersten Tochter Emma auf dem Arm, Bernhard mit Emma im Kinderwagen, Emma in der Babywippe und auf Esthers Arm, Bernhard, der eine juchzende Emma durch die Luft fliegen ließ und sie bei ihren ersten Schritten begleitete, dann Bernhard und Emma mit Juli nur wenige Stunden nach deren Geburt und das erste im Fotostudio aufgenommene Foto der vollständigen vierköpfigen Familie ... die Bilder nahmen schier kein Ende. Auf der anderen Seite der Box waren die Alben, die nach dem Bruch der Familie entstanden waren: Fotos der heranwachsenden Mädchen mit ihren Haustieren, ihren Freundinnen, Großeltern, Onkels und Tanten, aber kein einziges gemeinsam mit ihrem Vater.

Emma war neun Jahre alt gewesen und Juli sieben, als Bernhard entschieden hatte, dass er noch viel zu wenig von der Welt gesehen hatte. Als Student mit 22 Jahren bereits verheiratet und bald darauf Familienvater, hatte er nie Zeit gefunden zu reisen und die Abenteuer zu erleben, die er sich in früherer Jugend herbeigesehnt hatte, und ganz unvermittelt hatte ihn diese innere Unruhe ergriffen, die – nach seinen eigenen Worten – nur dadurch zu stillen war, dass er endlich auszog, um die Welt kennenzulernen. Fassungslos hatte Esther zusehen müssen, wie der Mann, der ihr aus tiefster Überzeugung heraus vor Gott lebenslange Treue gelobt hatte, seine Koffer packte und Deutschland samt seiner Familie verließ.

Zwar hatte er als Barkeeper in Irland, Truckfahrer in den USA und Weinlesehelfer in Australien etwas Geld verdient und nach Deutschland gesandt, sodass Esther mithilfe eines Halbtagsjobs das Haus behalten konnte, aber die äußerliche Versorgung war eben nicht alles. Bernhard fehlte Esther und ihren Töchtern an allen Ecken und Enden, und es hatte Jahre gedauert, bis sie bereit gewesen war, ihrem Mann seine ungeheuerliche Selbstsucht zu vergeben. Im Grunde waren es die Gebete ihrer Eltern und Freunde gewesen, die diesen Schritt möglich gemacht und Esther davor bewahrt hatten, in Selbstmitleid und Bitterkeit zu versinken. Seit diesem Zeitpunkt hatten sie, Emma und Juli gelernt, auch zu dritt ein erfülltes, glückliches Familienleben zu führen, und die Jahre waren nur so verflogen. Emma hatte in dem Schweizer Freizeitheim von Esthers Eltern eine Ausbildung zur Hotelfachfrau begonnen, gestern war auch die achtzehnjährige Juli aus ihrem Elternhaus in eine Studenten-WG gezogen. Und nun war Esther also allein zurückgeblieben.

Blass, fast schon gespenstisch weiß spiegelte sich ihr schmales Gesicht unter dem morgendlich wirren, dunklen Haar in der matten Scheibe des TV-Geräts. Trotz allen Unbehagens konnte Esther ihren Blick nicht davon abwenden: War das ein Bild für ihre Zukunft – diffuses Dämmerlicht in einem kalten und plötzlich viel zu groß erscheinenden Haus, nasse Füße und ihr einsames weißes Gesicht, gespiegelt in einem öden TV-Bildschirm? Es erschien ihr wie eine Erlösung, als plötzlich das grüne Lämpchen und die Zeitanzeige des Satellitenempfängers unterhalb der Mattscheibe aufblinkten. Eilig kehrte sie in die Küche zurück, um vor der Arbeit wenigstens noch eine Tasse Kaffee zu genießen.

Jetzt, bei Licht, bemerkte sie auch den Brief, der, halb verborgen von mehreren Prospekten, auf dem Küchentisch lag. Der verschlossene Briefumschlag mit Bernhards Absender lag bereits seit mehreren Tagen so da. Esther hatte noch nicht den Mut gefunden, ihn zu öffnen: Seit Bernhard sein Globetrotterdasein vor sieben Jahren aufgegeben hatte, um in Neuseeland sesshaft zu werden, hatte er neben seinen Zahlungen zwar auch geschrieben, doch nur zu Weihnachten, Ostern und den Geburtstagen der Mädchen, und keines dieser Ereignisse stand derzeit unmittelbar bevor. Die einzige Nachricht, die Esther jemals außerplanmäßig erreicht hatte, war die von Bernhards zweiter Heirat vor fünf Jahren gewesen. Eine Neuseeländerin namens Jeanne, nur wenige Jahre jünger als Esther, hatte damals sein Herz erobert. Noch jetzt, wenn sie daran dachte, spürte sie einen schmerzhaften Stich in ihrem Herzen. Was konnte Bernhard also zu diesem zweiten außerplanmäßigen Brief veranlasst haben – etwa die Geburt eines Kindes!?

Nein, so etwas wollte sie gar nicht denken. Hastig nahm Esther einen Schluck Kaffee und verbrannte sich prompt die Zunge. Sie brachte es einfach nicht über sich, Bernhards Worte jetzt zu lesen – nicht ausgerechnet an *diesem* Morgen. Zudem war es mittlerweile höchste Zeit, sich zur Arbeit fertig zu machen. Entschlossen presste Esther ihre Lippen aufeinander und schob den Brief zurück unter die Prospekte. Heute Nachmittag, wenn sie alle übrigen unangenehmen Pflichten dieses Tages hinter sich gebracht hatte, würde sie sich auch dieser Aufgabe annehmen.

Schon beim Aufschließen der Tür schlug ihr der typische Drogeriemarkt-Geruch entgegen, eine Mischung aus Weichspüler-, Seifen- und Babypflegeartikelduft. Unangenehm war er nicht, er bedeutete eben lediglich Tag für Tag dieselbe monotone Arbeit: Ware bestellen, Regale auffüllen und sauber halten, Kunden beraten und selbstverständlich kassieren. All das war Esther in den vergangenen Jahren in Fleisch und Blut übergegangen und doch weit davon entfernt, ihr Erfüllung oder auch nur eine gewisse Befriedigung zu bereiten. Aber was war ihr nach Bernhards Weggang für eine Wahl geblieben? Irgendeine Beschäftigung hatte sie gebraucht, auf irgendeine Weise hatte sie zusätzliches Geld heranschaffen müssen, und da sie bald nach dem Abitur geheiratet hatte und schwanger geworden war, hatte sie weder studiert noch eine Berufsausbildung gemacht. Ein Job im Drogeriemarkt war in dieser Situation nicht das Schlechteste gewesen, und im Lauf der Zeit hatte sie sich trotz ihrer begrenzten Arbeitsstunden zur stellvertretenden Filialleiterin hochgearbeitet.

Wie üblich war sie Montagmorgens kurz vor 9:00 Uhr die Erste, die den Laden betrat, ihre übrigen Kolleginnen würden erst später in versetzten Schichten eintreffen. Eilig trabte Esther in den Personalraum (weshalb hatte sie sich nur so viel Zeit für ihren Kaffee gelassen?), warf sich einen weißen Arbeitskittel über und griff nach dem Kasseneinsatz mit dem Wechselgeld. Falls sie sich nicht getäuscht hatte, stand vor dem Kundeneingang bereits eine Dame in Leopardenfellimitatjacke, hochhackigen Overknee-Stiefeln und mit äußerst ungeduldigem Gesichtsausdruck. In der Tat platzte diese ebenso stürmisch herein wie die sie umgebende Herbstbrise, sobald Esther die Kasse in Betrieb genommen und den Kundeneingang per Fernbedienung geöffnet hatte, und steuerte zielstrebig auf das hintere Drittel des Verkaufsraums zu. Auf die Wand mit dem neuen Fototerminal.

Esther sandte einen stillen Stoßseufzer zum Himmel. Dieses

neue Fototerminal mit Scanner war für sie das sprichwörtliche rote Tuch vor den Augen des Stieres. Schon allein die Erstunterweisung durch den Fachmann der Computerfirma war für sie als Technik-Legasthenikerin das reinste Fachchinesisch gewesen, und ihr graute vor dem Augenblick, in dem sie zum ersten Mal allein das Papier oder die Farbrollen des Apparats wechseln musste. Sie konnte nur hoffen, in diesem Augenblick unbeobachtet zu sein oder sich zumindest in Gegenwart eines verständnisvollen, geduldigen Kunden zu befinden.

Doch ihre Hoffnung sollte unerfüllt bleiben. Kaum hatte Esther das Display ihrer Kasse gereinigt, sodass die Datumsanzeige des 14.10.2015 in gestochener Deutlichkeit vor ihren Augen aufblinkte, ertönte die ungnädige Stimme der Dame im Leopardenmuster quer durch den Verkaufsraum: „Besäßen Sie wohl die Güte, mir mit diesem Apparat hier zu helfen, oder erwarten Sie von Ihren Kunden, dass die plötzlich Ihre Arbeit tun?!“

„Nein, selbstverständlich nicht! Ich komme schon.“ Esther bemühte sich, gleichzeitig mit ihrem Ärger über die arrogante Kundin auch ihre Angst vor den Tücken des Fototerminals hinunterzuschlucken. Betont ruhig überprüfte sie die Anzeige, die tatsächlich ein Auffüllen des Materials forderte, zückte den Schlüssel für den Schrank und öffnete die entsprechende Klappe am Terminal zum Auswechseln. Soweit hatte sie den Anweisungen des Fachmannes letzte Woche noch folgen können. Jetzt galt es, die leeren Rollen für Papier und Farbe zu entfernen, und obwohl die Kundin in ihrem Rücken ungeduldig auf ihren hohen Absätzen zu wippen begann, erinnerte Esther sich noch an die richtigen Handgriffe. Erleichtert atmete sie auf, während sie die frische Rolle mit den verschiedenen Farbbehältnissen wieder einlegte. Darüber musste sie nur noch das frische Papier einspannen, einen Schalter irgendwo im Inneren des Gehäuses drücken, die Klappe schließen – und der Sofortdrucker wäre wieder funktionsfähig. Gedacht, getan.

Doch statt gehorsam seinen Dienst zu versehen, beharrte das Terminal weiterhin auf der Materialanzeige. Esther stutzte. Hatte sie irgendeinen Zwischenschritt vergessen, die Farben verkehrt herum eingelegt oder …? Prüfend blickte sie auf die verbrauchte Farbpalette, die sie zuvor achtlos neben sich abgelegt hatte. Wie genau hatte sie die aus dem Fach entnommen – hatte sich der Behälter mit der roten Farbe rechts befunden oder links – konnte das überhaupt eine Rolle spielen dafür, dass der Drucker funktionierte – und falls nicht, was genau war dann der Fehler?

Mit fahrigen Bewegungen öffnete sie noch einmal das bereits geschlossene Fach. Die Leopardendame hinter ihr räusperte sich ungeduldig und Esther wünschte sich sehnlichst, sie hätte vorhin trotz aller Eile ihren eigenen Kittel angezogen statt den ihrer Kollegin, der gerade griffbereit gelegen hatte. In der Tasche ihrer eigenen Kleidung nämlich befand sich das Schriftstück, das der Techniker als „idiotensichere Gebrauchsanweisung" bezeichnet und das sie aus genau diesem Grund sicherheitshalber eingesteckt hatte. Wenn es auch äußerst peinlich gewesen wäre, die Anleitung unter den kritischen Blicken der Kundin hervorzuholen und das Verfahren nachzuprüfen – die jetzige Situation war entschieden noch peinlicher!

Unsicher tastete Esther sich durch das Innenleben des Druckers, um die Rollen noch einmal zu entnehmen und erneut einzulegen, und prompt entglitt ihr das neue Papier, fiel zu Boden und begann sich dort in voller Länge zu entrollen. Eine schmale weiße Straße bildete sich auf dem schwarz-weiß gemusterten Fliesenboden zwischen den Regalreihen.

„Ich fasse es nicht!" Die Kundin rollte genervt ihre Augen gen Himmel und griff sich theatralisch aufseufzend an die Stirn. „Man sollte doch vermuten, dass eine große Drogeriemarktkette es sich leisten kann, zumindest halbwegs fähiges Personal einzustellen!"

Esther vernahm die zynische Bemerkung nur mit halbem Ohr, während sie sich bückte und versuchte, der Papierrolle wieder habhaft zu werden. Ein brauner verlourslederner Männerschuh hielt sie auf.

„Erlauben Sie, dass ich Ihnen helfe?", fragte der Inhaber des Schuhs, als Esther sich aufrichtete und ihn erstaunt anblickte. In ihrer Verzweiflung hatte sie nicht einmal bemerkt, dass ein weiterer Kunde den Markt betreten hatte.

Behutsam und ohne weitere Erklärung nahm der Kunde ihr die Rolle aus der Hand, war mit zwei großen Schritten beim

Fototerminal, legte Papier und Farbbehältnisse ein, schloss den Deckel des Gehäuses und betätigte einen Schalter.

„So, nun dürfte das Gerät wieder arbeiten! Sie können Ihre Bilder jetzt ausdrucken!“, wandte er sich an die Dame in Leopard.

Ihre himbeerroteren Lippen, eben noch zu einem schmalen Strich zusammengekniffen, verzogen sich zu einem zuckersüßen Lächeln. „Danke, sehr liebenswürdig von Ihnen! Vielleicht sollte man dem Drogeriemarktvorstand einmal nahelegen, mehr technisch versierte Männer wie Sie anzustellen!“ Ein verächtlicher Seitenblick streifte Esther, die noch immer mit hochrotem Gesicht dastand. Der Eingriff des „technisch versierten“ Mannes war so rasch vor sich gegangen, dass sie nicht einmal registriert hatte, was genau er nun anderes gemacht hatte als sie selbst.

Anstelle einer Antwort lächelte der Kunde gelassen vor sich hin, sodass die Dame ermutigt fortfuhr: „Vielleicht wären Sie so freundlich und würden mir auch noch beim Ausdrucken meiner Bilder beistehen?“

„Wenn Sie das wünschen, sicherlich!“ Sein Lächeln blieb unverändert, während er seine Aufmerksamkeit auf den Bildschirm und die Auswahl der Fotos richtete. Mit hängenden Schultern zog Esther sich zurück. Ihre weitere Anwesenheit war hier weder erforderlich noch erwünscht.

Kurz darauf, noch ehe ihr Gesicht wieder seine gewohnte blasse Farbe angenommen hatte, näherten die beiden Kunden sich ihrer Kasse. Ohne ein weiteres Wort an Esther zu richten bezahlte die Dame ihren Einkauf, bedachte ihren Helfer mit einem letzten geflöteten „Herzlichen Dank“ und verließ den Markt.

„Machen Sie sich nichts draus!“, durchbrach die Stimme des Kunden die entstandene Stille. „Ich glaube nicht, dass diese Dame besser mit dem Drucker zurechtgekommen wäre als Sie, jedenfalls rührte sie nicht einen Finger, während ich den ganzen Vorgang für sie erledigte!“

„Möglich, aber sie muss auch nicht damit klarkommen! Ich dagegen schon, es ist mein Job. Wissen Sie, dieses Terminal ist ganz neu – das Alte, mit dem ich sehr gut zurechtkam, war defekt – und bis jetzt konnte ich mir partout nicht merken, wie ...“ Mit einem hilflosen Schulterzucken brach Esther ab. Langwierige Erklärungen und Entschuldigungen machten die peinliche Szene auch nicht ungeschehen. „Vielen Dank jedenfalls, dass Sie mir beigesprungen sind!“

„Ich bin mir sicher, Sie werden all das schnell lernen, wenn Sie mit dem anderen Drucker so gut klarkamen!“

Seine Stimme klang dermaßen aufmunternd, dass Esther es wagte, ihrem Retter in der Not zum ersten Mal richtig ins Gesicht zu blicken. Mit seinem dunkelblonden Haar, dem ebenso dunkelblonden Vollbart und der dunkel umrandeten Brille mit den großen Gläsern dachte sie einen Moment lang beinahe, den bekannten Fußballtrainer vor sich zu haben, den ihre sportbegeisterte Tochter Emma so bewunderte. Es geschah nicht jeden Tag, dass ein derart gut aussehender Kunde bei ihr einkaufte. Allerdings waren seine kräftigen, leicht gebräunten Hände leer – ebenso wie das Band ihrer Kasse. Nicht das geringste Indiz für einen möglichen Einkauf.

Ihr Blick wurde fragend. „Jetzt sagen Sie nur, Sie sind extra hierhergekommen, um einer technisch absolut nicht versierten Verkäuferin aus einer Notlage zu helfen?“, scherzte sie.

Er zwinkerte, grinste breit und sah besagtem Trainer dabei noch ein Stückchen ähnlicher. „Sehen Sie, jetzt können Sie schon einen Scherz machen! Doch leider muss ich Sie enttäuschen: Ursprünglich kam ich nicht hierher, um Lorbeeren als Retter in der Not zu ernten, sondern um einen Rasierer samt Klingen zu kaufen, und wie ich gesehen habe, bekomme ich den nur hier an der Kasse!“

„Richtig!“, bestätigte Esther. Die fragliche Ware hing in einer speziellen Vorrichtung an der Wand hinter der Kasse. „Aber wollen Sie wirklich ... ich meine, ihr Bart ist doch ganz nett ...“ Zum zweiten Mal an diesem Morgen verstummte sie abrupt. Offenbar gelang es ihr heute hervorragend, von einer Peinlichkeit direkt in die nächste hineinzustolpern!

Doch ihr Gegenüber lachte frei heraus. „Sie dachten – oh nein, ich brauche das Gerät nicht für mich selbst!“ Fast liebkosend strich er sich mit seiner Rechten durch den dichten Vollbart. „Dafür hänge ich viel zu sehr an meinem Bart – oder er an mir, wenn man es genau nimmt! Nein, ich bin nur der Bote und besorge den Rasierer im Auftrag meines Mitarbeiters, der bei der Arbeit gerade unabkömmlich ist! Welchen würden Sie mir denn empfehlen?“

„Nun, diese Marke hier ist bei unseren Kunden zurzeit sehr beliebt!" Mit einem raschen Griff nahm Esther einen Rasierer von der Wand. Anders als am Fototerminal befand sie sich hier wieder auf sicherem Terrain, und wenn sie jetzt keine unbedachte Bemerkung mehr machte, würde sie die denkwürdige Begegnung mit diesem Kunden in Kürze hinter sich haben. „Und falls er Ihrem Mitarbeiter doch nicht zusagen sollte, kann er ihn jederzeit umtauschen!"

„Schön, dann machen wir es genau so!" Der Bärtige zückte seine Geldbörse. „Danke für Ihre kompetente Beratung!" Die blaugrauen Augen hinter den Brillengläsern blitzten spitzbübisch.

„Nein, ich danke Ihnen für Ihre Sofortrettungsmaßnahme!", wehrte Esther ab, ehe sie erneut in die Gefahr geriet zu erröten. „Auf Wiedersehen und einen schönen Tag noch!"

„Den wünsche ich Ihnen auch!" Mit diesen Worten öffnete der Bärtige zuvorkommend die Tür für den nächsten Kunden.

Das Letzte, was Esther von ihrem Retter sah, waren die braunen Verlourslederschuhe und die Hosenbeine, als er draußen vor dem Schaufenster sein Fahrrad bestieg.

Der Rest dieses Arbeitstages verging in gewohnter Eintönigkeit, und dennoch war Esther nicht besonders froh, als sich die Tür des Drogeriemarkts hinter ihr schloss. Daheim wartete nichts weiter auf sie als ein leeres Haus und ein Papagei, der sich – zugegebenermaßen – freuen würde, sie zu sehen, da er sich allein gelangweilt hatte. Lustlos stieg sie in ihren Wagen, um die Heimfahrt anzutreten. Das Dorf, in dem sie nun bereits seit den ersten Tagen ihrer Ehe lebte, lag etwa 13 Kilometer von dem Stadtteil mit ihrer Arbeitsstelle entfernt, was zumindest für Esthers Ansicht zu weit entfernt war, um die Strecke mit dem Fahrrad zurückzulegen. Und die Busse fuhren nicht unbedingt zu den Zeiten, zu denen Esther sie benötigt hätte. Aus diesem Grunde war es der alte, grüne Opel Corsa, der sie täglich zu ihrem Drogeriemarkt beförderte. Esther hatte ihn vor nunmehr zehn Jahren gebraucht gekauft, und allmählich bemerkte man sein Alter nicht nur an der unmodernen Karosserie und den zunehmenden Rostflecken, sondern auch an den immer lauteren

Motorengeräuschen. Wie ein Bekannter neulich festgestellt hatte, würde das Auto demnächst einen neuen Auspuff benötigen.

Mit einem leichten Stottern sprang der Motor an und Esther rangierte unter lautem Röhren rückwärts aus der Parklücke. Über die mittäglich belebten Straßen der Vorstadt und die Landstraße, vorbei an herbstlich kahlen Feldern und Wäldern näherte sie sich ihrem Zuhause. Der Sturm, der für den nächtlichen Stromausfall gesorgt hatte, hatte sich weitgehend gelegt, der Regen jedoch hielt sich hartnäckig. Auf dem kurzen Stück Weg zwischen Garage und Haustür prasselte er unangenehm kalt auf Esthers unbedecktes Haar und ihren Rücken unter dem viel zu dünnen Übergangsmantel.

Trotzdem machte sie, sobald sie die Haustür aufgeschlossen und den Briefkastenschlüssel vom Schlüsselbrett geholt hatte, noch einmal kehrt, um am Gartentor die Post zu holen. Obwohl es eher unwahrscheinlich war – mit ihren Töchtern und Eltern verkehrte sie meist per Skype und Telefon – bestand doch die vage Möglichkeit, unter den Rechnungen und Prospekten etwas zu finden, das sie ein wenig aufheitern würde. An den Brief, der nach wie vor ungeöffnet in ihrer Küche wartete, mochte sie noch immer nicht denken.

Mit klammen Fingern sortierte sie die Umschläge auf dem Rückweg ins Hausinnere: ein Modekatalog, aus dem Juli gelegentlich etwas bestellte, eine Erinnerung an Julis nächsten Zahnarzttermin (sie musste sie bei Gelegenheit dazu ermahnen, ihre Adressänderung weiterzugeben), Werbung für ein Autohaus, ein Brief ihrer Versicherung und der möglicherweise etwas verfrühte Weihnachtsprospekt ihres christlichen Lieblings-Verlagshauses. Na bitte, hier war ja die erhoffte Aufmunterung: In einem Bücherkatalog zu blättern war beinahe so schön wie das leibhaftige Stöbern in einer Buchhandlung. Sie würde den Prospekt in aller Ruhe während des Essens genießen – das allerdings erst zubereitet werden musste. Kurzerhand beschloss Esther, an diesem ersten Tag alleine keinen großen Aufwand damit zu betreiben. Fertig-Rösti mit einer Scheibe Schinken auf Toast, dazu ein paar frische Tomaten und eine Tasse Kaffee genügten vollauf.

Den warmen Toast und die duftende Tasse Kaffee vor sich ließ sie sich am Esszimmertisch nieder, schlug den Bücherprospekt auf, überflog kauend das Vorwort des Verlagsleiters und blätterte weiter zu den ersten Buchtiteln. Aber heute fand sie nicht dieselbe Freude an den Büchern wie sonst üblich: Immer wieder drängte sich der bunte, von Bernhards Hand adressierte Umschlag auf dem Küchentisch in ihre Gedanken. Schließlich gab Esther den Widerstand auf: Sie holte den Brief und schlitzte ihn mit dem Zeigefinger der Länge nach auf.

Was ihr entgegenfiel war jedoch kein Briefbogen, sondern eine Karte. Eine Fotokarte mit dem Bild einer frischgebackenen kleinen Familie: Glückstrahlend lächelten Bernhard und seine Jeanne in die Kamera, in ihren Armen lag ein sieben Pfund schwerer und 54 Zentimeter langer Säugling namens Andrew Simon, wie die aufgedruckte Geburtsanzeige verkündete.

Esther fuhr zurück, als hätte sie sich die Finger verbrannt. Die Karte landete ebenso am Boden wie die Kaffeetasse, die Esther bei ihrer heftigen Bewegung angestoßen hatte. Als kleiner brauner See ergoss sich die heiße Flüssigkeit über das Foto.

Esther wusste nicht, wie viel Zeit verstrichen war, als sie schließlich die Karte mit den drei hellen, mittlerweile leicht verschwommenen Gesichtern von Eltern und Neugeborenem wieder aufhob. Ihr Körper war wie betäubt, das einzig Spürbare war ihr Herz, das so heftig gegen ihre Rippen pochte wie nach einem Tausendmeterlauf. Es war tatsächlich wahr: Was ihr heute Morgen schon als schlimmste aller möglichen Nachrichten in den Kopf geschossen war, war eingetroffen! Nicht genug, dass Bernhard wieder geheiratet hatte – ihr ehemaliger Mann hatte einen entzückenden, neugeborenen Sohn! Er hatte einen Sohn, eine komplette neue Familie – und ausgerechnet in den Tagen, die das Ende ihres gemeinsamen Lebens mit ihren heranwachsenden Töchtern darstellten, teilte er ihr das mit!

Esther stützte die Arme auf die Tischplatte, legte ihren Kopf darauf und weinte, bis Rösti und Toast so kalt waren wie die Kaffeepfütze am Boden und ihre Tränen endlich versiegten.

Kapitel 2

Der Herr, dein Gott, ist in deiner Mitte,
ein Held, der rettet.
(Zephanja 3,17)

„Hi Mama, wie geht's dir? Aber was – was ist denn mit dir passiert!? Was hast du mit deinem Haar angestellt?"

In aller Deutlichkeit übertrug der Bildschirm das Entsetzen auf Emmas Gesicht. Wie jeden Dienstagabend, seit sie in die Schweiz gezogen war, meldete sich ihre älteste Tochter per Skype bei Esther. Sie hatten sich angewöhnt, auf diese Weise alles Wichtige, das sich in ihrem jeweiligen Leben ereignete, miteinander zu teilen. Heute jedoch entlockte der Anblick ihrer Mutter Emma diesen entsetzten Ausruf. „Wo um alles in der Welt hast du nur dein schönes, langes Haar gelassen?"

„In irgendeinem Mülleimer, vermute ich mal, oder wo auch immer Friseure ihren Abfall entsorgen", entgegnete Esther betont gleichmütig.

Nach einem Augenblick konsternierten Schweigens stammelte Emma: „Aber weshalb – ich meine, ich weiß, Juli ist gestern ausgezogen und du lebst jetzt zum ersten Mal allein, aber ist das etwa ein Grund ... du warst doch immer so stolz auf dein langes schwarzes Haar ..." Verwirrt brach Emma ab.

„Gefällt es dir nicht?" Esther fuhr sich mit einer Hand durch den dichten dunklen Pony, der ihr in die Stirn fiel, dann wandte sie den Kopf zu beiden Seiten, damit Emma ihren knapp nackenlangen Bob in ganzer Pracht begutachten konnte. „So sehe ich doch viel lässiger aus ... jünger, oder etwa nicht?"

„Na ja, vielleicht", Emmas Blick blieb skeptisch. „Aber war

wirklich gleich so ein Radikalschnitt nötig? Wäre es nicht genug gewesen, dein Haar ein Stückchen zu kürzen und leicht zu färben, wenn du schon unbedingt etwas verändern wolltest – was ich übrigens nicht einmal wusste!?!"

„Möglich. Doch was, wenn ich mir einfach mehr wünschte als so eine kleine Veränderung? Was, wenn ..." Esther brach ab. Entgegen ihrem festen Vorsatz, zumindest vor den Mädchen gefasst zu wirken, schossen ihr erneut die Tränen in die Augen. Schnell schaute sie weg, doch es war bereits zu spät.

„Da steckt doch mehr dahinter, Mama, nicht wahr?" Weich und beruhigend klang Emmas Stimme, wie sie es immer getan hatte, wenn sie als älteste Tochter ihrer Mutter in irgendeinem Kummer beistehen wollte. „Willst du's mir nicht erzählen?"

„Ich", entschlossen fuhr Esther mit einem Tempotaschentuch über ihre Augen und schnäuzte sich kurz die Nase, „habe heute einen Brief deines Vaters erhalten!"

„Aha", bemerkte Emma, nachdem ihre Mutter nicht fortfuhr. „So außergewöhnlich ist das allerdings nicht, oder? Er schreibt uns doch des Öfteren! Und ich kann mir ehrlich gesagt kaum vorstellen, dass er etwas schreibt, was dich zu einer solchen Tat veranlassen könnte."

„Dann warte, bis du den Brief gesehen hast, Emma. Er und Jeanne haben ... Pass auf, hier ist die Karte!" Mit bebender Hand hielt Esther die verschwommene, aber noch immer als solche erkennbare Geburtsanzeige vor die Laptopkamera.

„Aber das ist ja – Papa hat einen Sohn bekommen?" Hatte Emma beim ersten Anblick ihrer Mutter vorhin schockiert gewirkt, so hatte es ihr nun offenbar die Sprache verschlagen. Wie gebannt starrte sie auf das Bild des Säuglings und seines sichtlich stolzen Vaters. „Wie kann er nur?", war alles, was nach einer Minute des Schweigens über ihre Lippen kam.

„Genau das fragte ich mich heute Mittag auch, Emma. Wie kann er nur?" Esthers Unterlippe zitterte. „Wie konnte er *uns* verlassen, weil er sich in der Familie mit all der Verantwortung eingeengt fühlte, wie konnte er deshalb alles, was ihm vorher wertvoll war, einschließlich seines Glaubens an Gott, zurücklassen und selbstsüchtig hinausziehen, um die Welt zu erobern, und nun bringt er sich wieder in genau dieselbe Situation, aus der er damals ausbrechen musste!? Und bringt es obendrein fertig, mir das zu einer Zeit mitzuteilen, in der ich ohnehin schon mit genug zu kämpfen habe! Ich sage dir, Emma, nachdem ich meinen ersten Schock überwunden hatte, wurde ich wütend, so furchtbar wütend. Das Einzige, woran ich denken konnte, war, ihm weh zu tun – ihm irgendwie Schmerz zuzufügen. *Deshalb* ging ich zum Friseur und trennte mich von dem langen Haar, das Bernhard früher so bewunderte. Als ob ihm das nach all den Jahren noch etwas ausmachen würde ... Oh, Emma, wie konnte *ich* nur so kindisch handeln?" Mit dem Taschentuch vor der Nase unterdrückte Esther ein Schniefen. „Wie ein Teenager, der seinen Eltern eins auswischen will, und das, nachdem ich Bernhard doch eigentlich längst verziehen hatte!"

„Deine Aktion war vielleicht nicht sehr reif, Mama", stimmte Emma tröstend zu, „aber ich verstehe dich sehr gut. Wenn sein Verhalten schon mich als Tochter, die praktisch ihr halbes Leben ohne Vater verbracht hat, so schmerzt, wie viel mehr muss es dann dich treffen! Gerade jetzt, wo du dich daran gewöhnen musst, allein zu leben! Ach, Mama ..." Ein abgrundtiefer Seufzer kam über ihre Lippen. „Also, ehrlich gesagt, ich versteh' das alles nicht. Und er hat wirklich gar nichts dazugeschrieben, wenigstens ein paar erklärende, persönliche Worte an dich?"

„Doch, das hat er, Emma." Esther drehte die Karte um und betrachtete den mit „*Liebe Esther*" überschriebenen Text auf der Rückseite. „Nur habe ich es bis jetzt noch nicht über mich gebracht, es zu lesen."

„Das solltest du aber, finde ich. Ich kann mir zwar nicht vorstellen, wie, aber möglicherweise hilft uns das ja, sein Handeln besser zu verstehen! Wenn du magst, kannst du mir den Text gleich hier und jetzt vorlesen."

Esther zögerte. „Ich weiß nicht recht!" Zum wiederholten Mal fiel ihr Blick auf die einleitenden Worte: „*Liebe Esther*" ... Sämtliche früheren Briefe an die Familie hatte Bernhard mit „Hey Leute" oder bestenfalls „Liebe Familie" begonnen. „Nein, ich denke, ich lese den Brief besser zuerst allein, für heute habe ich dir schon genug vorgeweint!", beschloss sie. „Wir sprechen dann nächstes Mal darüber, in Ordnung?"

„Na gut! Dann machen wir am besten Schluss für heute, damit du in aller Ruhe diesen Brief lesen kannst. Vielleicht siehst du die ganze Sache danach in einem anderen Licht. Und mach dir eine Tasse heiße Schokolade mit viel Sahne dazu oder ein schönes duftendes Entspannungsbad! Versprichst du mir das, Mama?"

„Ich versprech's!" Zum ersten Mal an diesem Abend erhellte ein zaghaftes Lächeln Esthers Gesicht. „Mir scheint, Emma, du hast mit deiner Ausbildung deine wahre Bestimmung verfehlt. Du solltest Seelsorgerin werden, Psychologin oder Ähnliches, nicht Hotelfachfrau. Danke jedenfalls für deinen Beistand, ich fühle mich schon ein wenig besser!"

„Schön! Dann also bis bald, Mama, und Kopf hoch!" Damit legte Emma auf.

Nachdenklich klappte Esther den Laptop zu und ging ins Bad. Emma hatte recht: Ein heißes Schaumbad würde ihr helfen, sich zu entspannen, bis sie sich in der Lage dazu fühlte, Bernhards Nachricht zu lesen. Und ganz nebenbei bot es ihr die Gelegenheit, diese furchtbar unnatürlich gestylte und mit einer halben Flasche Haarspray versehene Haartolle in ihrer Stirn wieder loszuwerden, die die Friseurin ihr als ganz besonderen Schick empfohlen hatte.

Wenige Minuten später versank Esther im duftenden Schaum ihres Lavendelbades. Lavendel – seit ihrer Hochzeitsreise nach Südfrankreich, die sie aus Kostengründen als Campingurlaub gemacht hatten, verband dieser Duft sich für sie mit den angenehmsten Erinnerungen: Erinnerungen an einen samtschwarzen, sternklaren Nachthimmel über ihren Köpfen, während sie sich im Schlafsack so dicht wie möglich an Bernhard kuschelte, an das stürmische Rauschen des Flusses im Grunde der Schlucht, an einen sonnenheißen, vom unaufhörlichen Zirpen der Grillen begleiteten Nachmittag inmitten eines Lavendelfeldes ... Tief inhalierte Esther den bedeutungsschweren Duft und begann zu lesen:

Liebe Esther,
ich hoffe, meine Nachricht (sprich: diese Geburtsanzeige) schockiert dich und die Mädchen nicht allzu sehr. Glaub mir, ich habe lange darüber nachgedacht, ob ich euch überhaupt von Andrew Simon erzählen soll, aber schließlich kam ich zu dem Schluss, dass, würde

ich es nicht tun und ihr erfahrt später oder über irgendwelche Umwege von seiner Existenz, der Schaden beziehungsweise euer Schock eventuell noch größer wäre, als nun, da ihr es von mir selbst hört.
Ich bin also Vater geworden, noch einmal. Unser Sohn ist ein süßer kleiner Kerl mit einer gewaltigen Stimme, der mir einmal sehr ähnlich sehen wird, wie sämtliche Leute in unserer Umgebung Jeanne und mir versichern, aber ich will dir hier selbstverständlich nichts vorschwärmen. Nein, der Anlass für diesen Brief ist Folgender: Ich will dich um Verzeihung bitten.
Wie ich dich kenne, vermute ich, dass du mir von deiner Seite längst verziehen hast, auch wenn ich dich niemals darum bat. Aber jetzt und hier will ich es ganz bewusst aussprechen: Es tut mir leid, Esther, dass ich dich und die Mädchen damals verlassen, nein, im Stich gelassen habe! Aus reiner Abenteuerlust und Selbstsucht habe ich meine Verantwortung als Ehemann und Vater in den Wind geschrieben und mich davongemacht – und wie groß diese väterliche Verantwortung eigentlich ist, wird mir durch Andrews Geburt erst wieder so recht bewusst. Es ist meine Verantwortung, meinen Sohn groß zu ziehen, ihn materiell zu versorgen und ideell zu einem vernünftigen, beziehungsfähigen Menschen zu erziehen, und genau diese Art von Verantwortung überließ ich im Fall unserer Töchter nur dir. Ganz plötzlich warst du allein für ihr Wohlergehen verantwortlich, während ich mir ein schönes Leben machte, und das tut mir – von meinem heutigen Standpunkt aus gesehen – unendlich leid.
Ich hoffe, Esther, mein tiefes Bedauern darüber hilft dir ein wenig über den Schock von Andrews Geburt hinweg. Ich wünsche mir, dass wir trotz allem künftig in Freundschaft und Offenheit miteinander umgehen können!
Bernhard

P. S. Emma und Juli lasse ich jeweils extra einen Brief zukommen, in dem ich sie ebenfalls um Verzeihung bitte; ich hoffe, die Briefe erreichen euch alle etwa zur selben Zeit …

Esthers Hände zitterten, als sie den vom heißen Wasserdampf durchfeuchteten Brief auf die Ablage am Kopfende der Badewanne schob. Emma hatte recht behalten: Bernhards Brief warf in der Tat ein anderes Licht auf die Geburtsanzeige, die ihr einen solchen Schock versetzt hatte. Seine Worte, seine Bitte um Vergebung klangen ganz nach dem Bernhard, in den sie sich einst verliebt hatte, und nicht mehr nach dem Windhund, der sich quasi bei Nacht und Nebel aus ihrem Leben gestohlen hatte. Offensichtlich hatte die Geburt seines Sohnes ihn wieder zur Vernunft gebracht, sodass er sich und auch ihr sein früheres Versagen eingestehen konnte. Und die Tatsache, dass ihm Entschuldigungen oder die Bitte um Verzeihung noch niemals leicht über die Lippen gekommen waren, ließen ihr diese Worte umso wertvoller erscheinen.

Selbst wenn sie ihm nicht längst verziehen hätte, spätestens heute würde sie es tun – und zwar mit weit mehr Überzeugung als vor einigen Jahren! Damals hatte sie es nicht deshalb getan, weil sie so besonders liebevoll und großmütig gewesen wäre oder sich danach gefühlt hätte, ihm zu verzeihen, sondern aus einem anderen Grund: Nachdem der erste, heftige Zorn auf ihren Mann verflogen war, war Esther klar geworden, dass sie sich nur selbst die Freude am Leben nahm, wenn sie Wut und Bitterkeit in ihrem Herzen nährte, und dass sie Bernhard sein Versagen ebenso vergeben sollte, wie Gott auch ihr immer wieder ihre Fehler vergab.

Hier und jetzt dagegen *fühlte* sie sich zum ersten Mal auch nach Verzeihen! Mit merklich leichterem Herzen, als sie es noch vor einer halben Stunde möglich gehalten hatte, begann Esther, sich das Haar zu waschen. Sobald ihre Hand allerdings ihren nahezu kahlen Nacken und den dicken, ihre komplette Stirn bedeckenden Pony berührte, fuhr sie ernüchtert zurück: Was hatte sie sich nur dabei gedacht, ihr glänzendes, glattes, langes Haar so radikal kürzen zu lassen? Wie hatte sie heute Mittag nur derart kindisch reagieren können, statt Bernhards beiliegenden Brief zu lesen?

Esther seufzte reuevoll. Als sie schließlich zu Bett ging, schlang sie sich ihren weichen hellblauen Schal um den Hals, um die ungewohnte Kälte im Nacken zu vertreiben.

Am frühen Samstagnachmittag legte sich der Regen. Die Wolken lichteten sich und zum ersten Mal in dieser Woche zeigte sich die Sonne länger als nur wenige Minuten.

„Genau das richtige Wetter, um den Garten winterfest zu machen!“, konstatierte Esther, während sie ihre Lebensmittel in der Küche verstaute. Wie üblich hatte sie den größten Teil des Wocheneinkaufs samstagmittags nach der Arbeit erledigt. Wenngleich von einem Großeinkauf mittlerweile kaum mehr die Rede sein konnte; seit Julis Auszug hatte sich die wöchentliche Lebensmittelration mehr als halbiert. Esther empfand es als unnötig, jeden Tag eine komplette warme Mahlzeit auf den Tisch zu bringen, wie sie es für sich und Juli gemeinsam noch getan hatte. Sie ernährte sich hauptsächlich von Kaffee, überbackenen Toasts oder bestenfalls Pasta mit Ei und Käse und, der Gesundheit zuliebe, frischem Obst und Rohkost. Für den morgigen Sonntag (an dem Juli zum Mittagessen kommen würde) stand zum ersten Mal wieder Fleisch samt Beilagen und Salat auf dem Speiseplan. Sie würde den Braten noch heute Abend zubereiten, sodass sie morgen nach dem Gottesdienstbesuch in Ruhe mit Juli essen und ihr Zusammensein genießen konnte.

In ihrer warmen Gartenjacke – einem olivgrünen Bundeswehrparka, den Bernhard wie so vieles andere zurückgelassen hatte – betrat sie die nach Süden gelegene Terrasse. Für ein typisches Siedlerhaus aus den Fünfzigerjahren war diese Terrasse ungewöhnlich geräumig und gemeinsam mit dem großen, verwilderten Garten der Hauptgrund gewesen, weshalb Esther gerade dieses Haus besitzen wollte. Sie war ein Landkind, aufgewachsen in der Abgeschiedenheit eines Schweizer Freizeitheims, und sowohl das ungezähmte Grün rund ums Haus als auch der Wald, der gleich auf der gegenüberliegenden Straßenseite begann, hatten ihr von Anfang an ein wohltuendes Heimatgefühl vermittelt.

Im Laufe der Jahre war es ihr gelungen, den wild wuchernden Büschen und unbeschnittenen Bäumen in ihrem Garten eine etwas zahmere Form zu verleihen. Sie hatte Blumenrabatten, Staudenbeete und einen naturnahen – sprich, im Frühling von Löwenzahn und Gänseblümchen und im Sommer von blühendem Klee übersäten – Rasen angelegt und unter dem Flieder und einem weitverzweigten Blauregen einen schattigen Sitzplatz für die Tage geschaffen, an denen es auf der Terrasse am Haus zu heiß wurde.

In dem Frühling, nachdem Emma ausgezogen war, hatte sie sogar einen kleinen Goldfischteich neben der Terrasse angelegt. Als stetes, wohlwollendes Gemurmel hatte das Plätschern des Wassers seitdem Julis und Esthers gemeinsame Mahlzeiten auf der Terrasse begleitet und untermalt.

Doch für dieses Jahr war Schluss damit, auf der Terrasse zu essen oder zu entspannen, ob mit oder ohne Juli. Esther musste noch vor dem ersten Frost die Teichpumpe entfernen, Schilf und Bambus am Wasserrand zusammenbündeln, die zahlreichen Topfpflanzen auf der Terrasse in ihr Winterquartier umsiedeln, die Himbeersträucher zurückschneiden, und eigentlich sollten auch noch Blumenzwiebeln fürs Frühjahr gesetzt werden. Das erste vom Wind umhergewirbelte Laub war zu rechen ...

Seufzend streifte sich Esther ihre Gartenhandschuhe über und beugte sich zu der größten ihrer Kübelpflanzen hinunter: Einer Palme, die sie aus ihrem ersten nur mit den Töchtern verbrachten Urlaub in Italien als halb verdorrten Setzling mitgebracht hatte und die seither, allen Widrigkeiten des unbeständigen deutschen Wetters trotzend, prächtig wuchs und gedieh. An warmen Sommertagen schob Esther manchmal ihre Liege unter die Palme und starrte durch die sich in einem sanften Lufthauch wiegenden Palmwedel in den blauen Himmel. Stets hatte sie dabei den Duft von Sonnencreme in der Nase und erwartete halb, im nächsten Augenblick würde sich ein fester rundlicher Kinderkörper an sie schmiegen. Doch ein Gewicht besaß diese Palme – alleine hatte Esther beträchtliche Mühe, den schweren Kübel auch nur auf den Pflanzenroller zu heben, damit sie ihn ins Winterquartier befördern konnte! Wehmütig dachte sie an frühere Jahre, in denen ihr meist eines der Mädchen im Garten geholfen hatte. Gemeinsam reichten sowohl die Kräfte als auch die gute Laune doch wesentlich weiter ...

Kurz bevor die Sonne unterging hob Esther, längst ohne warme Jacke, dafür aber mit rotem Kopf und schmerzendem Rücken, die Teichpumpe aus dem flachen Wasser. „Sobald ich dieses Ding samt Filter verstaut habe, gehe ich ins Haus und rühr' mich für den Rest des Abends nicht mehr von der Stelle!“, murmelte sie dabei, fest entschlossen, sich nicht von all dem, was sie noch nicht erledigt hatte, davon abhalten zu lassen.

„Ja, tun Sie das! Für heute haben Sie wirklich genug geschafft, Frau Wittmann!“

Die laute Bemerkung ließ Esther erschrocken herumfahren. In ihrem Arbeitseifer hatte sie nicht bemerkt, wie ihr Nachbar sich langsam genähert hatte. Von der anderen Seite des altmodischen Jägerzauns spähte er durch die mittlerweile gebündelten Schilf- und Bambusbüschel, die im Sommer die Sicht in den Nachbargarten versperrten, zu ihr hinüber.

„Hallo, Herr Zimmer, ich habe sie gar nicht bemerkt!“, grüßte Esther den alten Herrn. Erleichtert über eine kleine Pause stellte sie das tropfende Pumpengehäuse zu ihren Füßen ab und brachte ihren Rücken in eine halbwegs aufrechte Position. Unwillkürlich kam ihr dabei ein leises Stöhnen über die Lippen.

Franz Zimmer lächelte milde. „Vielleicht sollten Sie sich das nächste Mal nicht alles auf einmal vornehmen, Frau Wittmann, Ihr Garten ist schließlich nicht unbedingt der Kleinste!“

„Das ist wahr! Aber Sie wissen ja, wie das ist, wenn man einmal mit der Gartenarbeit beginnt – es gibt immer so viel zu tun, dass man einfach kein Ende findet. Und ehrlich gesagt bekomme ich jedes Mal, wenn ich mir Ihren herrlich gepflegten Garten ansehe, Minderwertigkeitskomplexe und kann dann erst recht nicht mehr mit der Arbeit aufhören!“ Mit einer weit ausholenden Geste umfasste Esther den Nachbargarten mit seinen akkurat gestutzten Rosensträuchern und Gehölzen, den abgeernteten und bereits umgestochenen Gemüsebeeten und den Blumenrabatten, in denen sich einige letzte, leuchtende Dahlien der Herbstsonne entgegenstreckten.

Der Blick des bald 77-Jährigen folgte ihrer Hand nicht ohne Stolz. „Nun, Sie wissen, meine Frau und ich verbringen gemeinsam viele Stunden hier im Garten – Zeit, die Sie als halbtags arbeitende Mutter bisher einfach nicht hatten! Und dennoch“, das Gesicht mit den wässrigen grünen Augen verdüsterte sich ein wenig, „mussten wir uns diesen Herbst eine Gartenbaufirma zu Hilfe holen, um alles zu schaffen! Unser Sohn bestand darauf!“

„Tatsächlich? Ich habe gar keine Fremden in Ihrem Garten bemerkt!“ Esther begann, das Pumpenkabel aufzuwickeln, während sie ihre Aufmerksamkeit weiterhin auf ihren Nachbarn richtete.

„Vermutlich waren Sie gerade außer Haus. Diese Männer benötigten auch nur wenige Stunden für das Pensum an Arbeit, das Waltraud und ich sonst im Lauf von mehreren Wochen erledigen!“ Die Stimme des ehemaligen Schuldirektors klang deprimiert. „Bei solchen Gelegenheiten registriert man erst so richtig, wie alt man eigentlich ist!“

„Sie sagen es!“ Trübsinnig starrte Esther zu der Schaukel hinüber, die noch immer von einem der Bäume ihres Gartens hing, und zu dem halb verfallenen Baumhaus unmittelbar darüber in einer Astgabelung.

Herr Zimmer schenkte ihrer Bemerkung keine weitere Beachtung. „Unser Sohn legte uns sogar nahe, das Haus zu verkaufen! Über kurz oder lang wächst uns das Ganze hier buchstäblich über den Kopf, meint er, und wofür wir uns überhaupt derart damit abmühen, da weder er noch seine Schwester samt Familien jemals hier auf dem Land zu wohnen gedenken?!?“

Ein abgrundtiefer Seufzer entrang sich den Lippen des alten Mannes. Mitfühlend trat Esther näher und legte über den Zaun hinweg ihre Hand auf den Arm des alten Mannes. „Das tut mir leid!“

„Die Seniorenwohnanlage, die er uns vorschlug, ist bestimmt nicht übel – unter anderem verfügt sie über einen schönen Park zum Spazieren und wir hätten auch eine richtige Wohnung für uns, aber ...“ Kläglich verhallte seine Stimme.

Esther verstand. „Aber dies ist Ihr Zuhause, nicht wahr?“

„Ja, genauso ist es – dies hier ist seit so vielen Jahren Waltrauds und mein Zuhause, dass ich nicht einmal daran denken mag, es zu verlassen! Und wie es Waltraud dabei ergeht, danach frage ich lieber erst gar nicht.“ Müde hob Franz Zimmer seine schmalen, hängenden Schultern, dann nickte er Esther zum Abschied zu und schlurfte zurück ins Haus.

Esther bückte sich erneut nach ihrer Teichpumpe. Während ihres Gesprächs mit dem Nachbarn hatte sich das aufgewühlte Wasser neben ihr wieder weitgehend beruhigt, sodass sie die Fische sehen konnte. Einer von ihnen, ein leuchtend orangefarbener mit besonders ausgeprägter schillernder Schwanzflosse – Julis Nemo –, zog seine Kreise dicht unter der grünlichen Wasseroberfläche, ganz so, als beobachtete er das seltsame Treiben der großen, fremden Wesen dort außerhalb seines Elementes.

Nachdenklich starrte Esther ihn an. Irgendwie konnte sie Nemos Verwunderung, wenn es sich denn tatsächlich darum handeln sollte, nachvollziehen: Manches Mal *war* das Treiben der Menschen wirklich seltsam. Jahrelang mühten sie sich ab, ein schönes, gemütliches Heim für sich und ihre Familien zu schaffen, schufteten in ihren Gärten, bis der Rücken und sämtliche Gliedmaßen schmerzten, und wozu? Die Familien veränderten sich, Kinder gingen aus dem Haus, kamen nur noch zu kurzen Besuchen und teilten ihren Eltern irgendwann mit, sie wären an einem anderen Ort als eben diesem Zuhause besser aufgehoben, so wie es bei Ehepaar Zimmer der Fall war. Wenn sie sich schon heute den ganzen Nachmittag lang gefragt hatte, für wen sie sich eigentlich die ganze Mühe mit dem großen Garten machte, wie würde es ihr dann erst in einigen Jahren ergehen? Würde sie allein mit all der Arbeit hier alt werden – alt, müde und deprimiert – bis ihre Töchter beschlossen, sie ebenfalls an einem sicheren, mehr oder weniger gemütlichen Ort „abzustellen"?

Esther blies den nach wie vor ungewohnten Pony aus ihrer Stirn und machte sich daran, die Pumpe samt Filtern und Schwämmen im Keller zu verstauen, ehe sie mit ähnlich hängenden Schultern wie ihr Nachbar ins Haus zurückkehrte.

Am Sonntagmorgen blieb Esther zu Hause, statt wie sonst den Gottesdienst zu besuchen. Sie hatte sich am Vortag zweifellos übernommen – ihr Rücken schmerzte noch immer und das Ziehen in ihren Oberarmen war unschwer als Muskelkater zu identifizieren. Außerdem hatte sie sich abends tatsächlich nicht mehr dazu überwinden können, den Braten zu füllen und ins Rohr zu schieben und widmete sich deshalb nun in aller Ruhe den Essensvorbereitungen. Wer wusste schon, was Juli wochentags in ihrer

Wohngemeinschaft oder der Mensa zu sich nahm? Wenigstens am Wochenende sollte ein Mädchen ihres Alters eine anständige Mahlzeit bekommen. Dasselbe galt selbstverständlich für die Mitbewohnerin, die Juli heute begleiten würde: Mirjam hatte nicht das Glück, ihre Familie in unmittelbarer Nähe zu haben, wie Juli gestern am Telefon berichtet hatte, und freute sich schon sehr auf Esthers „nahrhafte Hausmannskost". In Anbetracht dieses im Voraus erteilten Lobes blieb Esther gar nichts anderes übrig, als Julis Plänen zuzustimmen, obwohl sie ihre Tochter sehr viel lieber für sich allein gehabt hätte.

Kurz vor 13 Uhr drehte sich der Schlüssel im Schloss der hölzernen Eingangstür mit den altmodischen Milchglaseinsätzen, und mit einem fröhlichen „Hallo, Mum, wir sind da-ha!", betrat Juli das Haus. Im Schlepptau hatte sie eine junge Frau mit der lang aufgeschossenen, mageren Figur eines Models.

„Wie schön!" Freudig eilte Esther ihrer Tochter entgegen, umarmte sie und reichte der jungen Fremden die Hand zur Begrüßung. Diese trug einen modischen schwarzen Minirock und eine kurze, schwarze Lederjacke zu einem grellbunten, äußerst figurbetonten Oberteil, ihre schlanken Beine steckten in Leggins und über kniehohen Stiefeln, während Kopf, Schultern und Ausschnitt von einem locker fallenden Kapuzen-Cape bedeckt wurden. Esther schluckte ein wenig: Julis neue Freundin musste tatsächlich einen Nebenjob in der Modebranche habe!

Unwillkürlich blickte sie an ihrer eigenen Kleidung herab, einer rotbraunen Cordjeans zu beigem Shirt und einer langen, gestreiften Grobstrickjacke, die zweifellos nicht mehr viel von ihrer ursprünglichen Form behalten hatte, sondern ihr eher wie ein Sofaüberwurf bis zu den Oberschenkeln baumelte. Vielleicht hätte sie ihren Gästen zuliebe heute doch etwas mehr auf ihre Kleidung achten sollen? Doch Juli, wie üblich in Jeans, Sweater und bunten Sportschuhen, schien nichts von Esthers Unbehagen zu bemerken.

„Gut sieht sie aus, deine neue Frisur!", stellte sie auf dem Weg ins Esszimmer fest. „Emma hat zwar recht, es ist total ungewohnt, dich mit so kurzem Haar zu sehen, aber es steht dir wirklich gut! Macht dich jünger, interessanter, finde ich!"

„Danke!" Esther lächelte erfreut. In ihrer geradlinigen Art verteilte ihre Tochter üblicherweise keine Komplimente, wenn sie es nicht tatsächlich auch so meinte.

„Und es duftet herrlich, Mum!", fuhr Juli bereits fort. „Es gibt Rollbraten mit Paprikafüllung, hab ich recht?"

„Oh, ich liebe Rollbraten!", fiel Mirjam ein, „nur servieren sie so etwas in der Mensa leider äußerst selten!"

„So? Da bin ja froh, dass ich das Richtige getroffen habe!"

Esther rückte die Stühle an dem runden Tisch zurecht und unter eifrigem Geplauder der Mädchen nahmen die drei ihre Mahlzeit ein. In allen Einzelheiten berichtete Juli von den Vorlesungen, von ihren ersten Nächten in der neuen Wohnung, als sie wegen des Verkehrslärms mitten in der City kaum geschlafen hatte, und beide Mädchen gemeinsam witzelten über ihre bisherigen Erlebnisse in der bunt zusammengewürfelten Studenten-WG.

Endlich lehnte Mirjam sich im Stuhl zurück. Befriedigt strich sie über die Stelle ihres Tops, unter der bei anderen jungen Mädchen der Bauch zu sitzen pflegte. „Puh, bin ich satt! Ich glaube, das reicht jetzt wieder für eine ganze Woche ungesundes Studentenfutter. Danke für das köstliche Essen, Frau Wittmann!"

„Ja, danke, Mum, das hat wirklich gut getan!" Von ihrem der Terrassentür gegenüberliegenden Platz aus musterte Juli Garten und Terrasse. Es regnete in Strömen, und nur schemenhaft waren die Umrisse der Büsche und Bäume draußen zu erkennen. „Du hast den Garten gerichtet, die Pflanzen nach unten gebracht und all das, nicht wahr?", registrierte Juli nichtsdestotrotz.

„Gestern!", nickte Esther, doch Juli fuhr bereits fort: „Waren die Pflanzenkübel für dich allein nicht viel zu schwer?"

„Nun ja, leicht waren sie nicht gerade!" Automatisch griff Esther sich an ihren schmerzenden Rücken.

„Daran habe ich gar nicht gedacht", murmelte Juli betroffen, „dass diese ganze Arbeit jetzt an dir allein hängt, Mama! Hättest du dich doch vorher bei mir gemeldet, dann hätte ich dir geholfen wie sonst auch!"

Esther winkte ab: „Das ist schon in Ordnung, Juli! Jetzt, wo du nicht mehr hier wohnst, muss ich eben allein ran! Soo alt bin ich schließlich auch noch nicht!"

„Ich kann mir gar nicht vorstellen, dass meine Mutter so etwas wie Gartenarbeit erledigt!", warf Mirjam ein.

„Dann habt ihr zu Hause wohl keinen Garten?" Esther war dankbar für die Gelegenheit, die Aufmerksamkeit von ihrer eigenen Person abzulenken. Sich selbst aufgrund ihres neuen, einsamen Daseins zu bemitleiden war eine Sache, aber ihre Tochter mit hineinzuziehen eine andere. Juli sollte ohne schlechtes Gewissen ihre Unabhängigkeit genießen dürfen.

„Richtig. Meine Mutter ist sehr oft mit meinem Vater auf Geschäftsreisen – die beiden haben ein gemeinsames Werbeunternehmen, wissen Sie –, sodass wir immer nur eine Wohnung besaßen. Bis vor Kurzem, als ich auch noch daheim lebte, bewohnten wir den ersten Stock eines Zweifamilienhauses, aber nach meinem Auszug kauften meine Eltern ein designermöbliertes Loft. Ein Garten wäre bei so was natürlich Fehlanzeige!"

„Selbstverständlich!" stimmte Esther zu, während sie sich innerlich schüttelte: Eine grässliche Vorstellung, mitten in der Stadt in einem hochmodernen Loft zu leben!

Nach einer zweiten Tasse Kaffee und einem Stück Marmorkuchen verabschiedeten sich Juli und Mirjam. Sie waren bereits auf dem Weg zu ihrer nächsten Verabredung mit einer Freundin.

Als Esther sie zur Tür gebracht hatte und ins Wohnzimmer zurückgekehrt war, machte sie Halt vor dem Papageienkäfig. „Nun sind es wieder nur wir beide, nicht wahr, Keiner Onkel?"

„Ja, meine Liebe!", krächzte der Vogel, sichtlich erfreut über Esthers Ansprache.

„Ja, meine Liebe?", echote Esther. Zum ersten Mal hörte sie diesen Ausdruck aus dem Papageienschnabel. Seine Vorbesitzerin musste ihn ihm beigebracht haben.

„Sicher, meine Liebe!", fuhr der Papagei fort und brach in gackerndes Gelächter aus.

„Du hast gut lachen! Wenn du nur deine Sonnenblumenkerne hast oder meine Erdnüsse klauen und ein wenig Unsinn plappern kannst, bist du schon glücklich mit deinem Leben. Ich dagegen habe nicht die geringste Ahnung, was ich mit dem Rest dieses Tages noch anfangen soll!"

Von dem Käfig wanderte Esthers Blick über die gut gefüllten

Bücherregale, das Regalfach voller Gesellschaftsspiele, mit denen die Mädchen und sie sich manchen verregneten Sonntagnachmittag vertrieben hatten, und schlussendlich zum Telefon. Doch nichts, weder eines der Bücher noch ein Gespräch mit einer Freundin, schien ihr momentan wirklich verlockend. Welche Neuigkeit oder welches aufregende Ereignis aus ihrem Leben hätte sie auch zu berichten? Nichts – nicht die unbedeutendste Neuigkeit, von aufregenden Erlebnissen ganz zu schweigen. Esther dachte an die ausgefüllten arbeitsamen Tage als junge Mutter, an denen sie sich danach gesehnt hatte, einmal ein paar ungestörte Minuten für ein spannendes Buch zu finden, egal ob noch un- oder bereits dreimal gelesen. Und heute fiel ihr tatsächlich nichts Anderes ein, als sich vor dem Fernseher niederzulassen.

Der letzte Gedanke, ehe ihr bei laufender Sendung vor Langeweile die Augen zufielen, war: *Morgen gehe ich zur Buchhandlung oder schicke eine Bestellung ab, um mir wieder einmal etwas Vorrat an Lesestoff anzulegen! Oder aber ich suche mir ein neues Hobby, Zeichnen beispielsweise. Tun das nicht fast alle Frauen in meinem Alter?*

Kapitel 3

Herr, in mir ist es finster, aber bei dir ist das Licht.
Ich bin einsam, aber du verlässt mich nicht.
Ich bin mutlos, aber bei dir ist die Hilfe.
Ich verstehe deine Wege nicht, aber du weißt den Weg für mich.
(Dietrich Bonhoeffer)

Wohltuende Ruhe herrschte in der Erdgeschosswohnung des altehrwürdigen Stadthauses. Das gleichmäßige Ticken der Standuhr in einer Ecke des Wohn- und Esszimmers und das leise Knistern der Flammen im schwarzen Kaminofen trugen eher dazu bei, die Stille zu betonen, als sie zu durchbrechen.

Einen Augenblick lang starrte Walter Ulrich durch das Sichtfenster des Ofens zufrieden in den orangegelben Feuerschein: Keine Öl- oder Gasheizung, keine Solarenergie konnte die Unfreundlichkeit eines feuchten Herbstmorgens auf dieselbe Weise in ihre Schranken weisen wie ein knisterndes Feuer, das war die feste Überzeugung seiner traditionsbewussten Seele. Selbstverständlich war dieses Feuer hinter einer Glasscheibe nicht dasselbe wie ein Feuer in einem offenen Kamin – wie seine Idealvorstellung eines Feuers aussah –, doch immerhin waren es echte, knisternde und tatsächlich in Flammen stehende Buchenscheite.

Behaglich setzte der Professor sich in seinem Ohrensessel zurecht, spürte das weiche Leder in seinem Nacken und die zusätzliche Wärme der karierten Decke über seinen Knien. Bei nasskaltem Wetter fühlte er manchmal eine seltsame Schwere in den Kniegelenken, der nur durch Wärme abzuhelfen war.

Sein Blick schweifte über den ovalen Esstisch, die geschlossene Nussbaumvitrine und die Sitzecke und blieb schließlich an dem kleinen Beistelltischchen neben seinem Sessel hängen. Er griff nach der einzigen Zeitschrift darauf. Beinahe von selbst öffnete sie sich auf der Doppelseite mit den Zahlenrätseln, der einzigen Seite des Magazins, der Walter überhaupt Beachtung schenkte. Mit Bild- und vor allem Kreuzworträtseln befasste er sich grundsätzlich nicht. Den Kugelschreiber in der Hand machte er sich daran, ein Sudoku zu lösen.

Einen Augenblick später jedoch war es vorbei mit seiner Ruhe. Unüberhörbar drang aus dem nebenan liegenden Arbeitszimmer das Brummen des Staubsaugers, verstärkt durch einen lauten, unmelodischen Gesang. Dem Quietschen einer rostigen Türangel gleich übertönte die Stimme der Haushaltshilfe immer wieder den Bass des Staubsaugers, um sich kurz darauf in schwindelerregende Höhen zu schwingen, die früher oder später in einem unkontrollierten Quietschlaut endeten.

Unwillig schüttelte der Professor seinen Kopf. War diese Frau nicht einmal samstags, wenn er im Haus war und seine wohlverdiente Ruhe genießen wollte, in der Lage, ihre Arbeit ohne derart störende Nebengeräusche zu erledigen? War es überhaupt notwendig, ihre Dienste auch samstags zu beanspruchen? Immerhin war seine Wohnung nicht so groß, dass man sie nicht auch an fünf Tagen in der Woche in angemessenem Zustand halten konnte. Auf der anderen Seite aber müsste er ohne Frau Kempinski samstags auf seine gewohnte warme Mahlzeit verzichten, und das war undenkbar. Walter Ulrich war kein Mann, der gern im Luxus schwelgte, doch eine warme, ausgiebige Mahlzeit am Tag gehörte seiner Ansicht nach zu den Grundbedürfnissen des Mannes in seinen Sechzigern, der sich noch immer mit regelmäßiger Arbeit seinen Lebensunterhalt verdiente. Folglich blieb ihm momentan nichts anderes übrig, als stillschweigend über den Gesang der Haushälterin hinwegzuhören.

Mit einem resignierten Seufzer nahm Walter die Lesebrille von der Nase und legte die Zeitschrift beiseite. Er würde sich erst wieder seinen geliebten Zahlenrätseln widmen, wenn der Staubsauger und damit auch Frau Kempinski endlich verstummten. In der Zwischenzeit war die Gerichtssendung im Fernsehen das adäquate Mittel, die Störgeräusche zu übertönen. So konstruiert, weit hergeholt und schlecht vorgetragen die Fälle in dieser Sendung auch waren, verpasste Walter am Wochenende doch kaum eine Gelegenheit, sie zu sehen. Obwohl sein Fachgebiet das Steuer- und Finanzrecht war, das er im Lauf seines Lebens unzähligen Studenten nahegebracht hatte, schlug sein Herz im Geheimen für die Ausübung des Strafrechts. Er hatte es sich zum Lieblingssport gemacht, die Urteile, die der TV-Richter jeweils fällte, für sich ganz persönlich zu widerlegen und in der Luft zu zerreißen.

Voller Vorfreude legte er die Füße auf den zu seinem Ohrensessel gehörigen Hocker, lehnte sich erneut bequem zurück und griff nach der TV-Fernbedienung. Sekunden später flimmerte das Konterfei des Richters über den Bildschirm und Walters Gedanken vertieften sich vollkommen in den Fall von vorsätzlicher Körperverletzung, der verhandelt wurde. Er registrierte weder, wie der Staubsauger nebenan verstummte, noch, wie Frau Kempinski mit demselben im Schlepptau das Wohnzimmer betrat. Erst ihr zurückhaltendes „Ich müsste jetzt hier drinnen sauber machen, Herr Professor, ich hoffe, es stört Sie nicht!" ließ ihn aufschrecken.

„Aber natürlich stört es mich", gab er unwillig zurück. „Sie sehen doch, dass ich gerade diese Sendung hier verfolge! Also warten Sie wenigstens mit dem Staubsaugen das Ende dieser Verhandlung ab. Wischen Sie Staub, decken Sie schon mal den Mittagstisch oder tun Sie, was sonst noch für heute auf Ihrem Plan steht!"

Mit ärgerlich gerunzelter Stirn, aber widerspruchslos stellte die Haushaltshilfe den Staubsauger neben der Wohnzimmertür ab, zog ein Tuch samt Poliermittel aus ihrer Schürzentasche und begann damit den Esstisch zu bearbeiten.

Zufrieden wandte Walter seine Aufmerksamkeit wieder zum Bildschirm. Soeben wurde der zweite Zeuge der Verteidigung aufgerufen, doch er wirkte nervös und inkompetent und verstrickte sich bei den Fragen des Richters derart in Widersprüche und offensichtliche Halbwahrheiten, dass Walter sich stöhnend an den Kopf griff.

„Was für ein Zeuge! Wo hast du nur dein Handwerk gelernt, mein guter Verteidiger, dass du nichts Besseres zu bieten hast als einen solchen Dummkopf? Ein weiterer Zeuge dieser Art, und du und dein Mandant haben den Fall verloren, und zwar mit fliegenden Fahnen!", ereiferte er sich lautstark. „Wie kann man der Anklage nur derart in die Hände spielen?"

Frau Kempinski räusperte sich und warf Walter einen fragenden Blick zu. Mittlerweile hatte sie Vitrine und Tischplatte auf Hochglanz poliert und das Mittagsgedeck für eine Person aufgelegt, die Sofakissen aufgeschüttelt, Feuerholz im Ofen nachgeschoben und wartete nun eigentlich nur noch darauf, dass sie den Teppich saugen konnte. Denn mehr gab es im Wohnzimmer nicht zu tun – Professor Dr. Ulrich besaß abgesehen von dem mit dicken juristischen Wälzern gefüllten Regal in seinem Arbeitszimmer kein einziges Bücherregal. Weder hatte sie auf dem Nachttisch im Schlafzimmer jemals ein Buch entdeckt, noch gab es im Wohnzimmer auch nur das kleinste Exemplar davon. Stattdessen nahmen der große Flachbildfernseher und ein deckenhoher und ebenso breiter antiker Wandteppich die Wand gegenüber der Sofaecke ein.

Der Professor nahm keinerlei Notiz von Frau Kempinskis Räuspern. Gespannt verfolgte er jedes einzelne Wort der Verhandlung, als nach dem Zeugen wieder der Richter das Wort ergriff. „Also, ich fasse es nicht! Wie kann man diesem Zeugen nur Glauben schenken, das merkt doch jedes Murmeltier im Winterschlaf, dass der gekauft ist! Oh nein, liebe Leute, für so dumm könnt ihr euer Publikum einfach nicht verkaufen!", kommentierte er schließlich mit hochroten Wangen.

Frau Kempinski musterte ihn besorgt: „Sie sollten sich nicht so aufregen, Herr Professor, in Ihrem Alter ist das gar nicht gut fürs Herz! Gerade neulich sagte der Arzt zu meinem Mann, der im Übrigen nur drei Jahre älter ist als Sie, wenn auch deutlich runder und deshalb gefährdeter in dieser Beziehung ..."

Ein Blick aus Walters eisblauen Augen brachte sie abrupt zum Schweigen. „Nun halten Sie aber den Mund", donnerte der alte Herr. „Im Moment interessiert mich allein die Argumentation hier, nicht mein Herz und mit Sicherheit nicht die Leiden Ihres Mannes – oh, das darf doch nicht wahr sein! Nun habe ich tatsächlich das Urteil verpasst – und alles nur wegen Ihnen! Tun Sie mir den Gefallen, Frau Kempinski, und gehen Sie in die Küche, um mein Mittagessen zuzubereiten, statt mich hier weiterhin zu stören!" Schon galt seine Aufmerksamkeit wieder dem Bildschirm.

Frau Kempinskis Besorgnis verwandelte sich in Zorn. Sie stemmte ihre Hände in die trotz ihres Alters mädchenhaft schmalen Hüften und entgegnete empört: „Alles wegen mir und dem Leiden meines Mannes, das Sie nicht interessiert, ja? Also dann tue ich Ihnen natürlich nur allzu gerne einen Gefallen, Herr Professor!“

Mit drei großen Schritten war sie am Fernseher und schaltete ihn aus. Mitten im Satz wurden die letzten Worte des Richters abgeschnitten. „Hier haben Sie zum Ersten einen Gefallen für Ihre Nerven und Ihr Herz! Und zum Zweiten“, sie zog Poliertuch und -mittel aus der Tasche, schleuderte beides schwungvoll zu Boden und marschierte zur Tür, ohne Walter eines weiteren Blickes zu würdigen, „tue ich Ihnen den Gefallen, Sie heute und auch in Zukunft nicht länger zu stören: Ich kündige, und zwar auf der Stelle!“

An der Wohnzimmertür wandte sie sich ihm noch einmal zu: „Und glauben Sie ja nicht, dass Sie so schnell einen Ersatz für mich finden werden! Ich werde meinen sämtlichen Kolleginnen erzählen, wie schlecht Sie Ihre Haushaltshilfen behandeln: Ihre Bezahlung ist miserabel und Ihr Umgang mit Ihren Mitmenschen noch viel miserabler! Sie mögen ja Geld haben, aber nicht das kleinste Fünkchen Mitgefühl oder wenigstens Interesse für irgendjemanden außerhalb Ihrer eigenen vier Wände! Ihre Studenten können einem wirklich leidtun!“

Bereits während ihrer letzten Worte öffnete die Haushaltshilfe die oberen Knöpfe ihrer Kittelschürze, gleich darauf schlug sie krachend die Wohnzimmertür hinter sich zu. Nur Sekunden später verkündete das hörbare Klicken, mit dem die Wohnungstür stets ins Schloss fiel, dass sie tatsächlich das Haus verlassen hatte. Fassungslos starrte Walter von der Wohnzimmertür, die von der Erschütterung noch leise bebte, zu der wachsenden Pfütze aus Politur, die sich auf seinem teuren Teppich ausbreitete.

Steile Falten durchfurchten seine Stirn, während seine Rechte durch das volle, graue Haar fuhr. Und erneut war das Knacken eines Buchenscheits im Kaminofen das einzige Geräusch, das die Stille in seiner Wohnung durchbrach.

Walters Lieblingsrestaurant lag nur etwa zehn Gehminuten von seiner Wohnung entfernt. Das „Drei Kronen“ bot eine schmackhafte, gutbürgerliche Küche, und dies selbst in Euro gerechnet zu einem vernünftigen Preis. Bis auf die großen Feiertage, wenn das „Drei Kronen“ vor Familien und großen Gesellschaften nahezu barst, suchte der Professor es fast jeden Sonntag auf. Meist ließ er sich an einem Tisch in der Ecke des kleineren Gastraumes nieder und bestellte ein Viertel trockenen französischen Rotwein sowie das Menü des Tages, um beides in aller Ruhe zu genießen.

An diesem Sonntag jedoch wollte es ihm trotz des ausgezeichnet zubereiteten Rostbratens nicht recht gelingen, zur Ruhe zu kommen: Sein gewohnter Zweiertisch in der Ecke war besetzt, so wie fast das gesamte Restaurant, und er war gezwungen, an einem geradezu winzigen Tisch in einer Fensternische zu essen. Am Nebentisch saß eine sechsköpfige Familie – Eltern, drei kleine, unaufhörlich plappernde und zappelnde Kinder und eine Großmutter, die im Gegensatz zu den Eltern zumindest versuchte, die Kinder im Zaum zu halten –, und vor dem Fenster hasteten trotz des Regens vereinzelte Passanten vorüber, die mitunter sehnsüchtig ins behagliche Innere des Restaurants spähten. Doch noch mehr als diese äußeren Gegebenheiten hielten die Gedanken an seine Haushälterin Walter vom ungestörten Genuss seiner Mahlzeit ab.

Frau Kempinski war die zuverlässigste, nachsichtigste und ausdauerndste aller Hausangestellten gewesen, die er im Lauf der vergangenen 20 Jahre beschäftigt hatte. Eine pflichtbewusste Deutsche seines Alters, die sich verständlich und meist auch intelligent auszudrücken vermochte und damit die jungen Ausländerinnen mit ihrem gebrochenen Deutsch, die in dieser Branche oft tätig waren, bei Weitem übertraf. Nicht, dass er als einstiger Flüchtling aus Ostpreußen Vorbehalte gegen Ausländer oder Asylanten im Allgemeinen gehegt hätte, er liebte es nur nicht, in seiner eigenen Wohnung nicht einmal richtig verstanden zu werden.

Wie hatte ausgerechnet Frau Kempinski es wagen können, aus einem so nichtigen Grund wie einem verbalen Ausrutscher seinerseits zu kündigen? Sie kannte seine zugegebenermaßen nicht immer charmante Art doch mittlerweile ebenso wie die Tatsache, dass er es nicht ausstehen konnte, bei einer juristischen

Argumentation gestört zu werden! Immer noch leicht fassungslos schüttelte Walter den Kopf und fragte sich, wo und auf welche Weise er eine geeignete Nachfolgerin für die Dame auftreiben sollte. Suchte man sein Personal heute über Stellenanzeigen in der Tagespresse, über Vermittlungsagenturen oder hauptsächlich über das Internet? Das Beste war vermutlich, er fragte gleich morgen früh bei einem Dozentenkollegen nach, der ein eingefleischter Junggeselle war. Wenn er Glück hatte, konnte dieser Kollege ihm sogar jemanden empfehlen, eine Bekannte seiner eigenen Haushälterin oder dergleichen. Mundpropaganda war in einem solchen Fall sicherlich am wirkungsvollsten. Die Kempinski würde sich noch wundern, wie rasch er trotz ihrer Drohung, ihn zu verleumden, einen Ersatz fand! Von diesem Gedanken getröstet verließ er schließlich das Restaurant.

Mit mehr Zuversicht, als er seit dem Anblick seiner leeren, kalten Küche am Vortag empfunden hatte, schritt Walter die Straße entlang. Beständig wie das Schlagen eines Metronoms prasselten die Tropfen auf seinen schwarz und grau gemusterten Herrenschirm, der hochgeschlagene Mantelkragen und seine gleichfalls graue Mütze schützten ihn vor dem böigen Wind. Dennoch strebte Professor Ulrich eilig seiner Wohnung entgegen, statt wie sonst üblich einen längeren Verdauungsspaziergang zu machen. Weit ausholenden Schrittes bog er von der viel befahrenen Straße in die schmale gepflasterte Nebenstraße ab, deren Häuserfront ihm so vertraut war wie das Innere seines Portemonnaies. Teils ebenerdig, teils durch zwei Stufen erhöht gingen die Hauseingänge hier nahtlos in den Gehweg über. Entsprechend befanden sich die vorderen Fenster etwa in Kopfhöhe der Passanten, und so waren alle Fenster bis auf diejenigen der gewerblich genutzten Gebäude mit dichten Gardinen versehen. Lediglich ein Haus, ein solides zweistöckiges Gebäude mit stuckverziertem Giebel etwa auf halber Höhe der Straße, bildete die Ausnahme von dieser Regel: Altertümliche, im selben Grauweiß wie die Hausmauer gehaltene Fensterläden verbargen sowohl Fenster als auch eventuell vorhandene Gardinen hinter sich.

Hierher lenkte Walter seine Schritte und machte Halt, um in seiner Manteltasche nach dem Hausschlüssel zu kramen. Als er ihn gefunden und ins Schloss gesteckt hatte, hielt er noch einmal inne. Einer der Fensterläden schien nicht mehr richtig zu schließen, jedenfalls ragte er ein Stück über die Kante des zweiten Flügels hinaus. Alarmiert trat er näher. Für einen unbeteiligten Beobachter mochte dieser Umstand belanglos sein, doch nicht in Walters Augen: Es fehlten nur wenige Zentimeter und der Fensterladen würde weit genug hervorstehen, um ihn von der Straße aus ganz zu öffnen und einen Blick ins Innere zu werfen. Die Stirn in unwillige Falten gelegt stellte er seinen Regenschirm ab und griff nach dem Fensterladen, um ihn in seine ursprüngliche Position zurück zu bringen. Vergeblich. An irgendeiner für Walter nicht sichtbaren Stelle klemmte der Laden fest. So heftig er auch rüttelte, der massive hölzerne Laden bewegte sich nur um Millimeter.

Doch so durfte er keinesfalls bleiben. Noch einmal stemmte Walter seine Rechte mit aller Kraft dagegen, der Laden gab ruckartig nach – und Walter zog seine Hand mit einem Schmerzenslaut zurück. Nicht nur der Laden, sondern auch sein Handgelenk hatte nachgegeben! In Wellen breitete sich der Schmerz von seinem Gelenk in den gesamten Unterarm aus.

Stöhnend presste Walter den Arm an seinen Körper, während er mit der linken Hand unbeholfen den Schlüssel im Türschloss drehte. In seiner Wohnung angekommen stürzte er sich auf den Kühlschrank, entnahm dem Eisfach einen Beutel Eiswürfel und legte ihn auf sein Handgelenk. Aber die Wirkung dieser Maßnahme war minimal: Das Gelenk schwoll mit jeder Sekunde weiter an, ganz zu schweigen von den zunehmenden Schmerzen.

„Verflixt, das hat mir gerade noch gefehlt!“, entfuhr es Walter. Sein Blick glitt von der verletzten Hand zu dem gebrauchten Geschirr, das sich seit dem Mittagessen am gestrigen Tag (das er sich mit Mühe und Not selbst zubereitet hatte) in der Spüle stapelte und damit den Gesamteindruck der ansonsten blitzsauberen Küche zerstörte. „Wie soll ich denn mit dieser Verletzung in der Lage sein, heute noch irgendwie Ordnung zu schaffen?“

Mit schmerzlich verzerrten Zügen sank er auf einen der beiden Stühle an dem kleinen Küchentisch.

Genervt blickte Hajo aus dem Fenster. In stetem Strom liefen die Tropfen an der Scheibe seines Wohnzimmerfensters hinunter, draußen auf der Straße trottete ein einsamer Spaziergänger vorbei, Kopf und Schultern unter einem karierten Schirm verborgen.

Seit Stunden nichts als Regen an diesem Oktobersonntag. Hajo seufzte. Die ersten Wochen an seinem neuen Wohnort hatte sich der 45-Jährige doch ein wenig erfreulicher vorgestellt. Die ausgedehnten Wälder um die Stadt boten ideale Gegebenheiten zur Ausübung seines Hobbys: Schmale Wege, verschlungene, wurzelüberwucherte Pfade im Schatten der Bäume, hügelauf und hügelab – etwas Schöneres konnte er sich für sich und sein Bike nicht wünschen. Natürlich war diese Möglichkeit nicht der Hauptgrund für seinen Wohnortwechsel gewesen, aber positiv beeinflusst hatte sie ihn schon.

Doch bisher war er nicht ein einziges Mal zum Fahrradfahren im Gelände gekommen, die Wälder hatte er nur aus der Ferne beziehungsweise bei seinen Visiten auf der Autobahnbaustelle zu sehen bekommen. Wobei ihm bei der letzteren Gelegenheit stets eine Kolonne aus Baufahrzeugen oder ein dichter Schleier aus Staub und Dreck die Sicht versperrt hatten. Aber das sollte sich jetzt ändern – Regen hin oder her. Immerhin besaß er eine halbwegs wetterfeste Ausrüstung.

Entschlossen nahm Hajo die langen Beine vom Wohnzimmertisch, warf stattdessen seine Zeitschrift auf denselben und sprang aus dem Sessel. Jetzt oder nie. Kurz darauf schob er sein Geländerad aus der Garage, befestigte die Trinkflasche am Halter und verschloss den Kinnriemen seines Fahrradhelms.

In Windeseile legte er die zwei Kilometer bis zum Waldrand zurück und atmete erleichtert auf, als er unter das schützende Blätterdach des Mischwaldes tauchte: Hier war der Regen zwar noch spürbar, doch prasselte er nicht mehr ungebremst auf Hajos Helm und Körper nieder. Auch der böige Herbstwind machte ihm hier deutlich weniger zu schaffen. Schnell fand er zu seinem gewohnten Rhythmus. Mit bedachten, kräftigen Bewegungen bewältigte er den ersten Hügel, um oben einmal kurz innezuhalten.

Mit tiefen Zügen inhalierte er die frische Waldluft und sah sich um. Pilze wuchsen aus einem Baumstumpf seitlich des schmalen

Weges, und dem Tannendickicht zu seiner Linken entströmte der typisch würzige, modrige Duft. Abgesehen vom Keckern eines Eichelhähers, der ihn gerade in diesem Moment erspäht haben musste, und dem ungleichmäßigen Rauschen des Windes in den Baumkronen war nichts zu hören.

Hajo verzog das bärtige Gesicht zu einem zufriedenen Lächeln. Er hatte sie vermisst, diese andächtige Stille, die noch erhabener war als die Atmosphäre in jedem prächtig ausgestatteten Dom. Hier konnte er seine Alltagssorgen ablegen und in aller Stille beten, und zumindest für einige Augenblicke verspürte er nicht einmal diesen Schatten der Schuld, der nun seit Monaten über ihm lag und ihn begleitete, wohin er auch ging.

Doch noch etwas anderes hatte er in den letzten Wochen vermisst: Das Gefühl, auf zwei Rädern und einem unebenen, hindernisreichen Weg einen Hügel hinab zu sausen und dank seiner Geschicklichkeit auch heil unten anzukommen! Voller Vorfreude vertiefte sich sein Lächeln, als er sein Bike wieder bestieg und sich in Bewegung setzte.

Über Steine, Äste und Baumwurzeln hinwegsetzend steigerte er seine Geschwindigkeit, der Fahrtwind strich um seinen Bart und kühlte seine nackten Waden, als plötzlich in unmittelbarer Nähe das Bellen eines Hundes ertönte. Keine Sekunde später querte ein heller, großer Hundekörper wie ein Blitz den Waldpfad vor Hajo.

Hajos erschrockener Ausruf erschreckte den Hund ebenfalls, sodass er wenige Meter neben dem Pfad stehen blieb, doch es war bereits zu spät: Eine hervorstehende Baumwurzel, die Hajo durch die Ablenkung übersehen hatte, bremste ihn in voller Fahrt. Fahrrad samt Fahrer überschlugen sich einmal in der Luft, und schon fand Hajo sich auf dem Boden wieder. Über ihn beugte sich mit freundlich-interessierten Augen der Hund.

„Na du hast Nerven, blödes Vieh, mich derart zu überfallen!“, schimpfte Hajo, konzentrierte sich aber dann darauf, seine Gliedmaßen zu sortieren und auf Verletzungen zu überprüfen. Außer einem Bluterguss, wo er mit dem Knie auf einen Stein geschlagen war, hatte er scheinbar keinen Schaden davongetragen. Auch das Fahrrad neben ihm wirkte glücklicherweise unversehrt.

Mit leisem Stöhnen erhob sich Hajo, als hinter ihm eine Stimme erklang. „Oh ... das tut mir so leid! Bitte entschuldigen Sie! Das wollte Ikarus nicht, ganz sicher!"

„Schon in Ordnung, es ist ja noch mal gut gegangen!"

Der Junge, der sich jetzt bückte, um Hajo mit seinem Fahrrad zu helfen, war schätzungsweise zehn oder elf Jahre alt und wirkte nicht besonders kräftig. Von einem erwachsenen Begleiter war nichts zu sehen.

„Vielleicht solltest du deinen Hund nächstes Mal an der Leine behalten, wenn du allein mit ihm in den Wald gehst!", bemerkte Hajo deshalb. „Ein Fahrradunfall geht nicht immer so glimpflich aus, ich hätte mir ebenso gut sämtliche Knochen brechen können, und wenn mein Bike in die Brüche gegangen wäre ... So etwas kann ganz schön teuer werden, verstehst du? Abgesehen davon ist es meines Wissens verboten, Hunde im Wald frei laufen zu lassen!"

„Aber ich hatte ihn doch an der Leine!", versicherte der Junge. „Nur, er hat sich einfach losgerissen, als da plötzlich ein Kaninchen auftauchte!"

„Verstehe!" Hajo musterte den Hund. Es handelte sich um einen ausgewachsenen Labrador, und obwohl der Junge die Leine mittlerweile wieder pflichtbewusst in Händen hielt, sah man ihr an, dass sie gerade eben noch über feuchten Waldboden und durch dichtes Gebüsch geschleift worden war. Hajo war versucht, über die Verantwortungslosigkeit der Eltern den Kopf zu schütteln, die ein Kind mit einem Hund losschickten, der ihm kräftemäßig weit überlegen war, doch der Blick des Jungen hielt ihn davon ab. Die Unsicherheit in diesen großen graugrünen Augen erinnerte ihn an die Drogeriemarktverkäuferin neulich. Genauso hatte sie zu ihm aufgeblickt, als sie die Rolle vom Boden zu seinen Füßen aufgelesen hatte – halb ärgerlich über ihre Hilflosigkeit, halb der Verzweiflung nahe. So zumindest hatte er ihren Blick interpretiert und gar nicht anders handeln können, als den Retter in der Not zu geben.

„Okay, dann würde ich vorschlagen, du hältst deinen Ikarus jetzt so fest, wie du kannst, gehst auf schnellstem Weg nach Hause zu deinen Eltern und erzählst ihnen, was geschehen ist. Dann werden sie dich nächstes Mal vielleicht beim Gassigehen begleiten!", schlug er vor.

Die Augen unbehaglich auf den Boden gerichtet nickte der Junge, sodass Hajo munter betonte: „Und Kopf hoch, Junge, mir ist wirklich nichts passiert. Ich kann mein Rad nehmen und weiterfahren, siehst du?“

Er ließ seinen Worten die Tat folgen, legte zwei, drei Meter zurück und wandte sich noch einmal nach dem Jungen um.

„Okay, gut, dann gehe ich jetzt!“ Mit einem leise gemurmelten „Tschüss“ setzten Hund und Herrchen sich in Bewegung.

Hajo vergewisserte sich, dass sie ihn nicht länger beobachteten, dann stoppte er seine Fahrt. Leider hatte sein Bike doch etwas abbekommen, wie er bei den ersten Umdrehungen des Vorderrads feststellen musste: Der Reifen eierte sichtlich. Ihm blieb nichts anderes übrig, als sein Fahrrad nach Hause zu schieben, um den Zustand nicht noch zu verschlimmern. Den restlichen Nachmittag würde er dann wohl in der Garage zubringen und versuchen, den Schaden selbst wieder zu beheben. Er gab sein Bike sehr ungern aus den Händen.

Doch weder die Aussicht auf den Fußmarsch noch auf die schwierige Reparatur bekümmerten ihn sonderlich. Die Begegnung mit dem kleinen Hundebesitzer – seine Haltung, sein Blick – hatte seinen Gedanken eine neue Richtung gegeben.

Es war nicht nur der sichtbare Hilferuf in ihren Augen gewesen, der ihn sofort für „E. Wittmann, Filialleitung“ eingenommen hatte, sondern ihre ganze Erscheinung. Allein die Art, wie sie vor Verlegenheit errötet war – welche Frau ihres (und damit etwa auch seines) Alters reagierte heute noch in dieser Art, wenn man sie in Verlegenheit brachte? Ihr kleiner Scherz über seine Rettungstat, ihre Bemerkung über seinen Bart, der Kontrast ihrer langen dunklen Haare zu der hellen Haut und den grünen Augen ... oder waren sie doch eher grau gewesen?

Hajo schüttelte den Kopf über sich selbst, während er sich langsam den ersten Häusern näherte. Er war ganz sicher nicht auf der Suche nach einer Frau und einer Beziehung – nicht in seiner jetzigen Situation –, und dennoch hatte diese Frau ihn nachhaltig beeindruckt. Vielleicht sollte er zumindest einmal noch den Drogeriemarkt aufsuchen, um festzustellen, ob er sich diese Anziehung nicht nur einbildete. Eine zweite Begegnung war bei ihm ein erprobtes Mittel, unrealistische Vorstellungen schon im Keim zu ersticken.

Hajo schob das Fahrrad in die Garage, schälte sich aus seiner nassen Ausrüstung und ging in die Küche, um sich erst einmal eine Tasse Kaffee zum Aufwärmen zu gönnen.

Nach einer Nacht, in der Walter trotz der Einnahme von Schmerztabletten nicht viel Schlaf gefunden hatte, blieb ihm am Montagmorgen nichts anderes übrig, als den Arzt aufzusuchen.

„Sie haben noch einmal Glück gehabt", konstatierte dieser. „Die Sehne an ihrem Handgelenk ist zwar gezerrt, aber nicht gerissen! Wenngleich es häufig so ist, dass diese Zerrungen sehr schmerzhaft sein können. Ich werde Ihren Unterarm jetzt mit einer Schiene ruhig stellen und Sie für die nächsten Tage arbeitsunfähig schreiben!"

„Ist das wirklich nötig?", entgegnete der Professor. „Ich meine, ich habe im Büro eine Sekretärin, die mir die Schreibarbeiten abnimmt, und ..."

„Nein, ich bestehe darauf, dass Sie sich wenigstens für diese Woche vollkommen schonen. Gehen Sie nach Hause, setzen Sie sich in Ihren Lieblingssessel und lassen Sie sich von Ihrer Frau so richtig verwöhnen, Herr Professor Ulrich! So eine Chance sollte man doch nutzen, denken Sie nicht?" Der Arzt zwinkerte verschwörerisch.

Gequält versuchte Walter, das Lächeln zu erwidern, während vor seinem inneren Auge ein Bild aufblitzte, das er schon lange nicht mehr gesehen hatte: Ein Kopf mit langem dunklen Haar, der sich über ein Buch beugte. Plötzlich aber hob er sich und lebhafte braune Augen richteten sich liebevoll auf Walter.

Walter blinzelte. Dieser Arzt hatte nicht die leiseste Ahnung, wie das Leben seines Patienten tatsächlich aussah.

Ohne wirklich etwas von der Umgebung wahrzunehmen starrte Walter auf seinem Heimweg aus dem Straßenbahnfenster. Zu Hause angelangt steuerte er unmittelbar auf das Telefon zu. Unter den jetzigen Umständen konnte und durfte die Suche nach einer neuen Haushälterin nicht länger warten, wie ihm unterwegs klar geworden war. Seinen Kollegen konnte er jetzt während der Unterrichtszeit zu seinem Leidwesen nicht erreichen, deshalb wandte er sich direkt an eine Vermittlungsagentur, die er im Internet gefunden hatte.

Die Telefonistin der Agentur zeigte sich auch äußerst zuvorkommend; erst als der Professor auf die Arbeitsbedingungen und den Lohn zu sprechen kam, die seine Haushaltshilfe erwarteten, wurde sie ein wenig reservierter. „Es wird nicht ganz einfach sein, jemanden zu finden, der für dieses Geld an sechs Tagen pro Woche für Sie kocht, einkauft *und* alle anfallenden Reinigungsarbeiten erledigt!“, erklärte sie gedehnt. „Nichtsdestotrotz werden wir unser Möglichstes für Sie tun, Herr Professor! Sobald wir eine geeignete Person gefunden haben, möglicherweise schon in wenigen Tagen, melden wir uns wieder bei Ihnen!“

Nun, wenn das trotz der Unkenrufe Kempinskis nicht verheißungsvoll klang! Walter legte auf und ließ sich in seinem Ohrensessel nieder. Den verletzten, bandagierten Unterarm platzierte er dabei behutsam auf der Armlehne. Zumindest diesen Teil des ärztlich verordneten Schonprogramms konnte er fast wortwörtlich befolgen, dachte er. Sowie sich die passende Haushälterin bei ihm meldete, konnte das Leben wieder seinen gewohnten Gang gehen, und bis dahin würde er nun getrost abwarten. Die liegengebliebene Hausarbeit würde Kempinskis Nachfolgerin gewiss bewältigen können.

Vier Tage lang übte Walter sich in Geduld. Unter einigen Schwierigkeiten gelang es ihm, trotz seiner verletzten Rechten seine Schuhe zu binden und Hemd- sowie Mantelknöpfe zu schließen, um sich in der Stadt die nötigsten Lebensmittel zu besorgen. Er ernährte sich in der Hauptsache von Brot, gekochten Eiern, Spiegeleiern, Rühreiern und Aufschnitt. Als ihm das saubere Essgeschirr und –besteck ausging, befestigte er mittels eines Gummibandes einen Gefrierbeutel über seinem bandagierten Arm und spülte auch das Geschirr. Doch Staubsauger oder Besen nahm er ebenso wenig zur Hand, wie er die Waschmaschine betätigte. Unterwäsche, Socken, Oberhemden und Handtücher sammelten sich in einer Ecke seines Badezimmers.

Freitagmittags, als er von seinem Kontrollbesuch beim Arzt zurückkam und ungeschickt versuchte, mit der linken Hand eine Scheibe Toast zu buttern, während die rechte zu nichts weiter nütze war, als den Toast auf dem Teller festzuhalten, hatte Walter endgültig die Nase voll von seinem Selbstversorgerdasein. Er hatte lange genug auf den Anruf der Vermittlungsagentur gewartet. Entschlossen griff er zum Telefon und wählte die entsprechende Nummer.

Genau wie beim ersten Anruf war die Dame am Apparat freundlich und zuvorkommend, doch ihre Auskunft war niederschmetternd: Bislang hatte sich niemand gefunden, der bereit war, unter den genannten Bedingungen für ihn zu arbeiten. Falls er selbst nicht gewillt war, einige Zugeständnisse zu machen, musste er sich vermutlich noch eine Weile gedulden.

„Gedulden – natürlich! Als ob ich das nicht schon tagelang getan hätte!“ Unsanft beförderte er das Telefon zurück an seinen Platz, nahm den Wasserkocher zur Hand und steckte dessen Kabel in die Steckdose am Herd. Was er jetzt brauchte, war eine Tasse heißen, starken Tees zu seinem bescheidenen Toast. Während das Wasser heiß wurde, streute er Teeblätter in seine Kanne und klemmte anschließend die Teedose zwischen die Schiene am rechten Unterarm und seinen Bauch, um sie mit der Linken wieder ordnungsgemäß zu verschließen. Doch was bis jetzt stets problemlos funktioniert hatte, ging schief: In seinem Ärger verschloss er den Deckel mit zu viel Druck, die Teedose rutschte zwischen Schiene und Oberkörper heraus, und in dem Versuch, sie zu ergreifen, verfing sich Walter im herabhängenden Kabel des Wasserkochers. Wasserkocher und Teedose landeten gleichzeitig am Boden und das Teewasser ergoss sich über seinen rechten Fuß.

Noch hatte es nicht gekocht, doch es war heiß genug, dass Walter vor Schmerz aufschrie. Die Mischung aus Teeblättern und heißem Wasser missachtend, die sich immer weiter ausbreitete, hastete er ins Bad und hielt den Fuß samt Socke unter den Wasserhahn der Badewanne.

Nachdem sich der erste Schmerz gelegt und Walter seinen hochroten Fuß in kalte Umschläge gepackt hatte, stand ihm eines deutlich vor Augen: So konnte es nicht weitergehen. Gehandicapt, wie er derzeit war, konnte er einfach nicht länger allein auskommen. Er brauchte jemanden, der sich um ihn kümmerte, eine Haushaltshilfe, eine Krankenschwester, eine Bekannte, Verwandte ... Bei der letzten Option hielt Walter inne. Die noch lebenden Mitglieder seiner Familie wohnten über ganz Deutschland verstreut und hatten ihre eigenen Familien – alle, bis auf eine angeheiratete Cousine. Das hieß, eine Familie hatte auch sie, aber sie lebte nicht weit von hier. Er hatte seit Jahren keinen Kontakt mehr zu dieser Cousine seiner Frau gehabt, dennoch blieb ihm wohl keine andere Wahl.

Walter erhob sich und humpelte zum Telefon, wobei er versuchte, seine Füße so wenig wie möglich zu belasten. Irgendwo, entweder hier im Nummernspeicher seines Apparates, oder noch eher im „richtigen" Telefonbuch musste ihre Nummer doch verzeichnet sein. Er machte sich sofort auf die Suche danach.

Kapitel 4

Denk daran, wo immer du dich niederlässt:
Er ist schon da, der dich getragen, geprägt, geführt und befreit hat.
(Bernhard von Clairvaux)

Angewidert musterte Esther die zähe, schlammfarbene Brühe, die nach dem Geschirrspülen im Becken zurückgeblieben war, statt wie vorgesehen im Abfluss zu verschwinden. Noch während Esther hineinstarrte, ertönte ein letztes Blubbern, eine letzte Luftblase erschien, dann rührte sich nicht mehr das Geringste.

Mit einem Restchen Hoffnung, dass ein kräftiger Ruck das Problem beheben würde, hieb Esther mit der Hand dicht neben dem Abfluss ins Becken und gegen die Seitenwand, jedoch vergeblich. Das Abflussrohr war und blieb blockiert. Dabei hatte sie schon bei den ersten verdächtigen Anzeichen vor etlichen Tagen – einem Gurgeln aus der Tiefe des Rohrsystems – eine gute Portion Abflussreiniger verwendet! Bernhard hatte zwar immer betont, dass dieser Reiniger eine Verstopfung eher förderte als behob, aber als handwerklich unerfahrene Hausfrau war sie eben doch den leeren Versprechungen des Handels erlegen. Tatsächlich hatte der Rohrreiniger während der vergangenen Jahre seinen Zweck zwei oder dreimal auch erfüllt, aber nicht dieses Mal: Heute war der Küchenabfluss so dicht wie die A8 in Richtung Süden bei Ferienbeginn.

Voll Widerwillen machte Esther sich auf den Weg in den Werkzeugkeller. Ihr blieb wohl nichts anderes übrig, als mit einer Zange das Rohr unter dem Spülbecken zu öffnen, in der Hoffnung, dass sie die Verstopfung irgendwie entfernen konnte. Klempner waren teuer, und sie hatte nicht die Absicht, ihr Geld für etwas auszugeben, was sie möglicherweise auch selbst erledigen konnte. Noch hatte sie nämlich ein nebulöses Bild vor Augen, wie Bernhard in derartigen Fällen vorgegangen war.

Eine halbe Stunde später griff sie nach einem Küchentuch, wischte sich den Schweiß von der Stirn und trocknete ihre durchdringend riechenden Hände ab, während sie das Abflussrohr mit finsterstem Blick musterte. Was stimmte nicht mit diesem Teil?!? Sie hatte es auseinandergenommen, sämtliche halb zersetzten Essensreste und sonstigen undefinierbaren Ansammlungen daraus entfernt, es ausgespült und ordnungsgemäß wieder zusammengesetzt – und dennoch funktionierte der Abfluss nicht! Nachdem schätzungsweise ein halber Liter Wasser aus dem Becken abgelaufen war, stand das ganze System bereits wieder still. Hatte sie Bernhards Vorgehen doch falsch in Erinnerung behalten, oder war sie einfach nicht gründlich genug vorgegangen?

Esther seufzte abgrundtief. Insgeheim hatte sie einen solchen Fall schon lange gefürchtet, denn sämtliche Installationen des Hauses stammten noch aus den Fünfzigern, als dieses erbaut worden war, und schon beim Einzug hatte Bernhard sich vorgenommen, die Systeme zu erneuern, sobald sie finanziell wieder ein wenig flüssiger waren. Doch dazu war es leider nie gekommen – und jetzt sah sie sich allein mit dem Problem konfrontiert.

Nun gut, sie würde der ganzen Sache einige Stunden geben, da sie ohnehin zur Arbeit musste, und darauf hoffen, dass die Zeit für sie arbeitete und sich die Angelegenheit unterdessen in Wohlgefallen auflöste. Sollte allerdings nach ihrer Rückkehr immer noch alles beim Alten sein, blieb ihr keine andere Wahl, als einen Fachmann anzurufen und zu hoffen, dass das Abflussproblem ohne größeren Aufwand zu beheben war.

Als hätte bereits ihr Gedanke an einen Anruf eine Reaktion ausgelöst, klingelte in diesem Augenblick das Telefon. Eine unbekannte Nummer, wie Esther feststellte, während sie den Hörer zur Hand nahm und, so freundlich es ihr unter den widrigen Umständen möglich war, sagte: „Hallo, Sie sprechen mit Esther Wittmann."

„Walter Ulrich hier!", antwortete kurz angebunden eine ihr unbekannte Männerstimme. „Ich darf wohl nicht davon ausgehen, dass Sie sich an mich erinnern? Es ist schon etliche Jahre her ..."

„Äh – nein. Walter Ulrich, sagten Sie?" Esther bemühte sich, alle Gedanken an Rohrsysteme und teure Installateure beiseite zu schieben und durchforstete angestrengt ihr Gedächtnis. Die Namen ihrer Stammkunden hatte sie fast alle im Kopf, unter ihnen konnte sich Walter Ulrich nicht befinden, auch im Kreis ihrer Bekannten erinnerte sie sich an niemanden dieses Namens ... Vielleicht ein alter Freund von Bernhard, der sich lange nicht mehr gemeldet hatte und eventuell gar nichts von der Scheidung wusste? Immerhin hatte er gesagt, es wäre etliche Jahre her. Aber wollte sie unter diesen Umständen tatsächlich mit ihm sprechen?

„Tut mir leid, aber ich erinnere mich tatsächlich nicht an Sie, Herr Walter Ulrich!", beendete sie ihre Überlegungen. „Deshalb wäre es wohl besser, Sie ..."

„Halt, legen Sie bitte nicht auf!", unterbrach ihr Gesprächspartner sie, als ahnte er ihre Absichten. „Falls Sie sich nicht an mich erinnern, dann vielleicht an meine verstorbene Frau, Ihre Cousine Marianne! Auf deren Beerdigung war es auch, dass wir uns das letzte Mal sahen!"

„Marianne, geborene Kunz, meinen Sie? Aber ihre Beerdigung ist viele Jahre her – zwanzig mindestens!", überlegte Esther laut.

„Sechsundzwanzig, um genau zu sein, aber diese Tatsache erwähnte ich ja bereits. Ich würde Sie nach dieser langen Zeit auch nicht belästigen, Frau Wittmann – Cousine Esther –, wenn es nicht zwingend notwendig wäre. Ich befinde mich derzeit in einer Notlage ..."

Nicht wenig erstaunt, aber schweigend lauschte Esther, wie ihr Gesprächspartner die Kündigung seiner Haushälterin sowie seinen Unfall schilderte, und gerade, als sie sich fragte, was das Ganze mit ihr zu tun hatte, kam er mit einem verlegenen Räuspern zu seinem Anliegen: „Deshalb meine Frage, oder vielmehr meine Bitte an Sie, Cousine Esther: Wären Sie bereit, mir in dieser Notsituation den Haushalt zu führen? Nur vorübergehend selbstverständlich, denn gewiss handelt es sich nur um wenige Tage, bis ich eine neue Haushälterin finde oder selbst wieder einsatzfähig bin ..." Er verstummte.

„Tut mir leid, aber das wird nicht möglich sein!", antwortete Esther nach kurzer Überlegung. „Ich kann Ihretwegen doch nicht einfach alles stehen und liegen lassen, meine Arbeitsstelle, mein Haus und meine Pflichten hier ... wie stellen Sie sich das denn vor?"

„Nun, wir könnten das Ganze zum Beispiel auf etwa vier bis höchstens sechs Stunden täglich begrenzen! Das müsste doch trotz Ihrer Arbeit und Ihres eigenen Haushalts machbar sein. Nach Ihrem Dienst bei mir können Sie zurück nach Hause fahren. Die Entfernung beträgt doch nur wenige Kilometer – mit dem PKW nicht mehr als ein Katzensprung. Ansonsten nehmen Sie einfach etwas Urlaub!"

Wenn Esther sich nicht sehr täuschte, klangen die letzten Worte eher nach wachsendem Unmut als nach höflicher Bitte, wie sie es anfangs getan hatten. Und selbst höflich vorgebracht war „‚Nehmen Sie einfach etwas Urlaub, um mich vier bis sechs Stunden täglich zu bedienen'" eine reichlich unverfrorene Forderung von einem entfernten Verwandten, der sich bei der letzten Begegnung jeden weiteren Kontakt verbeten hatte.

„Tut mir leid, nein!", beharrte sie deshalb entschieden.

„Ich verstehe, Sie brauchen ein wenig Zeit, um alles zu regeln. Dann werde ich versuchen, noch einen Tag ohne Sie zurechtzukommen, und melde mich morgen wieder. Auf Wiederhören, Cousine Esther."

Esther brauchte einen Augenblick, um zu registrieren, dass Walter Ulrich die Verbindung abgebrochen hatte. Er hatte schlicht und einfach aufgelegt, ohne ihr die Gelegenheit zu geben, diese letzte Behauptung richtig zu stellen. Fassungslos starrte sie auf ihr Telefon und murmelte: „Was für ein unhöflicher Kerl! Also der kann sich auf etwas gefasst machen, wenn er morgen tatsächlich noch einmal anruft!"

„an-uft, an-uft!", ertönte Keiner Onkels Stimme aus dem Wohnzimmer nebenan, während Esther das Telefon zurück auf die Station knallte.

Mit einem Seufzer schloss Hajo das Online-Telefonbuch seines neuen Wohnortes und machte sich daran, seinen PC herunterzufahren. Er konnte sich schon gar nicht mehr entsinnen, *wie* oft er das Telefonbuch unterdessen nach Hinweisen abgesucht hatte, sowohl vor als auch nach seinem Umzug. Die Anhaltspunkte, die sein Vater ihm gegeben hatte, waren einfach zu spärlich, um jenen Ort mittels Gelber Seiten oder Straßenplänen und ähnlichen Suchmethoden zu finden. Ganz zu schweigen davon, ihn anhand von alten, jenes ihm nur in Ansätzen bekannte Ereignis betreffenden Zeitungsartikeln aufzuspüren. Es war wirklich Zeit, sich persönlich und direkt vor Ort auf die Suche zu machen. Immerhin war das der Hauptgrund seines Umzugs ausgerechnet in diese Stadt gewesen.

Bei den Ansprüchen, die seine neue Arbeitsstelle als Straßenbauingenieur an ihn stellte, hatte er bisher nur nicht genügend Zeit dafür gefunden. Aber weshalb nicht hier und heute damit beginnen? Die Arbeit, die er sich nach einem frühen Schluss für heute mit nach Hause genommen hatte, konnte ebenso gut bis nach dem Abendessen warten, dann blieben ihm bis zum allgemeinen Ladenschluss jetzt noch etwa zwei Stunden für Nachforschungen. Er musste systematisch vorgehen dabei, Stadtteil für Stadtteil, Geschäft für Geschäft inspizieren und versuchen, so viel wie möglich darüber herauszufinden; und am besten begann er damit in seinem eigenen Stadtteil. In dem Fall konnte er sogar zu Fuß losziehen, statt wie üblich mit dem Fahrrad.

Während er Jacke und Mütze überzog, fragte er sich mindestens zum hundertsten Mal seit dem Tod seines Vaters, weshalb dieser ihm nichts Genaueres über die damaligen Gegebenheiten mitgeteilt hatte. Hatte er exakt das vermeiden wollen, was Hajo jetzt tat – die Schuld seines Vaters auf sich zu nehmen und Nachforschungen anzustellen in dem Versuch, Vergangenes wieder gut zu machen? Oder konnte der Vater sich in seinem geschwächten Zustand tatsächlich nicht mehr daran erinnern, um welches Geschäft es sich damals gehandelt hatte? Wobei Hajo sich das kaum vorstellen konnte …

Hätte er seinen Vater nur danach gefragt, ehe es zu spät gewesen war! Doch der Schock über das Geständnis des sterbenden alten Mannes hatte ihn bis ins Innerste gelähmt, er war in dieser Situation keines einzigen logischen Gedankens mehr fähig gewesen, und bis er sich wieder gefangen hatte, war sein Vater bereits nicht mehr ansprechbar gewesen. Allein aus diesem Grund befand

Hajo sich nun hier in den Straßen einer ihm größtenteils unbekannten Stadt und versuchte, dieses eine kleine Ladengeschäft zu finden, das vor langer Zeit zum Schauplatz des schrecklichen Geschehens geworden war. Inhabergeführt musste das Geschäft damals gewesen sein, und von der Größe her sehr überschaubar, das waren die einzigen Schlüsse, die er aus den knappen Worten seines Vaters hatte ziehen können. Aber wer konnte schon sagen, wie viele Geschäfte vor über 20 Jahren noch inhabergeführt gewesen waren, die heute längst zu einer großen Ladenkette gehörten oder gar nicht mehr existierten?

Hajo blieb nichts anderes übrig, als Laden für Laden aufzusuchen und durch gezielte Fragen das Gewünschte herauszufinden. Und das *musste* er tun, wollte er jemals wieder mit unbelastetem Gewissen leben! Entschlossen betrat Hajo das erste Geschäft in der Parallelstraße seiner Wohnung; eine sehr kleine, aber exklusive Metzgerei.

Kurz bevor seine Zweistundenfrist abgelaufen war, zog er Bilanz: Von 22 aufgesuchten Geschäften waren fünf noch inhabergeführt (hauptsächlich Metzgereien und Bäckereien), der Inhaber selbst aber nicht anwesend, um Fragen nach der Vergangenheit zu beantworten; die übrigen gehörten schon immer oder zumindest seit geraumer Zeit großen Ladenketten an – soweit er in diesen letzteren Läden überhaupt Auskunft erhalten hatte, denn etliche Verkäufer hatten sich ihm gegenüber sehr zugeknöpft gezeigt. Er konnte es ihnen nicht einmal verübeln, solange er ihnen keine plausiblen Motive für seine Nachforschungen nennen konnte, und ihnen den wahren Grund zu nennen war selbstverständlich undenkbar. Jedenfalls würde er auf diese Weise noch Jahre für seine Suche nach dem Ort des Geschehens und den Betroffenen benötigen!

Entmutigt richtete Hajo den Blick gen Himmel. Wie eine Kuppe aus halbtransparentem blasslila Nebel lag das künstliche Lichtermeer der Stadt auf dem Nachthimmel und verhüllte den Blick auf die Sterne, deren Anblick Hajo schon oft mit einem Gefühl des Trosts und Vertrauens auf ihren Schöpfer erfüllt hatte. Heute war ihm nicht einmal dies vergönnt. Er war bereits im Begriff, kehrt zu machen und zu seiner Wohnung zurückzukehren, als er es bemerkte: Er war nur zwei Straßen von derjenigen entfernt, in der sich der Drogeriemarkt und somit E. Wittmann befanden. Die wiederzusehen er sich vor ein paar Tagen noch vorgenommen hatte. Kurz entschlossen machte er sich auf den Weg dorthin. Falls Frau E. Wittmann tatsächlich so kurz vor Ladenschluss noch anwesend sein sollte, würde sein Abend vielleicht doch noch ein weniger deprimierendes Ende finden, als momentan anzunehmen war.

Bereits der erste Blick zur erleuchteten Türöffnung bestätigte seine Hoffnungen: Die Filialleiterin war gerade dabei, die vor der Schiebetür ausgestellten Waren für die Nacht ins Marktinnere zu holen. Auf den zweiten Blick bemerkte er auch die Veränderung, die seit der letzten Begegnung mit ihr vorgegangen war: Sie trug eine Kurzhaarfrisur. Schwarz und glänzend umrahmten die kurzen Wellen ihr Gesicht und ließen es auf vorteilhafte Weise voller wirken, der Pony fiel ihr spielerisch in die Stirn. Stand ihr wirklich hervorragend.

Allerdings wirkte sie fast ebenso bekümmert wie neulich, als es ihr nicht gelungen war, den Drucker in Gang zu bringen, und sie schien nicht einmal zu bemerken, dass er sich näherte. Mit gerunzelter Stirn und offenbar in sorgenvolle Gedanken versunken schleppte sie einen Korb voll Weichspülerflaschen ins Ladeninnere, während dort ein Kunde bereits ungeduldig mit der Hand aufs Kassenband trommelte.

„Ich bin gleich bei Ihnen!“, erklärte sie dennoch freundlich und kassierte, während Hajo über die Türschwelle trat. Er steuerte den Gang mit den Zahnpflegemitteln an. Irgendetwas musste er ja als Vorwand für seinen Besuch hier kaufen.

„Na, da fehlen aber noch zwanzig Euro Wechselgeld, gute Frau!“, regte sich der Kunde an der Kasse in diesem Moment auf. „Ich habe Ihnen einen Fünfziger gegeben!“

Hajo warf einen verstohlenen Blick um die Ecke des Warenregals. Frau Wittmanns Gesicht wirkte unterdessen noch eine Spur bekümmerter.

„Oh, tatsächlich, bitte verzeihen Sie! Ich fürchte, ich war mit den Gedanken nicht ganz bei der Sache. Hier sind Ihre zwanzig Euro – und nochmals: Entschuldigung!“

„Schon gut, so etwas kann ja jedem einmal passieren. Vor allem so kurz vor Ladenschluss, denn vermutlich haben Sie einen anstrengenden Tag hinter sich!", gab der Kunde beschwichtigt zurück. Er verstaute den Geldschein in seiner Börse, und mit den Worten „Ich wünsche Ihnen einen dementsprechend erholsamen Feierabend!" verließ er den Drogeriemarkt.

Hajo wartete noch einige Sekunden, ehe er mit einer Tube Zahncreme in der Hand hinter dem Regal hervortrat und grüßte. E. Wittmann saß noch immer an ihrer Kassenstation. Als er auf sie zutrat, blickte sie auf und verzog ihren Mund zu einem verlegenen Lächeln.

„Oh, guten Abend! Ich habe gar nicht registriert, dass Sie es sind!"

Sie hatte ihn also wiedererkannt! Hajo grinste zurück.

„Falls Sie das eben mit angehört haben, halten Sie mich jetzt sicherlich für die schlechteste Verkäuferin der Welt: Kommt mit dem Fototerminal nicht klar, beschummelt ihre Kunden um deren Wechselgeld ..."

„Nun ja!", entgegnete Hajo gedehnt. „Ich bin mir noch nicht ganz sicher in dieser Angelegenheit, aber ich verspreche Ihnen eines: Wenn Sie mir jetzt einen guten Grund nennen können, weshalb ich genau diese Zahncreme kaufen sollte und keine andere, dann halte ich Sie für die *beste* Verkäuferin der Welt!"

„Okay, das ist einen Versuch wert", ging sie darauf ein. „Also: Diese Zahnpasta verleiht Ihren Zähnen nicht nur einen extremen Biss, sondern auch ein strahlenderes Weiß als alle vergleichbaren Produkte, und", nur einen kurzen Augenblick suchte sie nach Worten, ehe sie fortfuhr, „... und Ihr Zahnarzt wird sich künftig vor Langeweile in den Hintern beißen, wenn Sie Ihre Zähne mit diesem Produkt vor Karies schützen!"

Hajo lachte laut auf. „Na, das war überzeugend! Ich fürchte nur, ich werde bei meinem nächsten Zahnarztbesuch ein Bild vor Augen haben, das mich erheblich daran hindert, ihn und seine Behandlung ernst zu nehmen!"

Sie stimmte in sein Lachen mit ein, während sie die Zahncremetube über den Scanner zog.

„Außerdem glaube ich fast, Sie haben Ihren Beruf verfehlt: Sie sollten in der Werbung arbeiten statt im Verkauf!"

„Oh nein, nur das nicht! Wenn ich daran denke, wie viel ich da am PC arbeiten müsste!" Entnervt verdrehte sie ihre graugrünen Augen. „Ich müsste ja ständig jemanden um Hilfe bitten!"

„Ach was, früher oder später würden Sie den Dreh schon herausbekommen!" Hajo grinste noch immer, als er bezahlte und mit einem betonten „Dann also Auf Wiedersehen, Frau Wittmann, und genießen Sie Ihren Feierabend!" wieder ins Freie trat.

Mit leisem Lächeln schloss Esther die Personaltür hinter sich und setzte sich ins Auto. Nachdem sie sich den ganzen Nachmittag und Abend mit Sorgen um verstopfte Rohrleitungen und die unverfrorene Forderung eines gewissen Verwandten gequält hatte, hatte der kurze Wortwechsel mit dem letzten Kunden sie deutlich aufgemuntert. Zum zweiten Mal hatte er sie bereits in einer peinlichen Situation angetroffen und in so humorvoller Weise darauf reagiert, dass auch sie lachen musste, und: Er hatte sie mit Namen angesprochen. Abgesehen von einigen älteren Herrschaften sowie ihren Stammkunden taten das die Wenigsten. Wirklich eine nette Geste!

Beschwingt betrat Esther ihr Haus. Der Geruch, der ihr aus dem nach wie vor verstopften Küchenabfluss entgegenströmte, störte sie weniger als erwartet. Zwar hatte die Zeit nicht, wie erhofft, für sie gearbeitet, aber heute konnte sie in dieser Angelegenheit ohnehin nichts mehr ausrichten. Sicher war nach 20 Uhr kein Handwerker mehr zu erreichen. Und das bisschen Geschirr, das sie für das Abendessen benötigen würde, konnte auch bis morgen warten. Fest entschlossen, sich für den Rest des Abends weder ihre Ruhe rauben zu lassen noch sich einsam und gelangweilt zu fühlen, machte sie es sich mit einem Fruchtjoghurt auf dem Sofa bequem.

Sie würde noch ein wenig lesen, angefangen mit der Tagespost, die sie in der Aufregung um den Küchenabfluss mittags vollkommen vergessen hatte. Zuerst öffnete sie ihren Maileingang im Handy. Vielleicht hatten Juli oder Emma sich auf diese Weise gemeldet, weil sie sie bei der Arbeit nicht erreichen konnten? Zu ihrer Enttäuschung fand sie aber nichts weiter als einen belanglosen

Newsletter, sodass sie nach dem einzigen Brief griff, den der Postbote heute gebracht hatte. Er war absenderlos, ihr Name plus Adresse jedoch sorgfältig von Hand darauf geschrieben. Esthers Herz pochte aufgeregt, während sie den Umschlag öffnete. Sicherlich rührte diese Aufregung von dem letzten persönlichen Brief her, den sie per Post erhalten hatte. Bernhards Brief. Sie hoffte nur, dass dieser keinen derart dramatischen Inhalt hatte!

Offensichtlich nicht, konstatierte sie, sobald sie die wenigen Zeilen überflogen hatte. Streng genommen war es gar kein Brief, jedenfalls nicht im Sinne einer persönlichen Ansprache, sondern lediglich die Abschrift eines Gedichtes. Seltsam. Wer ließ ihr denn ein Gedicht zukommen? Ihre Kinder, ihre Eltern, der Pastor ihrer Kirchengemeinde? Zu dem letztgenannten jedenfalls würde das Gedicht inhaltlich passen ...

Verwundert las Esther es noch einmal, diesmal langsam und bedächtig.

Denk daran,
wo immer du dich niederlässt:
Er ist schon da,
der dich getragen, geprägt,
geführt und befreit hat.
Er ist schon dort,
der dich in Ungeahntes,
Neues führt.
Er ist schon dort.
Geh mit ihm,
erfahre ihn,
wie du es nie geglaubt.
Er ist schon dort.
Geh – du bist nicht verlassen –
Der Herr zieht mit.
(Bernhard von Clairvaux)

Herrliche Worte, dachte Esther. Welch eine Gewissheit der Verfasser dieser Zeilen gehabt haben musste, welches Vertrauen auf Gott! *Er* zieht mit, und nicht nur das, er ist schon da, wo du hingehst. *Er* verlässt dich nicht! *Wie es aussieht hat der Dichter sich, als er das schrieb, ähnlich verlassen, nein, verloren gefühlt wie ich derzeit ...*

Es dauerte eine ganze Weile, bis Esther den Brief zur Seite legte und sich eine andere Lektüre vornahm, und selbst dann ließen die Worte sie nicht los. *Er ist da ... er verlässt dich nicht ... er zieht mit.* Wer nur hatte ihr diese Zeilen geschickt; wer wusste, wie sie sich fühlte: alleingelassen mit viel zu viel unausgefüllter Zeit, in einem leeren Haus mit verstopften Rohren und Anfragen von Menschen, mit denen sie eigentlich nichts zu tun haben wollte und deren Bitten sie in seltsame Unruhe versetzten?

Exakt diese Fragen waren es auch, mit denen sie schließlich zu Bett ging, und sie hatte sich kaum unter ihre Decke gekuschelt, als die Sorge um den morgigen Tag sie wieder mit aller Macht überfiel. Was würde der Installateur wohl vorfinden: Nur eine lokale Rohrblockade, die sich ohne große Umstände und Kosten wieder beseitigen ließ, oder doch ein größeres Problem? Eine umfangreichere Reparatur würde ein ziemliches Loch in ihre wenigen Ersparnisse reißen! Und dann Walter Ulrich. Würde er tatsächlich noch einmal anrufen und auf Ihrer Hilfe bestehen, und weshalb beunruhigte seine Bitte sie überhaupt derart? Ihr Herz schlug ja richtiggehend Alarm bei der Vorstellung, ihn endgültig abzuwimmeln, obwohl sie doch jedes Recht dazu besaß!

Vor ihrem inneren Auge erschien das verschwommene Bild eines Mannes, der bei der Beerdigung seiner Frau nur wenig jünger gewesen sein mochte als sie heute. Mit krampfhaft unter Kontrolle gehaltenen Gesichtszügen hatte er damals den Worten des Geistlichen gelauscht, mit ebenso verkrampfter Miene hatte er anschließend eine Schaufel voll Erde in die Grube befördert und sich dann mit hängenden Schultern und hinkend von der Grabstelle entfernt. Als Esther und Bernhard hinterher beim Essen auf ihn zugegangen waren, um ihn bei Gelegenheit einmal zum Sonntagsessen oder Ähnlichem einzuladen (außer ihnen waren nicht viele Verwandte zu der Beerdigung erschienen), hatte er das Angebot recht unwirsch abgelehnt. Er hatte wohl nicht viel von der Pflege verwandtschaftlicher Beziehungen gehalten. Dass er sich nun mit seiner Bitte an sie gewandt hatte, war doch der Beweis dafür, dass er einsam sein musste. Ein wenig Mitgefühl und Unterstützung von ihrer Seite war in dieser Situation eigentlich geradezu ihre Pflicht, selbst wenn das vorübergehend etwas Stress und zusätzliche Ausgaben für Benzin bedeuten würde. Andererseits: Er war Professor mit einer guten Position, lebte schon seit langer Zeit allein, hatte keine Kinder zu unterstützen, soweit sie wusste – da sollte sich doch für gutes Geld eine willige Haushaltshilfe finden lassen! Möglicherweise war er ja ein alter Geizkragen und wollte sie nur ausnutzen. Vielleicht war es sogar das Beste, sie ging einfach nicht ans Telefon, wenn er morgen noch einmal anrief.

Esther boxte sich ihr Kissen zurecht und wälzte sich von einer Seite des Bettes auf die andere in dem Bestreben, eine bequeme Einschlafposition zu finden, doch ihre ewig kreisenden Gedanken ließen sich nicht abschalten.

Wie gerädert erhob sie sich morgens aus dem völlig zerwühlten Bett und wankte unter die Dusche. Das Wasser würde sie wenigstens halbwegs munter machen.

Mit halb geschlossenen Augen drehte sie den Hahn auf – und sprang erschrocken zur Seite. Kaltes Wasser zum Munterwerden war in Ordnung, aber nicht *so* kalt. Esther schob den Regler in eine andere Position, doch solange sie auch wartete, das Wasser wurde nicht wärmer. Eiskalt plätscherte es aus dem Duschkopf. Ob die Wasserleitung der Dusche irgendwie mit der verstopften Abflussleitung zusammenhing? Jedenfalls hatte ihr das nach dieser Nacht gerade noch gefehlt.

Frustriert und verfroren stieg sie wieder aus der Dusche, hüllte sich in Hose, Pullover und eine dicke Strickjacke, frühstückte und wartete darauf, dass sie endlich den Klempner anrufen konnte. Nachdem sie ihm die Situation geschildert hatte, versprach der Mitarbeiter des Installationsbetriebes tatsächlich, noch am Vormittag einen seiner Männer bei ihr vorbeizuschicken.

Während der Handwerker sich im Keller mit ihren Rohren befasste, saß Esther am Esstisch und betete, dass sich die Verstopfung ohne Probleme lösen ließ und sich die Kosten dafür in Grenzen hielten, und sie bat Gott von Herzen darum, dass Walter Ulrich unterdessen eine Lösung für sein Haushaltsproblem gefunden hatte. Eine Lösung, die ihr Mitwirken nicht mehr erforderlich machte. Sie konnte sich partout nicht vorstellen, einem fast unbekannten alten Mann den Haushalt zu führen und im Alltag behilflich zu sein. Und jedes Mal, wenn sie zwischen diesen Bitten den Wunsch verspürte, nicht vollkommen allein mit all diesen Problemen zu sein, dachte sie an die Verheißung aus dem Brief des unbekannten Absenders: *Er ist schon da. Du bist nicht verlassen. Der Herr zieht mit.*

Trotzdem dauerte es eine gefühlte Ewigkeit, bis der Klempner wieder in der offenen Tür erschien. Zufrieden die Hände reibend meinte er: „So, Ihr Küchenabfluss ist wieder frei, Frau Wittmann. Ab sofort können Sie Ihr Geschirr wieder spülen!"

„Wunderbar und vielen Dank! War es denn", zögernd blickte Esther an seinem schlierig-schmierig gewordenen Arbeitsanzug hinab, „... ein größeres Problem?"

„Ehrlich gesagt, ja. Ist wohl länger nichts mehr an den Leitungen gemacht worden, nicht? Ich musste einen Teil des Abflussrohres rausschneiden und ersetzen, und – das ist der schlechte Teil der Nachricht – wenn man erst mal anfängt, an so alten Rohren'rumzuflicken ..." Er hob vielsagend die Schultern. „Schätze, in nicht allzu langer Zeit werden Sie das komplette System erneuern müssen!"

„Oh nein!"

„Leider doch. Wenn Sie wollen, macht meine Firma Ihnen einen Kostenvoranschlag. Aber ..." Er dehnte die kleine Pause in seinem Satz so lange, dass Esther Schlimmes ahnte.

„... aber das war noch nicht die ganze schlechte Nachricht, Frau Wittmann. Hinzu kommt, dass auch Ihre Heizung nicht mehr funktioniert. Das müssten Sie eigentlich gemerkt haben, so kalt, wie's bei Ihnen im Haus ist. Der Ölbrenner ist im Eimer!"

„Oh nein!", wiederholte Esther. Sie schauderte vor Entsetzen und nicht länger nur von der Kälte, die sie – so hatte sie bislang gedacht – nur wegen der eisigen Dusche verspürte. „Aber den Brenner können Sie doch sicher ersetzen?!?"

„Fürchte nein, Frau Wittmann. Ein so vorsintflutliches Teil wie überhaut Ihre ganze Heizungsanlage wird heutzutage gar nicht mehr hergestellt. Ist auch nicht mehr erlaubt – von wegen Schadstoffen und so, wissen Sie." Seine bedeutsame Miene ließ keinen Zweifel an der Wahrheit seiner Aussage.

„Das heißt“, Esther schnappte nach Luft, „Sie müssen die ganze Anlage erneuern?“

„Eine einbauen, die dem heutigen Standard entspricht, ja. Tut mir wirklich leid für Sie, dass das jetzt alles auf einmal auf Sie zukommt, aber so ist es manchmal im Leben, nicht?“ Nach einem Blick auf Esthers schreckensbleiches Gesicht fügte er eilig hinzu: „Ich geh dann mal und geb’ die ganze vertrackte Geschichte so an meinen Chef weiter. Der meldet sich dann umgehend bei Ihnen wegen des weiteren Vorgehens, okay? Und machen Sie sich nicht zu viele Sorgen, so ein Heizungsbau ist kein Hexenwerk und dauert auch nicht allzu lange. Vielleicht können Sie ja zwischenzeitlich woanders unterkommen, bis es hier im Haus wieder warm wird! Wiedersehen, Frau Wittmann, ich find’ allein raus!“

„Keine Sorge … dauert nicht lange …“ Die Worte hallten noch lange in Esther nach, nachdem die Haustür hinter dem eilig abziehenden Handwerker ins Schloss gefallen war. Sie zitterte unterdessen am ganzen Leib, ob vor Kälte oder wegen des Schocks wusste sie nicht zu sagen.

Keine Sorge – der Mann hatte ja keine Ahnung, wovon er da sprach. Woher bitte schön sollte sie von heute auf morgen das Geld für die Rohre *und* eine neue Heizanlage nehmen, ganz egal, wie lange es dauerte, diese einzubauen? Einen Kredit aufzunehmen kam im Grunde nicht in Frage, nachdem der für das Haus noch nicht lange getilgt war … Esther zog die langen Ärmel der Strickjacke über ihre eiskalten Hände und wickelte sich zusätzlich in eine Sofadecke, aber keine dieser Maßnahmen konnte die Kälte der Verlassenheit vertreiben, die sie in diesem Moment verspürte.

Sicher, Gott war da, – er war inmitten dieses ganzen Dilemmas, dieses Bergs von Fragen und Schwierigkeiten bei ihr, das war ihr theoretisch vollkommen klar – aber sie konnte seine Nähe nicht fühlen. Sehnlichst wünschte sie sich einen anderen Menschen herbei: ihre Kinder, ihre Eltern, eine Freundin oder sogar Bernhard, der sie mitfühlend in den Arm nahm und ihre Sorgen mit ihr teilte. Aber da war niemand zum Reden, zum Ermutigen, zum Trösten. Esther war vollkommen auf sich gestellt.

Wie eine Ertrinkende nach einem Strohhalm griff sie nach ihrem Telefon, doch ehe sie eine Nummer wählen konnte, begann es zu läuten und sie nahm ab, begierig auf eine tröstende menschliche Stimme – und ohne an Walter Ulrichs gefürchteten Anruf zu denken.

Natürlich war niemand anderes als dieser am Apparat, und er begann ohne weitere Einleitung zu sprechen: „Konnten Sie unterdessen alle nötigen Vorkehrungen treffen, um heute Nachmittag zu mir zu kommen, Cousine Esther?"

„Nein, ich ...", fiel Esther ihm ins Wort, sobald sie das erste Überraschungsmoment überwunden hatte, Walter jedoch redete einfach über sie hinweg. „Was ich gestern übrigens vergaß zu erwähnen: Ich zahle sechzehn Euro pro Stunde, und zwar netto, und selbstverständlich übernehme ich alle Fahrtkosten. Also, dann erwarte ich Sie heute Nachmittag zwischen vierzehn und fünfzehn Uhr. So haben Sie vor der Zubereitung der warmen Abendmahlzeit noch genügend Zeit, die Wohnung in Ordnung zu bringen! Meine Adresse lautet ..."

Befriedigt legte Walter Ulrich das Telefon hin. Er war überzeugt davon, dass Esther kommen würde. Sie hatte zwar mit keiner Silbe geantwortet, nachdem er ihr seine Anschrift genannt hatte, aber das lag wohl daran, dass er ihr gar keine Chance dazu gegeben, sondern sofort aufgelegt hatte.

Dies nämlich war die Strategie, die er sich nach seinem erfolglosen ersten Anruf am Vortag zurechtgelegt hatte: Ihr einen Köder hinzuwerfen – den Verdienst – und dann ohne großes Federlesen das Gespräch zu beenden. Geld war in der Tat schon immer ein adäquates Lockmittel gewesen, selbst bei Menschen, die keine übermäßigen Ansprüche stellten. Ohne konnte eben niemand, schon gar keine alleinerziehende Mutter. Und eine ebensolche war Esther, wie ihm nach dem gestrigen Telefonat wieder eingefallen war. Er hatte zwar keine Ahnung, wie alt ihre Kinder mittlerweile waren, aber es gab mindestens zwei davon, das wusste er mit Sicherheit, und der Vater der beiden hatte sich vor Jahren aus dem Staub gemacht.

Ja, sie würde kommen. Wenn nicht aus verwandtschaftlichem

Zusammengehörigkeits- oder Mitgefühl, dann wegen des Verdienstes. Mühsam hinkte Walter zu seinem Ohrensessel und lagerte seine schmerzenden Beine hoch. Seit er sich den rechten Fuß verbrüht hatte und deshalb das linke Bein, das seit einer Verletzung in seiner Kindheit (als Dreijähriger war er auf der Flucht aus Ostpreußen vom Wagen gestürzt und nur äußerst notdürftig behandelt worden) steif war, mehr belasten musste, hatte auch dieses wieder zu schmerzen begonnen. Es war ihm also tatsächlich unmöglich, sich noch länger allein zu versorgen. Aber damit war es – Gott sei Dank – ja in wenigen Stunden vorbei, ebenso mit dem Chaos, das mittlerweile in seiner Wohnung überhandnahm. Voller Erleichterung nickte Professor Ulrich ein.

Kapitel 5

Warum bist du so niedergeschlagen, mein innerer Mensch? Und warum solltest du über mich trauern und unruhig sein? Hoffe auf Gott und warte erwartungsvoll auf ihn, denn ich werde ihn noch preisen, ihn, meine Hilfe und meinen Gott.
(Aus Psalm 42)

Erschrocken fuhr Walter aus dem Sessel hoch und blickte auf die Standuhr in der Wohnzimmerecke. Eine geschlagene Stunde hatte er hier vor sich hin gedöst. Walters Gedanken und Träume waren weit in die Vergangenheit gereist. Wie so häufig hatte er, sobald er die Augen schloss, Mariannes Gesicht vor sich gesehen, so wie es ihn tagtäglich von dem Foto auf dem Sideboard anlächelte. Mit Sicherheit war das nicht exakt die Art und Weise, wie Marianne im wahren Leben gelächelt hatte, aber dieses „Foto-Lächeln" war eines der wenigen Bilder, das nach all den Jahren in seiner Vorstellung geblieben war. Im wahren Leben war sie noch viel fröhlicher gewesen, seine Frau, so viel stand fest. Von Anfang an hatte sie Lachen, Abwechslung und Bewegung in sein Dasein gebracht, das vorher von Gleichförmigkeit, Regeln und beruflichem Ehrgeiz gekennzeichnet gewesen war.

Zum ersten Mal begegnet war Walter seiner künftigen Frau in einem Erholungsheim in den Schweizer Bergen. Sie hatte dort im Betrieb ihres Onkels als Küchenhilfe und Zimmermädchen gearbeitet, und er war mit einer Gruppe anderer junger Männer als Gast auf einer christlichen Freizeit gewesen. Nachdem sie tagsüber mit Rodeln, Skifahren und ausgiebigen Schneewanderungen beschäftigt gewesen waren, verspürten die jungen Männer abends stets einen kräftigen Appetit, allen voran Walter. Noch heute knurrte sein

Magen hörbar, allein wenn er an diese Zeit zurückdachte. Wahrscheinlich war dieser übermäßige Appetit ein Überbleibsel seiner kargen Nachkriegskindheit als sechster Sprössling einer Flüchtlingsfamilie gewesen, vielleicht lag es aber auch allein daran, dass er mit 29 Jahren ausgesprochen lang und schlaksig gewesen war.

Jedenfalls hatte er auf jener Freizeit gar nicht genug zu essen bekommen können, sodass er sich schon am ersten Abend nach der Mahlzeit in die Küche gestohlen hatte, wo er auf Reste hoffte. Bei dieser Gelegenheit traf er auf Marianne. Sie stand am Spülstein und spülte das Geschirr vor, ehe es in die große, für damalige Verhältnisse luxuriöse Spülmaschine gegeben wurde.

„Ich wollte fragen ...“, Walter räusperte sich verlegen. Wie sollte er den Wunsch nach einem Nachschlag möglichst höflich vorbringen? Im Grunde zeugte es ja nicht gerade von Anstand, mehr zu erbitten, als ihm gemäß seiner Buchung zustand. Er zögerte.

„Ja bitte?“ Die junge Frau am Spülbecken wandte sich um, ihre braunen Augen richteten sich fragend auf ihn. Ein Pferdeschwanz hielt ihr das nahezu hüftlange dunkelbraune Haar aus dem Gesicht, nur eine Haarsträhne hatte sich gelöst und hing vor ihrem rechten Auge. Mit einer fahrigen Handbewegung strich sie diese zurück und wischte ihre Hände an der weißen Schürze über dem förmlichen blauen Hauskleid ab, während sie auf seine Antwort wartete.

„Sie wollten ...“, half sie ihm auf die Sprünge, nachdem Walter sie weiterhin reglos anblickte. Von dem nassen Fleck auf der Schürze, wo sie eben ihre Hände abgetrocknet hatte, wanderten seine Augen ihre schlanke Gestalt entlang bis zum Gesicht. Ein zuvorkommendes Lächeln, wie sie es vermutlich allen Gästen des Hauses zeigte, lag auf ihren Lippen und falls sie sich über seine plötzliche Sprachlosigkeit wunderte, ließ sie sich davon nichts anmerken. Kein albernes Kichern, kein herausfordernder Blick unter halb niedergeschlagenen Augenlidern, wie Walter es aufgrund vorangegangener Erfahrungen erwartet hatte – mit offenem, freundlichem Lächeln, bei dem sich die Lippen im Mundwinkel fast senkrecht nach oben verzogen, wartete sie einfach nur ab. Walter fühlte sich, als sähe er zum ersten Mal in seinem Leben eine attraktive junge Frau.

Als er sich endlich wieder gefangen hatte, stammelte er: „Ich wollte nur fragen ... ob ich Ihnen vielleicht beim Spülen helfen darf?"

„Oh!" Jetzt schien sie doch ein wenig erstaunt. „Nein, eigentlich ist das nicht nötig. Aber trotzdem danke für Ihr Angebot!"

„Bitte – gern." Walter verharrte an Ort und Stelle und beobachtete, wie sie sich wieder dem Spülbecken zuwandte. Ihr Schweizer Akzent bezauberte ihn ebenso sehr wie ihr Anblick.

„Sie gehören zu der CVJM-Gruppe aus Deutschland, nicht wahr?", nahm sie das Gespräch wieder auf, als er keine Anstalten machte zu gehen. „Gefällt es Ihnen hier bei uns in der Schwyz?"

„Oh ja, sehr! Es ist einfach wundervoll – bezaubernd!" Walter biss sich auf die Zunge. Wo blieb nur die Wortgewandtheit, mit der er seinen Unterricht abhielt, wenn er sie einmal wirklich brauchte? Mit einem solchen Gesäusel machte er sich doch vollkommen lächerlich! Er nahm einen neuen Anlauf: „Allein dieser Schnee – noch nie in meinem Leben habe ich derart viel davon gesehen!"

„Das kann ich mir gut vorstellen!" Sie lachte, laut und herzlich. Ein Schauder lief über Walters Rücken und Arme. „Dieses Jahr haben wir aber auch besonders viel, fast drei Meter hoch liegt er, und das schon seit Anfang Dezember!"

„Das ist wirklich beeindruckend!" Walter verstummte erneut. Nun fiel ihm tatsächlich kein unverfängliches Thema mehr ein, sodass er sich leicht widerwillig verabschiedete. „Dann will ich Sie nicht länger bei der Arbeit stören. Auf Wiedersehen, Fräulein ..."

„Marianne!", ergänzte sie fröhlich, „und das Fräulein dürfen Sie gern weglassen. Auf Wiederluege!"

Als Walter sich wieder zu seinen Freunden gesellte, hatte er seinen Hunger vollkommen vergessen. Was ihn jedoch nicht daran hinderte, auch am folgenden Abend die Küche aufzusuchen, um Marianne seine Hilfe anzubieten, ebenso am dritten Abend. Diesmal ließ sie ihn tatsächlich gewähren und Walter stapelte das vorgespülte Geschirr in der Maschine.

Als die Arbeit fast beendet war, knurrte sein Magen laut und hörbar. Verlegen beugte er sich tiefer über die Maschine, doch Marianne kommentierte unbefangen: „Jetzt sagen Sie bloß, Sie haben noch Hunger, Walter!" Seinen Vornamen hatte sie bereits am zweiten Abend erfragt. „Wenn Sie möchten, können Sie gern noch etwas Fleisch und Soße haben, nur von den Hörnli ist, glaube ich, nichts mehr übrig!“

So kam Walter vom dritten Abend an nicht nur in den Genuss ihrer Gesellschaft, sondern zusätzlich zu einer weiteren Mahlzeit. Wobei das anfangs angestrebte Essen zunehmend zur Nebensache wurde und die Gespräche mit Marianne zur Hauptsache. Sie gefiel ihm nicht nur äußerlich wie keine andere, sondern erwies sich auch als belesene, intelligente und dabei herrlich lebhafte Gesprächspartnerin. Wenn sie einmal einem seiner Argumente widersprach, tat sie es mit vielen Gesten und solcher Überzeugung, dass Walter nicht anders konnte, als ihr recht zu geben.

In der zweiten Woche seines Aufenthaltes trafen sich Walter und Marianne in deren freier Zeit täglich draußen im Schnee. Sie spazierten auf den freigeräumten Wegen rund ums Haus, liefen auf Skiern den Höhenweg entlang und rodelten bis hinunter ins Tal. Einmal gelang es Marianne sogar, Walter zum Bau einer Schneehöhle zu überreden. Als schließlich Walters Abreise bevorstand, musste er sich eingestehen, dass er sich unwiderruflich und bis über beide Ohren verliebt hatte. Und wenn er die Zeichen recht deutete, war er auch Marianne nicht ganz gleichgültig. Trotzdem wagte er es nicht, der jungen Frau seine Gefühle zu gestehen, sondern fuhr schweren Herzens und unverrichteter Dinge zurück in die Heimat.

Hier stürzte er sich in die Arbeit, als gäbe es nichts Dringlicheres auf Erden, und dachte doch bei jeder Gelegenheit an Mariannes blitzende Augen und ihr herzhaftes Lachen, wenn er mit dem Schlitten eine Kurve nicht bekommen hatte und sie beide gemeinsam im Schnee gelandet waren, und daran, wie sie nebeneinander im Schnee vor dem selbst gebauten Iglu gelegen und die Sterne am klaren Nachthimmel über sich betrachtet hatten ...

Kurz vor Ostern wusste Walter es mit Gewissheit: Er wollte nicht länger ohne Marianne sein. Über die Feiertage buchte er ein Einzelzimmer im Freizeitheim und überraschte Marianne nicht nur mit seinem Besuch, sondern auch mit einem Heiratsantrag. Den sie ohne zu überlegen annahm. Kniend vor der hölzernen Bank eines Aussichtspunktes über noch schneebedeckte Almwiesen und mit schroffen Berggipfeln in der Ferne steckte er den schlichten goldenen Ring an ihren Finger. Ein halbes Jahr später, als der Herbstwind in den Tannen um das Schweizer Freizeitheim rauschte und die Kühe längst von den umliegenden Almen ins Tal zurückgekehrt waren, heirateten Walter und Marianne und zogen gemeinsam in Walters deutsche Heimat. Glücksstrahlend blickten sie ihrer gemeinsamen Zukunft entgegen.

Walter schluckte bitter, als er daran zurückdachte. Wie jung, wie optimistisch und vertrauensselig sie damals gewesen waren! Wie naiv zu denken, dass Gott, das Schicksal oder das Leben ihnen ein solches Glück auf Dauer gewähren würde ...

Mit einem abschließenden Blick auf Mariannes strahlendes, ahnungsloses Fotolächeln kehrte Walter endlich in die Gegenwart zurück.

„Sie haben Ihr Ziel erreicht!", verkündete das Navi, und Esther atmete erleichtert auf. In Anbetracht der engen, größtenteils gepflasterten Altstadtstraßen, die viel zu häufig nur in eine Richtung führten oder sich als Sackgasse erwiesen, war sie sich trotz Navi nicht ganz sicher gewesen, ob sie ihr Ziel auf direktem Weg erreichen würde. Doch es war geschafft. Dieses graue Haus mit den verschlossenen Fensterläden links vom Eingang war also Walters Haus. Oder zumindest befand sich seine Wohnung mit in dem Haus, denn für eine einzelne Partei war es eindeutig zu groß.

Nur – wo konnte sie ihr Auto abstellen? Es war unglaublich eng hier, der Straßenrand bereits zugeparkt und hinter ihr drängte der Verkehr weiter voran. Von solchen Problemen hatte Walter leider nichts erwähnt, als er von der Fahrt zu seinem Haus sprach. Esther blieb nichts anderes übrig, als weiterzufahren, bis die nächste Nebenstraße abzweigte. Eine Sackgasse natürlich. Immerhin befand sich am Ende der Gasse ein gekiester und von einer ausgemusterten rostigen Waschmaschine verzierter Platz, und sie schaffte es, ihren Kleinwagen neben die Maschine zu quetschen.

„*Walter vor dem nächsten Besuch fragen, wo es einen geeigneteren Parkplatz gibt*", notierte sie innerlich, während sie sich daran machte, sich zusätzlich zu ihrer beutelförmigen Handtasche mit dem Papageienkäfig zu beladen. Auf ihrem Weg zu Walters Haustür traf sie beziehungsweise den gefiederten Käfigbewohner manch verwunderter Blick, doch sie schenkte dem keinerlei Beachtung. In Gedanken kämpfte sie noch immer mit der Tatsache, dass sie wahrhaftig auf Professor Ulrichs Bitte – oder vielmehr seinen Befehl – eingegangen war. Allerdings hatte ihr häusliches Malheur ihr gar keine andere Wahl gelassen: Um Heizung und Rohre zu bezahlen, brauchte sie zwingend einen zusätzlichen Verdienst. Den angebotenen Lohn von „Cousin Walter" in dieser Situation auszuschlagen wäre reine Dummheit gewesen. Im Grunde konnte sie, abgesehen von der finanziellen Situation, sogar dankbar für sein Angebot sein, denn die Aussicht, nach der Arbeit zu Hause in der Kälte zu sitzen, war nicht unbedingt verlockend. Es würde schon hart genug sein, die Nacht in einem vollkommen ungeheizten Haus zu verbringen.

Blieb nur zu hoffen, dass sie einigermaßen mit dem nahezu unbekannten älteren Herrn auskam und dass er Keiner Onkel als ihren Anhang akzeptierte. Den ganzen Tag alleine zu Hause im Kalten lassen konnte sie den Papagei nämlich auf keinen Fall.

Mit leichtem Herzklopfen musterte Esther schließlich das Namensschild neben der Türklingel. Genau genommen waren es drei unterschiedliche Namensschilder, wobei das noble Messingschild von „Walter Ulrich, Prof. Dr." sich deutlich von den anderen abhob. Viel zu rasch und aufdringlich schallte die Klingel in ihren Ohren, sobald sie sie zaghaft gedrückt hatte, und nur Sekunden später summte der Türöffner. Offenbar hegte Cousin Walter keinen Zweifel an ihrem Erscheinen pünktlich um 14 Uhr. Er konnte wahrhaft von Glück reden, dass sie heute einen drogeriemarktfreien Tag hatte.

Walter wohnte im Erdgeschoss. Die Wohnungstür mit dem bunten Glaseinsatz im oberen Drittel öffnete sich, als Esther den kleinen Treppenabsatz genommen hatte.

„Da sind Sie ja, Cousine ...", setzte er an, doch die weitere Begrüßung blieb ihm im Munde stecken, als er den Papageienkäfig erblickte. „Was ...? Darf ich höflichst fragen, was das zu bedeuten hat?" Mit ausgestrecktem Zeigefinger wies er auf den Vogel.

Esther musterte ihr Gegenüber ebenfalls. Sie schätzte Walter auf Anfang Sechzig, er trug trotz seines Krankenstandes Hemd und Krawatte, dazu eine Anzughose, das Haar war grau-weiß meliert, kurz geschnitten und noch erstaunlich dicht. Seine Augen waren von durchdringendem Blau, seine Statur schlank und aufrecht. Insgesamt entsprach er vollends dem Bild eines distinguierten älteren Herrn. Nur die Art und Weise, wie seine silbrigen Brauen sich über den Augen zusammenzogen, störte diesen Eindruck. Wenn es auch unschwer zu erraten war, wem der grimmige Blick galt.

„Tut mir leid, ich musste meinen Papagei mitbringen. Er kann nicht den ganzen Tag lang allein zu Hause bleiben, wenn ich direkt vor oder nach der Arbeit hierher komme!" Trotz ihrer Entschuldigung war Esther entschlossen, sich nicht einschüchtern zu lassen. „Aber zunächst mal: Guten Tag, lieber Walter!" Sie setzte den Käfig ab und streckte ihrem Cousin die Hand entgegen.

„Ja, natürlich ... Guten Tag!" Er nahm ihre Hand in seine kalte und erklärte im selben Atemzug: „Aber ich muss darauf bestehen, dass Sie den Papagei wieder entfernen. Meines Wissens sind Papageien recht lebhafte und mitunter sehr laute Geschöpfe, und ich bin äußerst lärmempfindlich! Ich könnte es nicht ertragen, mich im selben Raum aufzuhalten wie dieses Tier!"

„Ich kann dir versichern, Walter, dass Keiner Onkel meistens ein recht friedlicher Geselle ist. Er ist nur nicht gern allein und verträgt die Kälte in meinem ungeheizten Haus nicht, deshalb muss *ich* darauf bestehen, dass ich nur für dich sorgen kann, wenn du auch meinen Begleiter akzeptierst!"

Beschützend legte Esther ihre Hand über den Käfig. Ein wahrlich gelungener Einstieg in ihr neues „Arbeitsverhältnis" bei dem Cousin: Da standen sie einander gegenüber, gaben sich die Hände zur Begrüßung und stritten um einen Papagei! Aber nachzugeben kam nicht in Frage. Keiner Onkel drückte seinen Schnabel gegen die Gitterstäbe unter ihrer Hand, als wollte er seine Unterstützung demonstrieren. Schweigend blieb sie auf der Türschwelle stehen und wartete Walters Entgegnung ab.

„Nun denn, wenn es nicht anders geht!" Ruckartig wandte Walter sich um und ging ihr voran in die Wohnung. „Aber ins Wohnzimmer kommt das Federvieh mir auf keinen Fall! Stellen Sie ihn hier in der Küche ab, da halte ich mich ohnehin nicht gern auf!" Damit wies er auf die nächstgelegene Tür.

Esther atmete auf. So weit, so gut: Er hatte einmal nachgegeben, dann würde sich der Rest schon von selbst ergeben. Überdies hinkte Walter deutlich mehr, als sie in Erinnerung hatte. Vielleicht brauchte er ihre Hilfe also tatsächlich so dringend, wie er es dargestellt hatte. Außer Haus gehen konnte er in diesem Zustand jedenfalls nicht.

Dass er auch manches andere in seinem Zustand nicht zuwege brachte, wurde Esther deutlich, nachdem sie den Käfig abgestellt hatte und sich in der Küche umsah: Schmutziges Geschirr bedeckte die Abtropffläche des Spülbeckens und fast jeden freien Zentimeter der Arbeitsplatte, auf dem kleinen Tisch an der Wand gesellten sich leere Lebensmittelverpackungen (fast ausschließlich von Fertiggerichten, wie sie feststellte) zu einer halbgeleerten Packung Brot, jeweils einem Marmeladen- und Honigglas, einem Wasserkocher samt offener Teedose und auf der Tischplatte verstreuter trockener Teeblätter.

Wortlos stellte Esther den Käfig auf seinem Ständer ab, verließ die Küche und öffnete die vermeintliche Tür zum Badezimmer. Allerdings handelte es sich um einen kleinen Hauswirtschaftsraum, in dem sich ein Berg gebrauchter Socken und Unterwäsche, Hemden und Handtücher vor Waschmaschine und Trockner auftürmte. Halb vergraben unter der Wäsche befand sich ein Staubsauger, der sicherlich lange nicht mehr benutzt worden war.

„Wie lange, sagtest du, bist du schon ohne Hilfe gewesen, Walter?" Esther hörte selbst den Vorwurf in ihrer Stimme, aber sie war nicht in der Lage, ihn zu unterdrücken.

„Nun, lange genug!" Für den Bruchteil einer Sekunde senkte Walter die Augen, wies jedoch gleich darauf mit dem unverletzten Arm auf die geöffnete Wohnzimmertür: „Wo Sie anfangen, Ordnung zu schaffen – in Wohnzimmer, Küche, Bad oder hier –, überlasse ich Ihnen, aber vielleicht erledigen Sie am besten zuerst einmal die Lebensmitteleinkäufe. Ich hatte schon viel zu lange keine anständige Mahlzeit mehr!"

„Aha! In dem Fall solltest du mir bitte zuerst erklären, wo du üblicherweise einkaufst. Ich kenne hier in der Altstadt keinen

Lebensmittelmarkt!“ Die Bemerkung, dass das kleine Wort „Bitte“ ihm gelegentlich gut stehen würde, verkniff sich Esther. Stattdessen fügte sie hinzu: „Übrigens fände ich es angebracht, wenn wir uns duzen, Walter. Auch wenn meine Cousine Marianne schon lange nicht mehr unter uns ist, gehören wir doch zur selben Familie – was ja wohl auch der Grund war, dass du mich zu Hilfe riefst!“

„Nun, wenn dir etwas daran liegt, Esther, meinetwegen!“ Noch während dieses Eingeständnisses ließ ihr Cousin sich im Sessel nieder und legte seine Beine hoch. „Du entschuldigst ... Ich kann nicht sehr lange auf den Füßen bleiben! Also: Die Einkaufsliste habe ich bereits geschrieben, sie liegt auf dem Küchentisch, ebenso das erforderliche Geld. Um zum Markt zu gelangen, gehst du die Frauentorstraße hinunter in Richtung ...“

Geduldig hörte Esther sich Walters Erklärung an. Dieser Gang bedeutete wenigstens noch eine kleine Schonfrist, ehe sie sich ans Beseitigen der immensen Unordnung machen musste. Wie konnte man eine gediegene und mit kostbaren Antiquitäten ausgestattete Altbauwohnung nur derart im Chaos versinken lassen?

Während sie nach dem Einkaufen Quadratmeter für Quadratmeter der Wohnung vom Chaos befreite, bestätigte sich Esthers erster Eindruck: Die Altbauwohnung war wunderschön. Die Böden bestanden aus Eichenparkett im Schiffsbodenmuster, teilweise bedeckt mit rotgemusterten Teppichen (die ganz sicher nicht von Ikea stammten wie der Großteil ihrer eigenen Wohnungseinrichtung), die hohen Decken waren ebenso wie die tiefen Fensternischen stuckverziert, die Fensterrahmen selbst aus Kunststoff, aber dem alten Format nachempfunden, die Tapeten zierte ein zeitloses Muster, und bei den Möbeln im Wohnzimmer handelte es sich ausschließlich um geschmackvolle Antiquitäten. Die Krönung des Ganzen war ein riesiger Wandteppich mit einem Jäger-und-Pferdemotiv, der sich aus einem alten englischen Landhaus hierher verirrt haben musste. Küche und Bad dagegen waren rein funktional eingerichtet, und welche Möbel in Schlaf- und Arbeitszimmer standen, bekam Esther nicht zu sehen.

„Um diese beiden Räume brauchen Sie – brauchst du dich nicht zu kümmern!", brummte Walter, als sie sich der letzten Zimmertür auf der linken Seite des Flurs näherte. Bis auf diese Bemerkung hatte er während der ganzen Zeit, seit sie vom Einkaufen zurück war, nur gelegentlich von seinem Sessel aus eine Anweisung erteilt, wo sie die Reinigungsmittel finden konnte oder in welchen Schrank das Geschirr einsortiert wurde. Ansonsten beschäftigte er sich mit irgendeiner Zeitschrift und gab dabei vor, sie nicht unablässig zu beobachten.

Esther dagegen war viel zu beschäftigt gewesen, um ein Gespräch in Gang zu halten. Erst gegen 18 Uhr legte sie ihre Putzutensilien beiseite und ließ sich auf einen Küchenstuhl fallen. Sie fühlte sich, als hätte sie einen ganzen Palast geputzt, und zwar unter den wachsamen Augen eines Aufsehers, dem nicht das kleinste Krümelchen entging. Wie hatte ein solcher Pedant wie Walter es nur tage- oder wochenlang in der ungereinigten Wohnung ausgehalten?

„Ich esse für gewöhnlich um halb sieben zu Abend, also wäre es wohl an der Zeit, mit dem Kochen zu beginnen!", ertönte seine Stimme aus dem Wohnzimmer, als wollte er ihr damit klarmachen, dass ihm ihre momentane Untätigkeit nicht entgangen war. Er mühte sich eben damit ab, neue Scheite auf das Feuer im Ofen zu legen, wobei er sein steifes Bein umständlich von sich strecken musste. „Selbstverständlich bist du eingeladen, mit mir zu essen, dann kannst du direkt im Anschluss ans Geschirrspülen nach Hause gehen und brauchst dich dort nicht mit der Zubereitung einer weiteren Mahlzeit abzugeben!"

„In Ordnung, ich kümmere mich gleich darum! Ich gönne mir nur gerade ein paar Sekunden, um wieder zu Atem zu kommen", gab sie zurück. Wahrscheinlich sollte sie dankbar sein, dass Walter sie eingeladen hatte, mit ihm zu essen, doch innerlich seufzte sie auf: Um 18:30 Uhr zu essen und danach die Küche wieder in Ordnung zu bringen bedeutete, dass sie nicht vor 19:30 Uhr zu Hause sein würde, je nach Verkehr auch noch später. Aber gut, bis dahin war sie vielleicht so erledigt, dass sie heute Nacht einschlafen konnte, ohne lange nachzugrübeln!

Esther streckte sich, gab Keiner Onkel im Vorübergehen ein

paar der mitgebrachten Sonnenblumenkerne und machte sich ans Kochen.

Etwa 40 Minuten später saßen die beiden einander gegenüber am Esstisch. Esther bemerkte, wie Walters Blick über die blanke Tischplatte, das zeitlose weiße Porzellan aus dem Küchenschrank, die Papierservietten und die Wasserflasche samt Gläsern glitt. Seiner kritisch gerunzelten Stirn und den wieder einmal finster zusammengezogenen Brauen nach musste ihm irgendetwas daran nicht gefallen – oder vermisste er etwas?

„Ich dachte, wir danken zuerst Gott für unsere Mahlzeit und dann hole ich das Essen aus der Küche!“, erklärte Esther. „Auf diese Weise bleibt es länger warm!“

„Ich–“, setzte Walter an, besann sich aber offenbar eines besseren und befahl: „Sprich du das Gebet!“

Bereitwillig senkte Esther den Kopf und betete. Walter dabei bei den Händen zu fassen, wie sie es mit ihren Töchtern getan hätte, unterließ sie jedoch. Sie hatte das Gefühl, dass er nicht allzu erpicht auf menschliche Nähe war. Anschließend holte sie Topfuntersetzer, die Pfanne mit den Rösti sowie die Schüsseln mit Rührei und Salat aus der Küche und platzierte sie auf dem Tisch. „Bitte, bedien dich!“, forderte sie Walter dabei auf.

War Walters Blick vorher kritisch gewesen, so hätte Esther ihn als entgeistert bezeichnet, während er sich schweigend einhändig an Rösti, Eiern und Salat bediente. Er hatte doch nicht von ihr erwartet, dass sie ihm seine Mahlzeit auf einem vorgewärmten Teller unter silberner Haube servierte?

Ohne ihre Gedanken laut werden zu lassen, tat Esther sich selbst auf und begann zu essen. Die Rösti waren hervorragend – außen knusprig gebräunt und innen weich, auch das Rührei war dank Zugabe von Sahne und etwas Käse wunderbar locker. Nur der Salat schmeckte seltsam. Musste an dem Essig aus Walters Küchenschrank liegen, den sie für das Dressing verwendet hatte; vielleicht war er alt und abgestanden, und definitiv war es kein Balsamico gewesen, den sie sonst verwendete. Dennoch hatte es Spaß gemacht, zur Abwechslung wieder für zwei Personen zu kochen, und Esther aß mit gesundem Appetit, bis Walters Räuspern sie aufblicken ließ. Er hatte noch nicht einen Bissen zu sich genommen.

„Ich nehme an, du hast die Steaks in der Küche vergessen?", erkundigte er sich.

„Die Steaks?" Der unterschwellige Vorwurf in Walters Stimme ließ Esther aufhorchen.

„Richtig. Die Rindersteaks, die ganz oben auf der Einkaufsliste standen. Du hast diesen Posten doch nicht etwa übersehen?"

„Nein, natürlich nicht. Die Steaks sind, wie du sagtest, drüben in der Küche, im Kühlschrank, um genau zu sein."

„Im Kühl–" Walter holte einmal tief Luft, ehe er lospolterte: „Es ist mir durchaus klar, Cousine Esther, dass du zu Hause einiges anders handhabst, als ich es gewohnt bin – deshalb beschwere ich mich auch weder über die fehlende Tischdecke und das gewöhnliche Geschirr noch über die Tatsache, dass du die Speisen im Kochgeschirr servierst – aber dass du mir mein Steak vorenthältst, das schlägt nun wirklich dem Fass den Boden aus!"

„Aber – ich dachte, das Fleisch wäre fürs Wochenende bestimmt, als Sonntagsessen!", rechtfertigte sich Esther.

„Nun, das war es nicht, denn sonntags esse ich für gewöhnlich auswärts. Es war für den heutigen Abend gedacht, und nachdem ich mich tagelang mit Fertiggerichten und somit äußerst mangelhaft ernährt habe, freute ich mich bereits sehr darauf. Vollkommen umsonst, wie sich nun herausstellt!"

„Dann war das Ganze ein Missverständnis. Tut mir wirklich leid, Walter!", bemühte sich Esther die Wogen zu glätten. Im Grunde war es lächerlich, dass ein Mann in Walters Alter wegen eines entgangenen Steaks schmollte wie ein Dreijähriger, dem man sein Lieblingsspielzeug weggenommen hatte – denn nicht anders konnte sie momentan seinen Gesichtsausdruck deuten – aber sie deswegen derart anzumaulen fand sie schlicht ungerecht. Sie konnte doch keine Gedanken lesen! Hätte er seinen Wunsch klar geäußert, hätte sie ihm diesen jedenfalls gern erfüllt. Und so schlecht war die Mahlzeit, die sie ihm stattdessen vorgesetzt hatte, auch nicht.

Esther konnte sich nicht länger dagegen wehren, dass Walters miese Laune auf sie übergriff. In tiefem Schweigen beendete sie ihre Mahlzeit, während Walter wohl oder übel ebenfalls endlich zu essen begann.

Auch nach dem Essen wechselten sie kaum ein Wort, stattdessen beeilte sich Esther mit dem Abwasch, um dem nörgelnden Cousin endlich den Rücken kehren zu können.

Erleichtert schloss sie endlich ihre eigene Haustür auf, doch auch hier bot sich ihr kein freundlicher Empfang. Es war ungemütlich kalt – draußen herrschte längst Frost –, und nicht einmal Keiner Onkels fröhliches Pfeifen begrüßte sie. Zu seinem eigenen Wohl hatte Esther ihn (ohne um „Erlaubnis" zu bitten) bei Walter gelassen. Zumindest hoffte sie, dass es zu seinem Wohl war und Walter nicht in ihrer Abwesenheit einen Teller oder Hausschuh nach dem Papagei warf, falls der zu laut pfeifen sollte! Zutrauen würde sie dem miesepetrigen, pedantischen Cousin eine solche Tat durchaus. Folglich musste sie schon um Keiner Onkels Willen morgen wieder zu Walter gehen, obwohl sie nicht die geringste Lust dazu verspürte.

„Was habe ich mir da nur eingebrockt, Herr?", seufzte Esther, als sie schließlich zu Bett ging. „Ist eine neue Heizung wirklich einen solchen Ärger wert? Und – muss ich diesen verwöhnten alten Miesepeter wirklich lieben?"

Als die Wohnungstür hinter seiner Cousine ins Schloss gefallen war, erhob Professor Ulrich sich aus seinem Sessel. Dahin hatte er sich, während Esther den Tisch abräumte und das Geschirr spülte, wieder zurückgezogen, um wie jeden Abend die Nachrichten zu schauen. Allerdings hatte Walter sich diesmal kaum auf die Neuigkeiten aus aller Welt konzentrieren können, sondern mit halbem Ohr immer wieder in die Küche gelauscht. Aber außer dem Klappern von Schranktüren und dem Klirren von Besteck, das schwungvoll in die Schublade befördert wurde, hatte er nicht mehr viel vernommen.

Er hoffte inständig, dass er Esther mit seiner Beschwerde wegen des fehlenden Steaks nicht verprellt und sich damit ihrer künftigen Hilfe beraubt hatte. Es war wohl angebracht, demnächst ein wenig zurückhaltender Kritik zu üben, als er es in letzter Zeit – also auch im Fall Kempinski – getan hatte. Warum mussten Frauen aber auch immer derart empfindlich reagieren? Zu seiner Erleichterung hatte Esther sich trotz allem mit einem halbwegs freundlichen „Auf Wiedersehen, Walter!" verabschiedet.

Zudem hatte sie, wie er beim Gang in die Küche feststellte, auch ihren Papagei bei ihm gelassen. So wenig ihm dessen Gegenwart auch zusagte, musste es doch bedeuten, dass sie vorhatte, morgen wiederzukommen. Während Walter vor dem Käfig innehielt, legte der Papagei den Kopf schief und blinzelte sein Gegenüber prüfend an.

„Hallo, meine Liebe!", gab er schließlich von sich, und Walter fuhr erschrocken zusammen. Dass das Tier nicht nur pfeifen konnte, wie er es bereits vom Wohnzimmer aus vernommen hatte, sondern auch sprechen, hatte Esther ihm natürlich verschwiegen.

„Auch das noch!", entfuhr es ihm unwillkürlich. Der Papagei brach in keckerndes Gelächter aus.

„Halt bloß den Schnabel, du–", Walter überlegte. *„Keiner Onkel"* hatte Esther den Vogel genannt, vermutlich eine Verballhornung des Pferdenamens aus *Pippi Langstrumpf* (ein Buch, das Marianne auch als Erwachsene noch geliebt hatte). Nun, er hatte jedenfalls nicht die Absicht, diesen lächerlichen Namen jemals laut auszusprechen. „Halt den Schnabel, Federvieh!", knurrte er deshalb noch einmal und wandte dem Vogel den Rücken zu. Wenn er nicht mehr beachtet wurde, würde dieser gewiss auch mit seinem keckernden, nervtötenden Gelächter aufhören.

Professor Ulrich flüchtete aus der Küche in sein Arbeitszimmer, wo er die Tür hinter sich schloss. Hier war zum Ersten von Keiner Onkel nichts mehr zu hören, zum Zweiten konnte er den restlichen Abend nutzen, um einmal wieder zu arbeiten. Solange er sich allein und unter Schmerzen um die lästigen Hausarbeiten hatte kümmern müssen, hatte er dazu keine Muße gefunden. Heute jedoch brauchte er eine Beschäftigung, auf die er sich voll und ganz konzentrieren konnte. Ansonsten würde er den ganzen Abend damit verbringen, über Esther und ihre Ähnlichkeit mit Marianne nachzudenken.

Denn genau der Fall, den er gefürchtet hatte, seit er das erste Mal mit Esther telefoniert hatte, war eingetreten: Esther erinnerte ihn an seine verstorbene Frau. Dabei waren es nicht in erster Linie die dunklen Haare kombiniert mit dem blassen Teint, die sie mit ihrer Cousine gemeinsam hatte, sondern vor allem die Stimme. Esther sprach in exakt derselben Stimmlage, die er von Marianne in Erinnerung hatte, betonte die Worte genauso, wie Marianne es getan hatte, und ihre schwyzerdütsch-stimmhaften „Chs" versetzten Walter zurück in die Zeiten, als diese Stimme tagtäglich hier in der Wohnung erklungen war. Die ganze Situation von Esthers Anwesenheit war schön und vertraut und beängstigend zugleich!

Abrupt wandte Walter sich seinem Schreibtisch und den Bücherregalen zu. Letztere enthielten ausschließlich Fachliteratur. Alphabetisch sortiert und Buchrücken an Buchrücken standen sie in schnurgeraden Reihen. Walter konnte praktisch blind nach dem jeweils gewünschten Buch greifen. Nichtsdestotrotz musterte er sie nun ratlos. Es gab viel zu tun: Der Unterricht für den Rest des Semesters – wobei er sich darauf einstellen musste, dass sein Vertreter den Stoff nicht ganz zufriedenstellend vermitteln konnte und er deshalb würde nacharbeiten müssen – sowie die entsprechenden Klausuren waren vorzubereiten; außerdem könnte er die Zeit nutzen, um weiter an seinem Artikel für das Fachjournal zu schreiben. *Internationales Steuerrecht: Die Problematik grenzüberschreitender Sachverhalte*, lautete der Titel, und über diesen hinaus existierten bis jetzt nur wenige Zeilen. Doch so interessant dieses Thema war und so viel Befriedigung seine Arbeit ihm für gewöhnlich verschaffte, heute Abend erschien ihm keine dieser Tätigkeiten verlockend.

Mit einem frustrierten Seufzer ließ Walter sich am Schreibtisch nieder und öffnete das Schreibprogramm auf seinem PC. Wenigstens zu einer Tätigkeit sah er sich imstande: Er verfasste einen Menüplan für die beiden kommenden Wochen, selbstverständlich samt Einkaufsliste. Dabei führte er jede Mahlzeit und jeden Posten auf der Liste so detailliert auf wie möglich und verwandelte das ganze Dokument in eine übersichtliche Tabelle. Je klarer seine Angaben waren, desto eher ließen sich Missverständnisse wie beim heutigen Abendessen vermeiden, was sich wiederum positiv auf die Stimmung zwischen ihm und Cousine Esther auswirken würde.

Außerdem zielte er mit seinen Anweisungen auf einen wichtigen Nebeneffekt: Er wollte nicht allzu häufig Schweizer Rösti serviert bekommen, Mariannes Lieblingsgericht, das niemand so zuzubereiten verstand, wie sie es getan hatte …

Kapitel 6

„Noch einen Augenblick Geduld, Marc, ich komme gleich. Sobald ich diese letzte Zeile notiert habe, fahren wir los!"

Ruth wandte ihre Aufmerksamkeit wieder auf den Briefbogen vor ihr auf dem Tisch, vollendete ihren letzten Satz und musterte befriedigt das ganze Schreiben. So war es gut. Sie wusste gar nicht, das wievielte ihrer „Wunderworte", wie sie die mutmachenden Botschaften nannte, dieser Brief darstellte, aber eines wusste sie: Nichts anderes als diese Zeilen waren heute dran.

Irgendjemand dort draußen in ihrer Stadt brauchte genau jetzt in diesen Tagen exakt diese Worte. Sie wusste nicht, ob es ein Mann oder eine Frau war, alt oder jung, einsam oder mitten im Trubel von Familie und prallem Leben stehend. Denn in der überwiegenden Anzahl der Fälle erfuhr die Verfasserin niemals, wer ihre Mutbotschaften las oder was diese im Leben der Empfänger bewirkten. Nur eines war gewiss: Wirken würden die „Wunderworte" – oder vielmehr der, der ihr diese Worte aufs Herz legte und sie jedes Mal mit Freude erfüllte, wenn sie wieder eines davon auf den Weg schickte.

Auch Marcs Gesicht leuchtete auf, als er, bereits in Jacke und Schuhen, ins Zimmer kam und den Brief auf ihrem Schreibtisch liegen sah: „Spielen wir wieder Telefonbuch-Lotto? Super! Warte, ich hol' das Buch!"

„Halt, Marc, nicht so eilig!", bremste die Mutter ihren Siebenjährigen. Für ihn bedeutete das Verschicken der Wunderworte seiner Mutter ein spannendes Spiel. Wenn ihr nämlich keine spezielle Person als Empfänger auf der Seele lag, suchte sie mithilfe des örtlichen Telefonbuches jemanden aus, und Marc oder sein älterer Bruder Micha waren diejenigen, die das Buch aufschlagen und ihren Finger auf den Namen legen durften, der ihnen ins Auge sprang. Auf diese Weise hatte schon mancher Brief seinen Empfänger gefunden, wenn auch nicht jeder. „Ihr" Gedicht beispielsweise ging meist auf direktem Weg an eine dafür ausgewählte Person, und auch im heutigen Fall hatte die Kranke eine spezielle Art der Briefzustellung im Sinn.

Heute war einer ihrer guten Tage. Ein Tag ohne Schwindelanfälle, übermäßige Müdigkeit, Sehprobleme oder Schmerzen, sodass sie es wagen konnte, Marc zum Fußball zu begleiten. Weil diese Gelegenheiten so selten waren, freute sich ihr Jüngster jedes Mal wie ein Schneekönig darüber, wenn sie gemeinsam mit dem Auto fuhren und sie ihn beim Spiel begeistert anfeuerte. Ohnehin kostete sie jede unbeschwerte Minute in der Gesellschaft ihrer Söhne voll aus.

„Diesen Brief hier nehmen wir gleich mit, und du kannst ihn sogar persönlich im Briefkasten des Empfängers abliefern, Marc!"

„Super!", wiederholte sich Marc, während er seiner Mutter in den Hausflur folgte. „Weißt du denn diesmal, wer ihn bekommen soll?"

„Noch nicht, nein." Ruth schlüpfte in Mantel und Schuhe. Dankbar stellte sie fest, dass sie sich sogar bücken und wieder aufrichten konnte, ohne dass ihr schwindlig wurde. „Aber das wird sich zeigen, wenn wir unterwegs sind!"

„Du meinst, ich darf das Haus aussuchen, wo wir ihn einwerfen, weil ich so ein tolles Werkzeug Gottes bin?" Marcs Strahlen war noch breiter geworden. Seine neueste Zahnlücke im Oberkiefer und die winterlich etwas verblassten Sommersprossen auf der Nase machten ihn zu einem Lausejungen wie aus dem Bilderbuch, und dennoch hatte er ganz recht mit seiner Aussage. Seine Mutter war überzeugt davon, dass Gott gerade die Geringen und „Kleinen" gebrauchte, um seine Vorhaben auszuführen, und band deshalb ihre Söhne stets in das Verschicken ihrer Botschaften mit ein.

„Genau!", bestätigte sie und zupfte die Mütze über Marcs lichtbraunem Haar zurecht. „Du und Micha, ihr seid ebenso Gottes Botschafter wie ich, und deshalb darfst du auch heute das Ziel des Briefes auswählen!"

„Na, dann los!" Marc schwang sich den Sportbeutel mit dem Logo des örtlichen Fußballvereins über die Schulter und öffnete die Haustür. „Der Trainer wartet nicht gern, und wenn wir unterwegs noch mal anhalten wollen, um unsere Botschaft zu überbringen, wird's höchste Zeit!" Im Bewusstsein seiner Wichtigkeit warf Marc sich in die Brust und klapperte mit dem Autoschlüssel, den er sich vom Schlüsselbrett geschnappt hatte.

„Schon gut, mein kleiner großer Mittelstürmer und Botschafter, ich komme ja!" Lächelnd schloss die 36-Jährige die Haustür, nachdem sie sich vergewissert hatte, dass der Brief in ihrer Manteltasche steckte.

Ja, heute war ein guter Tag. Ein Tag, um zu lachen, sich an der Gegenwart zu freuen und trotz aller Widrigkeiten voller Zuversicht in die Zukunft zu blicken. Mit den Worten des Briefes in ihrer Tasche ausgedrückt hörte sich das folgendermaßen an: *Aber eines tue ich – danach verlangt es mich: Ich vergesse, was hinten ist, und strecke mich aus nach dem, was vorne ist. (Phil. 3,13)*

Es ist nicht länger nötig, dass du müde und ausgelaugt den Pfad deines Lebens entlangtrottest. Erschöpft und müde bist du nur, wenn du deine Blicke nach rückwärts richtest. Mach Schluss mit dieser unglückseligen Art zu leben, betrachte stattdessen jeden deiner Tage als Neuanfang. Du kannst die Enttäuschung, das Leid, die bittere Niederlage von gestern hinter dir lassen und Gott eine Chance geben, heute etwas Neues, Wunderbares für dich zu tun!

Nachdem Esther den Vormittag im Drogeriemarkt verbracht und sich zu Hause einen kurzen Mittagsimbiss gegönnt hatte, machte sie sich zum zweiten Mal auf den Weg zu Walter. Ihre Gefühle waren durchaus gemischt: Was sie arbeitsmäßig bei Walter erwartete, wusste sie zwar jetzt, sodass diese Unsicherheit entfiel; andererseits bereitete ihr die Art und Weise, wie die erste Begegnung mit ihm verlaufen war, neue Bauchschmerzen. Würde er heute wieder einen Grund finden, sie mit finstersten Blicken zu durchbohren und ihr Essen anzuschauen, als sei es seine Henkersmahlzeit? Vielleicht hatte er es sogar fertiggebracht, Keiner Onkel an die frische Luft zu setzen, weil sie den Vogel ohne nachzufragen einfach bei ihm gelassen hatte? Wer wusste schon, wozu ein kauziger Junggeselle seines Alters imstande war.

„Bitte, Herr, hilf mir, diesen Mann zu lieben!", betete Esther, als sie ihr Auto gemäß Walters Rat auf einem für Anwohner reservierten Parkplatz abstellte.

Der Briefkasten neben der Eingangstür, auf dem ein weiteres von Professor Ulrichs noblen Messingschildern prangte, quoll beinahe über vor Werbeschriften und Briefen. Esther zückte kurzerhand den Schlüsselbund, den Walter ihr anvertraut hatte, suchte nach dem passenden Schlüssel und leerte das Brieffach.

Mit einem Klopfen und einem betont munteren: „Hallo, Walter, da bin ich wieder!", betrat sie gleich darauf die Wohnung.

„Guten Tag, Esther!", erklang Walters förmliche Erwiderung hinter einer der Zimmertüren, die ihr gestern verschlossen geblieben waren. „Bitte komm herein!"

Neugierig betrat Esther den Raum. Walter saß vor einem wuchtigen Schreibtisch aus dunklem Holz; Mahagoni oder Nussbaum vermutlich. Ordentlich sortierte Bücherregale säumten die Wände des schmal geschnittenen Arbeitszimmers und auf der polierten Schreibtischplatte fand sich neben Bildschirm und Schreibutensilien lediglich ein niedriger Stapel Papier. Von dem Chaos, das sie in den übrigen Räumen vorgefunden hatte, keine Spur. Offenbar hatte Walter diesen Raum in letzter Zeit nicht viel genutzt.

Er blickte ihr entgegen. „Du bist pünktlich. Das ist schön!"

„Ja, ich war zwar etwas spät dran, doch der Verkehr in der City war heute nur mäßig und ich wusste ja jetzt, wo ich parken kann. Hier, ich habe deinen Briefkasten entleert!" Sie legte die Post vor ihm auf den Tisch.

„Danke!" Mit ein paar raschen Bewegungen sortierte Walter seinen Posteingang in zwei getrennte Stapel: einer mit Briefen, einer mit Werbeprospekten. „Die hier kannst du gleich ins Altpapier entsorgen!" Er wies auf die Werbung. „In der Küche, der blaue Kasten in der Ecke! Ansonsten wäre es schön, wenn du dich danach um die Wäsche kümmerst. Ich fand heute Morgen nur noch dieses eine gebügelte Hemd in meinem Schrank vor! Den Hauswirtschaftsraum mit Bügelutensilien und dergleichen hast du gestern ja bereits gesehen."

„In Ordnung! Hast du sonst noch ein Anliegen für diesen Nachmittag?"

„Das habe ich in der Tat. Ich wollte dich noch einmal bitten, einzukaufen. Und“, er räusperte sich vernehmlich, „um Missverständnissen wie dem von gestern Abend vorzubeugen, habe ich hier einen Menüplan samt Einkaufsliste für dich vorbereitet. Der Plan erstreckt sich über zwei Wochen, sodass du langfristig planen kannst und nicht so oft einkaufen musst. So hielt ich es auch mit Frau Kempinski, meiner früheren Haushälterin.“

Esther musterte die beiden Computerausdrucke, die Walter ihr vorlegte. Die erste DINA4-Seite war ein 2-Wochen-Menüplan in Tabellenform, die zweite dicht beschrieben mit den nötigen Produkten, und zwar tabellarisch sortiert nach Sparten wie Backwaren, Fleisch, Gemüse und so weiter. Sogar Name und Adresse der aufzusuchenden Geschäfte waren in der letzten Tabellenspalte angegeben, unter anderem der kleine Supermarkt vom gestrigen Tag. Hielt Walter sie für nicht ganz zurechnungsfähig, oder war es einfach seine Art, seine Angestellten – oder Frauen im Allgemeinen – zu bevormunden, fragte Esther sich leicht beleidigt. Dennoch nickte sie ergeben. Wenn sie schon um Gottes Hilfe dabei bat, genug Liebe für ihren Cousin aufzubringen, musste sie auch ihren Teil dazu beitragen.

„Gut. Dann werde ich das sofort erledigen. Die Geschäfte sind alle in der Nähe, hoffe ich, denn ich werde ganz schön zu schleppen haben, wenn ich das richtig sehe!“ Diese eine kleine Spitze konnte Esther sich nicht verkneifen.

Walter ignorierte sie. „Richtig, keiner der Läden ist weiter als zwei Querstraßen entfernt.“ Damit griff er nach dem obersten Brief auf seinem Poststapel und Esther war entlassen.

„Liegt das Geld wie gestern in der Küche bereit?“, fragte sie bereits im Gehen.

„So ist es! Und apropos Küche, Esther ...“ Seine Stimme hob sich, und er fixierte Esther noch einmal mit gerunzelter Stirn. „Frag mich bitte das nächste Mal, ehe du mir einen zusätzlichen Mitbewohner unterschiebst. Dein Papagei benimmt sich nämlich nicht halb so unauffällig und leise, wie du mir gestern weismachen wolltest, und sollte er meine Nerven weiterhin mit seinem Geplapper strapazieren, müssen wir uns eine andere Lösung für seine Unterbringung überlegen!“

Schweigend nickte Esther und begab sich in die Küche, während Walter sich erneut seiner Post zuwandte.

„Na, was hast du wieder angestellt, Keiner Onkel?“, neckte sie den Papagei – allerdings erst, nachdem sie die Küchentür hinter sich geschlossen hatte. „Womit hast du den großen Onkel so gegen dich aufgebracht, hm? Hast du ihm einen deiner schlimmen Ausdrücke an den Kopf geworfen? Aber was du auch getan hast, Keiner Onkel“, sie senkte ihre Stimme zu einem Flüstern, „ich kann dich gut verstehen. Mich bringt er auch auf die Palme, der gute Professor. Also hier, nimm das als Belohnung oder wie auch immer!“

Sie steckte ihm ein paar Rosinen in den Käfig, die sie gestern besorgt hatte, und der Papagei machte sich freudig darüber her, während Esther, in der Hand einen zusammenklappbaren Einkaufskorb und mehrere große Baumwolltaschen, die Küche verließ.

Draußen vor der Haustür atmete sie auf. Großeinkauf hin oder her – sie war froh, die Wohnung mit ihrer erdrückenden Atmosphäre hinter sich zu lassen und statt Walters kritisch-schulmeisterlicher Miene ein paar fremde Gesichter zu sehen. Zudem fühlte sich dieser Freitagnachmittag Anfang November an wie ein Frühlingstag: Der Föhn trieb bauschige weiße Wolken über den Himmel, strich angenehm warm um ihr Gesicht und zerzauste ihr kurzes Haar, und wahrscheinlich konnte man vom Rathausturm aus bis hinüber zu den Alpen sehen. Beschwingt schritt Esther aus.

Knapp sechzig Minuten später, als sie schwer beladen die Metzgerei und damit das letzte Geschäft für den heutigen Einkaufsmarathon verlassen wollte, waren ihre Schritte deutlich weniger leichtfüßig. Für Walter schien eine warme Mahlzeit ohne Fleisch undenkbar, und entsprechend schwer wog dieses nun in ihrem Einkaufskorb. Und das, obwohl sie etliche Artikel für die zweite Woche noch gar nicht besorgt hatte! Vielleicht sollte sie die Lasten doch ein wenig gleichmäßiger auf ihre Taschen verteilen …

Den Blick auf ihre Last gesenkt trat sie durch die Tür, die ein Kunde zuvorkommend für sie öffnete – und stieß prompt mit der nächsten Person zusammen, die im Begriff stand, den Laden zu betreten. Eine der Taschen, die sie über die Schulter gehängt hatte, glitt an ihrem Arm hinab und drohte abzustürzen, sodass Esther hastig den Einkaufskorb absetzte, um eine Hand fürs Auffangen frei zu haben, und gleichzeitig beschämt murmelte: „Verzeihung!"

„Schon in Ordnung, das war ebenso gut mein Feh–"

Die Männerstimme brach abrupt ab und Esther blickte auf, direkt in das bärtige Gesicht ihres Drogeriemarkt-Rasierer-und-Zahncreme-Kunden.

„Frau Wittmann – na, so was!" Ihr Gegenüber lächelte breit, während er sie mit ihren drei Einkaufstaschen plus überquellendem Korb in Augenschein nahm. „Lassen Sie mich Ihnen helfen!" Er griff nach der Baumwolltasche, die mittlerweile endgültig am Boden gelandet war, und begann, die sich selbstständig machenden Lebensmittel einzusammeln, ehe sie vom Gehweg auf die Straße rollten.

„Sie genießen Ihren freien Nachmittag aber auch so richtig, was?", scherzte er dabei. „Machen Großeinkäufe für die Familie!"

„So in etwa!" Esther griff nach einem Apfel. Die Zwei-Kilo-Packung war aufgeplatzt, und die Äpfel kullerten in alle Richtungen; einer davon rollte auf die Fahrbahn und wurde von einem Auto zermalmt.

„Wie ärgerlich!", bemerkte ihr Helfer. „Sicher haben auch die anderen Äpfel ein paar Dellen abbekommen!"

„Möglich. Aber Keiner Onkel, mein Papagei, für den sie hauptsächlich bestimmt waren, ist nicht sehr wählerisch bei seiner Nahrung. Er ist quasi Allesfresser!"

„Wie praktisch!" Grinsend steckte ihr vollbärtiger Bekannter den letzten Apfel zurück in die Einkaufstasche. „Ich glaube, das war alles!"

„Ja, sieht ganz danach aus. Danke für Ihre Hilfe – schon wieder!" Esther lachte verlegen. Es war ihr schon ein wenig peinlich, in welchen Situationen dieser Kunde sie antraf! Am besten machte sie sich jetzt so rasch wie möglich aus dem Staub. Oder zumindest, sobald ihr Helfer ihr die Tasche zurückgab.

„Kein Problem, ich helfe gern. Hier!", er streckte ihr die Einkaufstasche entgegen, überlegte es sich dann aber anders und zog seine Hand wieder zurück. „So beladen, wie Sie sind, wohnen Sie doch hoffentlich ganz der Nähe?"

„Nein, das heißt, ja ... also mein Cousin, für den ich den Großteil dieser Einkäufe erledige, wohnt hier gleich um die Ecke, sodass ich es nicht mehr weit habe. Ich selbst wohne eigentlich außerhalb der Stadt."

„Ach so. Nun denn ..." Unschlüssig wechselte der Bärtige ihre Einkaufstasche in die andere Hand. „Haben Sie etwas dagegen, wenn ich trotzdem noch den Kavalier spiele und Ihnen helfe, Ihre Lasten sicher bei Ihrem Cousin abzuliefern? Oder ...", zögernd wies er mit dem Kinn auf ein Café auf der gegenüberliegenden Straßenseite, „darf ich Sie auf eine Tasse Kaffee zur Stärkung einladen? Es sei denn natürlich, Ihr Cousin oder die restliche Familie warten schon voll Ungeduld auf Ihre Rückkehr?"

„Ach, das dürfte eigentlich kein Problem sein." Bei der Vorstellung, wie Walter ungeduldig von der Uhr zur Wohnungstür und wieder zurück blickte und dabei fürchtete, Esther könnte nicht rechtzeitig zur Zubereitung des Abendessens zurück sein, lächelte sie unwillkürlich vor sich hin und das Unbehagen, das sie wegen der Einladung zuerst empfunden hatte, schwand. „Für meinen Cousin Walter bin ich nichts weiter als die Haushaltshilfe, und mein eigener Haushalt dagegen besteht nur noch aus einer einzigen Person, nämlich mir!", erklärte sie.

„Großartig!" Die scheinbar stets vorhandenen Lachfältchen im Gesicht ihres Gegenübers vertieften sich und die Augen hinter der Brille blitzten auf, während er hinzufügte: „Großartig, dass Sie meine Einladung annehmen, wollte ich natürlich sagen! Dann lassen Sie uns keine Zeit verlieren! Darf ich?"

Mit der Andeutung einer Verbeugung griff der Bärtige nach dem Henkel ihres Einkaufskorbs, schwang ihre Tasche in der anderen Hand und schritt neben ihr her. Noch einmal lächelte Esther: Dieser Mann war so herrlich geradeheraus und unkompliziert, dass ihr Cousin sich gerne eine Scheibe davon abschneiden könnte.

„Sie mögen doch Kaffee, hoffe ich? Eine Tasse Tee habe ich dort drüben nämlich vor nicht allzu langer Zeit getrunken, und der war nicht sehr schmackhaft!"

„Mögen? Nein, ich *liebe* Kaffee. Und ehrlich gesagt wünsche ich mir gerade nichts sehnlicher als eine Latte mit viel Milchschaum.

Ich bin ein wenig auf Entzug, müssen Sie wissen. Walters Kaffeemaschine stammt noch aus den Achtzigern und ihrem Zustand nach wurde sie genau damals auch zum letzten Mal benutzt, sodass ich es noch gar nicht wagte, sie anzuschalten!"

„Nun, in diesem Fall", schwungvoll öffnete Esthers Begleiter die Tür zum Cafe, „ist es mir natürlich eine Ehrensache, Ihren Herzenswunsch zu erfüllen, Frau Wittmann! Wollen wir uns gleich dort ans Fenster setzen?"

Als sie einander gegenüber an dem kleinen Tisch Platz genommen hatten, bemerkte Esther: „Wollen Sie mir nicht auch langsam Ihren Namen verraten, nachdem Sie meinen ja bereits seit etlichen Tagen kennen?"

„Aber selbstverständlich. Sorry, dass ich nicht schon vor meiner Einladung daran dachte, mich vorzustellen: Hans-Joachim Kronberg ist mein Name!" Förmlich streckte er ihr seine kräftige, gebräunte Rechte entgegen. „Freunde und Familie nennen mich allerdings Hajo, und ich würde mich freuen, wenn Sie das ebenfalls tun!"

„Gut, wenn Sie möchten ..." Esther spürte, wie sie errötete, während sie seine Hand schüttelte. *„Freunde und Familie"* – war diese Bemerkung als „Freundschaftsanfrage" gedacht?

„Ich bin Esther!", bemerkte sie ein wenig einsilbig und atmete auf, als in diesem Augenblick die Bedienung an ihren Tisch trat.

„Und was darf ich euch bringen, Leute?", fragte diese lässig und schob dabei in auffälliger Weise ihren Kaugummi von einem Mundwinkel in den anderen. Hajo grinste Esther belustigt an und erwiderte: „Eine Latte Macchiato mit viel Milchschaum für die Dame, bitte – so war es doch, nicht wahr, Esther? – und für mich einen Becher Kaffee, schwarz und ohne Zucker!"

Esther wurde noch eine Spur roter. Wie leicht, wie vertraut der Name Esther aus seinem Mund kam, so ganz und gar nicht, als spräche er ihn gerade zum ersten Mal aus. Zum ersten Mal jedenfalls im Zusammenhang mit ihr.

„So, und nun erzähl mir etwas über deinen Cousin Walter, Esther!", bat Hajo, als die junge Kellnerin ihnen den Rücken kehrte. Esthers Gesichtsfarbe ignorierte er. „Weshalb schickt er dich allein los, um bergeweise Lebensmittel einzukaufen – und hat er tatsächlich vor, das ganze Fleisch da", in gespieltem Entsetzen wies er auf den vollen Einkaufskorb, „allein zu verputzen? Das scheint mir ein recht außergewöhnlicher Zeitgenosse zu sein!"

„Das ist gut möglich. Ehrlich gesagt kenne ich Walter noch gar nicht so gut. Ich habe ihn gestern zum ersten Mal seit sechsundzwanzig Jahren wiedergesehen ..."

Ihre Befangenheit verflog vollkommen, während Esther ihrem neuen Bekannten den vorausgegangenen Abend schilderte; und als die beiden eine halbe Stunde später auseinander gingen, hatte sie das Gefühl, dass aus dieser Bekanntschaft tatsächlich mit der Zeit eine Freundschaft werden konnte.

Mit dem Einkaufskorb und der schwersten der drei Taschen beladen begleitete Hajo Esther bis zur Haustür des Professors.

„Hier wären wir! Prof. Dr. Walter Ulrich. Das ist mein Cousin." Esther deutete auf die Namensschilder im Hauseingang. „Herzlichen Dank, dass du mich noch begleitet hast, Hajo. Allein mit all diesen Bleigewichten wäre mir der Weg wahrscheinlich doch ganz schön lang geworden!"

„Immer wieder gern! Es ist einfach ein zu gutes Gefühl, als Retter in der Not aufzutreten, um es nicht öfter zu genießen!" Hajo zwinkerte und fügte, als Esther ihre Schlüssel zückte, hinzu: „Wir hören voneinander, nicht wahr? Vielleicht hast du tatsächlich mal Lust auf eine kleine Fahrradtour durch den Wald?"

„Wieso nicht? Es sei denn, Walter beansprucht mich auch sonntagnachmittags!" Esther drehte den Schlüssel und öffnete die Haustür.

„Falls ja, brauchst du mich nur anzurufen, damit ich mal ein Wörtchen mit ihm über Ausnutzung seiner Angestellten spreche! Aber Scherz beiseite, Esther, ich würde mich wirklich freuen. Aber jetzt lasse ich dich besser gehen. Nicht, dass du noch Ärger wegen zu langem Ausbleibens bekommst!"

„Stimmt! Also dann, auf Wiedersehen, Hajo! Und keine Sorge: Für den Notfall – also falls Walter mir mit fristloser Kündigung oder Ähnlichem droht – habe ich ja deine Nummer!" Mit einem letzten Blick zurück erklomm Esther den Treppenabsatz und verschwand hinter einer Tür im Erdgeschoss.

Hajo wartete noch einen Moment, ehe auch er sich wieder auf den Weg machte. Er grinste vor sich hin. Wer hätte gedacht, dass der Beginn dieses Wochenendes eine so erfreuliche Begegnung für ihn bereithielt? Angefangen hatte sein Gang in die Innenstadt jedenfalls deutlich unerfreulicher: Nachdem er im Lauf der Woche die restlichen Geschäfte „seines" Stadtteils aufgesucht hatte und wieder einmal nicht die geringsten Fortschritte in Bezug auf seine Nachforschungen verzeichnen konnte, hatte er sich für den heutigen Nachmittag die Altstadt vorgenommen. Möglicherweise fanden sich hier mehr alteingesessene, inhabergeführte Geschäfte als in den Randbezirken der Stadt und damit vielleicht auch das gesuchte.

Hoffnungsvoll war Hajo aufgebrochen, hatte sein Fahrrad an einer Straßenlaterne am Rand der Altstadt angeschlossen, um zu Fuß einen Laden nach dem anderen aufzusuchen. Vergeblich. Nirgends konnte man ihm eine Auskunft erteilen, die ihm wirklich weiterhalf. Immer zögerlicher wurde seine Frage, wenn er wieder ein Geschäft betrat, immer schleppender wurde sein Schritt, und er spürte die Last seines Gewissens fast körperlich auf Schultern und Rücken. Wie lange sollte er diese Last, entstanden durch die Beichte seines Vaters, noch mit sich herumtragen?

Nach zwei Stunden Suche und einer Tasse extrem starken Darjeeling in dem kleinen Café war er derart niedergeschlagen, dass er beschloss, für heute Schluss mit seinen Nachforschungen zu machen. Dieses eine Geschäft noch, die Metzgerei, und dann würde er nach Hause gehen. Doch genau hier, im Eingang der Metzgerei, war er auf Esther gestoßen, und sein Tag hatte sich zum Guten gewendet ...

Nach Esthers anfänglicher Befangenheit im Café hatten sie sich bestens unterhalten. Über ihren Job als Haushälterin bei Professor Ulrich, den sie erst seit Kurzem ausübte, waren sie auch kurz auf ihr Privatleben und ihre Kinder zu sprechen gekommen; Hajo seinerseits hatte von seinem Umzug hierher, seiner Arbeit als Straßenbauingenieur und seiner Leidenschaft fürs Biken berichtet. Obwohl sie, den Rückweg zu Walter eingeschlossen, nicht mehr als eine halbe Stunde gemeinsam verbracht hatten, fühlte Hajo sich Esther bereits näher als seinen neuen Arbeitskollegen oder irgendeiner anderen Person in seiner neuen Heimat. Und das Beste war: Sie würden sich wiedersehen, zumindest wenn es nach ihm ging!

Leise pfeifend nahm Hajo sein Handy aus der Tasche und überprüfte die Kontaktliste. Richtig, da war sie: Esther Wittmann. Eine Verabredung bereits für diesen Sonntag erschien ihm zu zeitnah, außerdem hatte er vorgehabt, vormittags den Gottesdienst in einer der örtlichen Gemeinden zu besuchen, was er seit seinem Umzug vor sich hergeschoben hatte. Aber es gab nichts, was gegen ein Treffen am nächsten Wochenende sprach, oder gegen einen kurzen Anruf zum Plaudern schon vorher ...

Während Hajo sich von Professor Ulrichs Wohnhaus entfernte, blickte er sich suchend nach einem Straßenschild um. Esther hatte seine Aufmerksamkeit zu sehr in Anspruch genommen, als dass er noch auf die Richtung geachtet hätte. Doch nicht umsonst gehörten Straßen- und Landkarten zu seinem täglichen Arbeitsmaterial als Straßenbauingenieur: Nachdem er sich die Karte der Altstadt zu Hause angesehen hatte, hatte er den Heimweg beziehungsweise den zum Parkplatz seines Fahrrads vor Augen, sobald er das Straßenschild entdeckt hatte.

Er passierte noch einmal die Metzgerei und bog dann nach links in eine kopfsteingepflasterte Gasse ab. Sie war gerade breit genug für ein Auto, und nur wenige Meter von der Kreuzung entfernt prangte über einer Eingangstür das Ladenschild eines Antiquitätenhändlers.

Hans Müller – Schönes und Seltenes aus der Vergangenheit, las Hajo. Er zögerte. Antiquitätenläden waren meist über Jahre gewachsen, keine „Eintagsfliegen“ wie beispielsweise eine Geschenkboutique, typisch alteingesessene Läden also ... Sollte er nach der aufmunternden Begegnung mit Esther noch einmal sein Glück versuchen? Nachdenklich spähte er durch die angelaufene Scheibe zwischen einer alten Nachtkommode und einem Regal voller winziger, filigran gearbeiteter Porzellanfiguren ins Ladeninnere.

Viel erkennen konnte er im Dämmerlicht nicht, doch im Hintergrund des Raumes brannte eine Stehlampe. Ihr Licht fiel auf zwei

Personen, die offenbar etwas begutachteten, was vor ihnen auf einer Tischplatte lag. Als spürte er seine Anwesenheit, hob der alte Herr, vermutlich der Händler Hans Müller, den Kopf und gleich darauf die Hand, um Hajo zuzuwinken.

Hajo zögerte nicht länger. Einmal tief Atem holend betrat er den Laden. Offenbar waren die Porzellanfiguren die Spezialität des Antiquitätengeschäfts, denn auch im Ladeninneren waren mehrere Wandborde mit ihnen gefüllt, sie zierten einen leicht wurmstichigen Apothekerschrank mit offenen Schubladen, und soweit Hajo sehen konnte, handelte es sich auch bei dem Gegenstand auf dem Ladentisch um eine solche. Fast zärtlich nahm der Händler das Püppchen jetzt in die Hand, wickelte es in mehrere Lagen weiches Papier und überreichte es seiner Kundin. Die wiederum steckte ihre Neuerwerbung in einen ausgepolsterten Karton und verließ den Laden mit einem glücklichen Lächeln, während der Verkäufer sich Hajo zuwandte.

„Kann ich etwas für Sie tun, junger Mann?“, erkundigte er sich zuvorkommend.

„Möglicherweise – zumindest hoffe ich es!“ Mit wenigen Worten brachte Hajo sein Anliegen vor, wie er es bereits an so vielen Orten getan hatte.

„So ist das“, erwiderte der alte Herr, als Hajo geendet hatte, „ich verstehe! Dennoch fürchte ich, dass ich Ihnen nicht wesentlich helfen kann. Ich lebe selbst erst seit acht Jahren in dieser Stadt – bin hierher gezogen, um nach dem Tod meiner Frau näher bei meinen Kindern und Enkeln zu sein. Zu dem Zeitpunkt übernahm ich auch den Laden“, er schob die Brille von seiner Nase hinauf auf den fast kahlen Schädel, „von seinem Vorbesitzer Hans Müller. Herr Müller war über achtzig und zog ins Altenheim, wissen Sie … Das Einzige, was ich Ihnen mit Gewissheit sagen kann, ist, dass sein Laden hier schon seit fünfunddreißig Jahren existiert. Für weitergehende Informationen über die Geschichte des Geschäftes müssten Sie Herrn Müller fragen, so sehr ich es bedauere.“

„Hans Müller also“, wiederholte Hajo. Seine Stimme zitterte vor Aufregung. Nach endlosen Stunden vergeblichen Fragens vor Ort hatte er seine erste Spur: Hans Müllers Antiquitätenladen hatte schon zur fraglichen Zeit existiert!

„Sie können mir nicht zufällig auch Adresse oder Namen des Altenheims verraten, in das Hans Müller damals zog, sodass ich ihn dort aufsuchen könnte?"

„Ich denke, das kann ich; geben Sie mir bitte nur einen Augenblick Zeit! Mein Gedächtnis lässt mich leider manchmal im Stich!" Nachdenklich schob Hans Müllers Nachfolger seine Brille zurück auf die Nase und strich sich etliche Male über den Schädel. „Einen Moment nur noch ...", murmelte er dabei.

Hajo ließ ihn nicht eine Sekunde lang aus den Augen. Erfolg oder Misserfolg seiner Nachforschungen, die Möglichkeit, seine Bürde endlich loszuwerden, all das hing vielleicht von diesem Mann beziehungsweise seinem nachlassenden Gedächtnis ab!

„Richtig!", strahlte sein Gegenüber plötzlich auf. „Das Heim war nach einem Heiligen benannt – Sankt Ignatius! Und wenn ich mich nicht sehr irre, liegt es gleich hier in der Innenstadt!"

„Das ist ja großartig! Ich weiß gar nicht, wie ich Ihnen danken soll, Herr ...", strahlte Hajo zurück.

„Schultze, Georg Schultze! Aber an Ihrer Stelle würde ich mich nicht zu früh freuen, junger Mann. Seit Herr Müller ins Heim ging, sind acht Jahre vergangen – und acht Jahre sind eine sehr lange Zeit, wenn man die achtzig überschritten hat!"

„Natürlich, da haben Sie vollkommen recht", stimmte Hajo zu, wünschte Herrn Schultze noch einen erfolgreichen Tag und verabschiedete sich. Es mochte gegen alle Vernunft sein, aber er *wollte* einfach nicht bereits im Voraus davon ausgehen, dass Hans Müller nicht mehr am Leben war! Er würde dieser ersten Spur nachgehen, solange es irgend möglich war.

Vor der Ladentüre angelangt nahm er sein Handy, ging online und suchte nach der Adresse des Sankt-Ignatius-Heims.

Mit brennenden Augen starrte Walter auf das Blatt mit den handgeschriebenen Zeilen vor sich: *Aber eines tue ich ... ich vergesse, was dahinten ist ... es ist nicht länger nötig, dass du müde und ausgelaugt den Pfad deines Lebens entlang trottest ... erschöpft und müde bist du nur, wenn du deine Blicke beständig rückwärts richtest ... du kannst ...*

das Leid von gestern hinter dir lassen und Gott eine Chance geben, heute etwas Neues ... für dich zu tun!

Er konnte es nicht fassen: Welcher Mensch, welcher seiner Bekannten besaß die Frechheit, Prof. Dr. Walter Ulrich wohlmeinende Ratschläge zukommen zu lassen, obendrein auf anonyme Art? Ohne auf Äußerlichkeiten zu achten hatte Walter wie alle übrigen auch diesen Brief zunächst geöffnet, den Inhalt überflogen – und gestutzt. Prüfend hatte er den Umschlag zur Hand genommen, festgestellt, dass dieser weder Adresse noch Absender noch Postwertzeichen aufwies, den Text noch einmal gelesen, diesmal mit erhöhter Aufmerksamkeit, und dann fassungslos zur Seite gelegt.

Allmählich aber wandelte sich seine Fassungslosigkeit in Zorn auf den Absender. Wer wagte es: ein Arbeitskollege, der über seine Vergangenheit Bescheid wusste? Frau Kempinski, die unmittelbar nach dem Unglück für ihn zu arbeiten begonnen hatte und seine Leidensgeschichte deshalb ebenfalls kannte?

Aufgebracht rieb Walter sich die Stirn. Die Handschrift mit den ausholenden runden Bögen sah deutlich nach einem weiblichen Wesen aus, und dennoch: Er hatte seine Haushälterin im Unguten entlassen, sodass sie nicht den geringsten Anlass hatte, ihm mit seelsorgerlichen Ratschlägen helfen zu wollen! Oder bestand ihre Rache neuerdings darin, dass sie ihn mit frommen Weisheiten verhöhnte? Selbst Gott hatte sie ins Spiel gebracht:

Gott eine Chance geben, heute etwas Wunderbares, Neues für dich zu tun!, las er ein weiteres Mal und seine Empörung schlug weitere Wellen. Kein lebendes Wesen auf dieser Welt wusste, wie es seit Mariannes Tod in seinem Inneren aussah, kein Mensch hatte das Recht, sich ungefragt in sein Seelenleben einzumischen! Walters Hand krampfte sich um das Stück Papier und knüllte es zusammen, bis es zu einem unbedeutenden Bällchen aus beschriebener Holzfaser wurde.

Wie nach einem Akt schwerster körperlicher Arbeit stieß er die Luft aus, als ein Geräusch an der Wohnungstür ihn aufschrecken ließ: Cousine Esther! In seiner Wut hatte er sie vollkommen vergessen, doch ein rascher Blick zur Uhr bewies ihm, dass sie eineinhalb Stunden lang unterwegs gewesen war. Was viel zu lange war, selbst in Anbetracht der umfangreichen Einkaufsliste.

„Hallo, Walter, da bin ich wieder!“, rief sie unbefangen vom Gang aus, und wie elektrisiert fuhr Walter vom Schreibtisch auf. Diese Worte, die sie heute schon einmal ausgesprochen hatte, ließen es ihm wie Schuppen von den Augen fallen: Nicht Frau Kempinski, sondern niemand anderes als Esther war die Verfasserin des Briefes! *Sie* hatte ihm vorhin die Post in die Hand gedrückt, und zwar nachdem sie ihren absenderlosen, unfrankierten eigenen Brief darunter gemogelt hatte! *Sie* kannte seine Geschichte, obgleich nur in Grundzügen, und war unbefangen und plump genug, sich in sein Privatleben einzumischen! Gut, vielleicht leitete sie sich das Recht dazu aus der Tatsache ihrer Verwandtschaft oder ihrer neuen Tätigkeit als seine Haushälterin ab, doch er konnte solche Aufdringlichkeiten keinesfalls durchgehen lassen.

Walter sprang auf, nahm das Papierknäuel in die Hand und folgte Esther in die Küche. Vor ihren Augen entfaltete und glättete er es mit einer Bedächtigkeit, die seine Studenten als den Vorboten großen Ärgers kannten, und bemerkte: „Derartige Spielereien kannst du dir sparen, Esther! Weder bin ich ein unmündiges Kind, dem man den Weg weisen müsste, noch bist du eine Kummerkastentante, die ihren Mitmenschen platte Weisheiten mitteilt! Also“, nachdrücklich hob er seine Stimme, „verschone mich künftig mit Nachrichten dieser Art!“

Esther blickte von ihm zu dem zerknitterten Blatt Papier in seiner Hand und bemerkte ruhig: „Ich habe keine Ahnung, wovon du sprichst, Walter!“

Er musste zugeben, ihre Art, die Unschuldige zu spielen, grenzte an Perfektion. „Von diesem deinem Brief, liebe Cousine, spreche ich, den du mir anonym hast zukommen lassen!“

„Meinem Brief?“ So etwas wie Begreifen huschte über ihr Gesicht, dennoch erklärte sie: „Aber ich habe dir keinen Brief geschrieben, Walter. Alles, was ich dir vorhin gab, waren die Briefe aus deinem Postkasten!“

„Und das soll ich dir glauben?“, höhnte Walter.

„Ja! Und selbst wenn du es nicht tust, ist es doch die Wahrheit!“, beharrte sie. „Was ist denn mit diesem Brief, dass du dich so darüber aufregst?“

Esther nahm ihm das Papier aus der Hand und las, wobei Walter wie ein Kriminalkommissar auf ein Zucken ihrer Mundwinkel oder ähnliche verdächtige Zeichen wartete.

„Ich weiß ehrlich nicht, was an dieser Nachricht schlimm sein soll, Walter, selbst wenn sie dich anonym erreicht hat. Im Gegenteil finde ich den Bibelvers und die Art, wie der Briefschreiber ihn interpretiert, sehr ermutigend. Du nicht?“

„Ganz und gar nicht, ich finde es schlicht impertinent, sich auf diese Art und Weise in anderer Leute Leben einmischen zu wollen!“

Mit bebenden Händen nahm Walter den Brief wieder an sich und floh aus der Küche.

Kapitel 7

Ich möchte euch ein kostbares Geschenk zurücklassen:
meinen Frieden. Es ist ein Friede,
wie ihn die Welt nicht kennt. Er ist der Inbegriff
der Geborgenheit, auch in Zeiten der Not und des Abschieds.
Darum habt keine Angst und verliert nicht den Mut.
(Johannes 14,27, Willkommen daheim)

Als Esther sich hinter dem Steuer niederließ, spürte sie, wie die Müdigkeit Besitz von ihr ergriff. Rücken und Beine schmerzten vom langen Laufen, Stehen und Schleppen, und ihre Augenlider wurden mit jeder Minute schwerer. Kein Wunder nach diesem zwölfstündigen Arbeitstag, der ihr mittags nur eine kurze Verschnaufpause, dafür aber einen ausgiebigen Einkauf, eine neue Bekanntschaft, zwei Stunden Bügeln und anschließendes Zubereiten eines 3-Gänge-Menüs beschert hatte. Ganz zu schweigen von der Schelte, mit der Walter sie zwischenzeitlich bedacht hatte. Sie hätte noch halbwegs Verständnis dafür aufgebracht, wenn sein Zorn sich auf ihr langes Ausbleiben bezogen hätte (immerhin hätte man das als ein Anzeichen dafür interpretieren können, dass er sich um sie sorgte), aber ihr die Schuld an einem anonymen Brief in die Schuhe zu schieben ... Offenbar würde es schwierig werden, überhaupt etwas zur Zufriedenheit ihres Cousins zu erledigen, wenn sie sich sogar durch das Hereinbringen seiner Post eines Vergehens schuldig machte. Esther seufzte frustriert und rieb sich die Augen, ehe sie ihre Brille aufsetzte und den Wagen startete.

Mühsam bugsierte sie den Corsa aus der engen Parklücke und fädelte sich in den abendlichen Verkehr ein, während vor ihrem inneren Auge Walters Gesicht erschien, als er ihr das corpus delicti präsentierte. Nicht einmal, als sie ihm sein Steak vorenthalten hatte, hatte er so zornig gewirkt. Falls es wirklich Zorn war, der seine Augen derart verfinsterte und seine Gesichtszüge zu einer unbewegten Maske versteinerte. Mit dem Wissen um Walters Vergangenheit im Hinterkopf konnte sie sich zumindest vorstellen, dass noch wesentlich mehr hinter diesen Emotionen um einen Bibelvers und ein paar ermutigende Worte steckte.

Du kannst Gott eine Chance geben, etwas Neues, Wunderbares für dich zu tun, so in etwa hatte Esther die letzten Zeilen der anonymen Botschaft im Gedächtnis behalten. Seltsam, wie vertraut ihr diese Worte nun vorkamen, da sie daran zurückdachte. Klar, der anfangs zitierte Bibelvers war allgemein bekannt und auch bei den zusätzlichen Ausführungen handelte es sich um keine weltbewegenden, nie zuvor gewonnenen Erkenntnisse, und dennoch – hatte sie nicht erst vor wenigen Tagen etwas Vergleichbares gelesen?

Ein lautes Hupen riss Esther aus ihren Gedanken. Sie stellte fest, dass sie tatsächlich vor einer grünen Ampel gestoppt und damit beinahe den nachfolgenden Wagen dazu gebracht hatte, sie zu rammen. Entschuldigend hob sie vor dem Rückspiegel die Hand, woraufhin der Fahrer des dunklen BMW nur erzürnt den Kopf schüttelte (und vermutlich im Stillen über Frauen am Steuer schimpfte), ehe er nach links abdrehte, um sie auf der anderen Spur zu überholen.

Esther bemerkte ihn kaum. Natürlich, es waren ebenfalls die Worte eines Briefes, die sie gelesen hatte, und genau wie Walter hatte sie diesen Brief anonym erhalten. Von Walters Brief unterschied er sich nur dadurch, dass ihr Umschlag eine Marke und ihre Adresse aufgewiesen hatte. *Seltsam*, konstatierte Esther. Weshalb erhielten Walter und sie nahezu zeitgleich anonyme Briefe vergleichbaren Inhalts? Reiner Zufall oder doch Absicht von jemandem, der sie beide kannte? Wobei das nahezu auszuschließen war, denn außer Hajo Kronberg und ihren Kindern wusste niemand von der Wiederaufnahme ihrer verwandtschaftlichen Beziehungen zu Walter. Sie beschloss, ihren eigenen Brief daheim noch einmal genauer in Augenschein zu nehmen.

Gedacht, getan: Zu Hause eilte sie, noch in Mantel und Schuhen, hinauf ins Schlafzimmer. Dort hatte sie den Brief nach der niederschmetternden Nachricht des Installateurs in ihr Andachtsbuch gesteckt und seitdem nicht mehr gelesen. Zu sehr waren ihre Gedanken mit den Ereignissen beschäftigt gewesen, die während der vergangenen Tage auf sie eingestürmt waren.

Prüfend betrachtete sie nun die Handschrift und verglich sie mit dem Bild, das sie von Walters Brief in Erinnerung hatte, ohne zu einem konkreten Ergebnis zu kommen. Möglicherweise handelte es sich um denselben Verfasser, vielleicht aber auch nicht. Sie hatte ja nicht explizit auf die Handschrift des anderen Briefes geachtet. Aber spielte es überhaupt eine Rolle, wer diese Briefe verfasste und versandte? Wichtig war doch nur ihr Inhalt: Worte, die bei beiden Botschaften darauf abzielten, dem Empfänger Freude zu machen, ihn zu ermutigen und aufzubauen. So zumindest interpretierte Esther die Sätze: *Er ist schon dort, der dich in Unbekanntes, Neues führt* und die aus Walters Brief. Nur dass sie bei Walter leider genau das Gegenteil erreicht hatten. Wie konnte ihr Cousin sich nur über eine Tat beziehungsweise Worte so aufregen, deren Übermittlung vielleicht unüblich, aber sicherlich nur zum Besten des Empfängers gedacht waren!

Esther seufzte – und nieste. Die Luft im Schlafzimmer war bitterkalt und ihre Bettdecke fühlte sich klamm an. Vom Fenster her wehte ein spürbar kalter Luftzug in den Raum, was zum einen an dem alten, etwas undichten Rahmen und zum anderen daran lag, dass der Wind sich mit Einbruch der Dunkelheit gedreht und damit von einem Süd- zu einen eisigen Ostwind gewandelt hatte. Bei funktionierender Heizung konnte Esther einen solchen Luftzug weitgehend ignorieren, aber nicht in dieser Situation. Sie schauderte und zog ihren Mantel enger um sich, ehe sie die Rollläden herunterließ, um den Luftstrom wenigstens teilweise zu unterbinden. Heute Nacht würde sie definitiv eine oder zwei zusätzliche Bettdecken benötigen!

Sie nieste ein zweites Mal und eilte ins Erdgeschoß, um sich mit frischen Taschentüchern auszurüsten. Das Thermometer neben der Terrassentüre bezifferte die Außentemperatur auf minus vier Grad, die Innentemperatur auf elf Grad plus, was bedeutete, dass es im Schlafzimmer noch etliche Grad weniger sein würden, und im Lauf der Nacht würden die Temperaturen vermutlich noch weiter sinken. Dass ein bewohntes Haus aber auch so rasch auskühlen konnte!

Esther schnäuzte sich einmal kräftig, doch das Kitzeln in ihrer Nase und der Niesreiz ließen nicht nach. Wenn das so weiterging, überlegte sie mit dem Taschentuch vorm Gesicht, bliebe ihr keine andere Wahl, als doch einen Kredit aufzunehmen und die neue Heizanlage sofort einbauen zu lassen. Auf Dauer hielt sie diese feuchte Kühle im Haus nicht aus, und welchen Sinn machten ihre guten Absichten, das Geld erst anzusparen, ehe sie es ausgab, wenn sie krank und damit arbeitsunfähig wurde? Der Zusatzverdienst bei Walter fiele dadurch auf jeden Fall flach! Aber mehr als 10 000 Euro aufzunehmen für ein Haus, das – wenn sie es sich ehrlich eingestand – ein Fass ohne Boden war, was anstehende Reparaturen anging?

Nachdem Esther Wasser für einen Tee und eine Wärmflasche aufgesetzt und ihren Mantel gegen Strickjacke plus Flauschdecke getauscht hatte, ließ sie sich auf einen Küchenstuhl fallen. Ihr Blick wanderte zu dem Hochschrank in der Ecke des Raumes und das Stück Decke darüber, wo während eines besonders nasskalten Winters schon einmal Schimmelbefall aufgetaucht war ... Was sollte sie nur tun – welche Vorgehensweise war nun die Richtige? So, wie es momentan war, konnte es jedenfalls unmöglich weitergehen. Esther griff nach einem frischen Taschentuch, als sie die nächste Niesattacke kommen spürte. Und sie hatte nicht einmal jemanden, den sie um Rat fragen konnte, wenn man von ihren Töchtern und Eltern einmal absah, die sie mit ihren Problemen nicht belasten wollte.

„Kredit ja oder nein – was tue ich bloß, Herr?“ Unruhig wippte sie mit ihren Füßen, die Finger ihrer rechten Hand trommelten den Takt dazu auf die Tischplatte. Eine Entscheidung würde sie auf diese Weise zwar nicht treffen, doch wenigstens blieben ihre Gliedmaßen halbwegs warm. Plötzlich trafen ihre Finger auf ihr Andachtsbuch mit dem Blatt, das sie vom Schlafzimmer mit heruntergebracht hatte. Sie holte tief Luft und starrte noch einmal auf die fremde Handschrift. Möglicherweise fand sie hier die Entscheidungshilfe, nach der sie sich sehnte.

Du bist nicht verlassen – der Herr zieht mit. Mit einem fast unwilligen Schnauben ließ Esther die Luft entweichen. Wie leicht war es, solche Worte zu schreiben oder zu zitieren, solange es einem gut ging ... solange man warm und geborgen seine Lieben um sich hatte ... solange man nicht vollkommen allein Entscheidungen treffen musste, von denen man sich überfordert fühlte ... Mit einem Mal erschienen ihr die Worte nicht länger ermutigend, sondern eher niederschmetternd. Höhnisch. Irgendjemand, eine Person, die nicht die geringste Ahnung hatte von Esthers Not und der es mit Sicherheit besser erging, gab hier fromme Phrasen von sich. Leere Worte, deren Wahrheitsgehalt diese Person niemals selbst erprobt oder erfahren hatte. Esther schob den Brief zurück ins Andachtsbuch und klappte es abrupt zu.

Das Kitzeln in ihrer Nase übertrug sich mittlerweile auch auf ihre Augen: Zwei, drei Tränen liefen langsam ihre Wangen hinab, während sie den pfeifenden Wasserkessel von der Herdplatte nahm, statt der Teekanne eine zweite Wärmflasche mit der kochenden Flüssigkeit befüllte und sich damit in Julis Bett unter mehreren Decken verkroch.

Vielleicht hatte sie sich bei dem kleinen Ausflug mit ihrem Sohn Marc übernommen, denn heute Nacht zog und zerrte der Schmerz so in ihren Gliedmaßen, dass sie trotz aller Mattigkeit im Kopf nicht schlafen konnte. Das hieß, zunächst war sie trotz einsetzender Schmerzen eingeschlafen, doch die Ruhe war nur von kurzer Dauer gewesen. Ziehen und ein Taubheitsgefühl im rechten Bein hatten sie bald wieder geweckt.

Sie rückte das stützende Kissen unter ihrem Kopf zurecht und schob ein langes Polster unter ihre rechte Seite, sodass ihre Beine sich in Seitenlage nicht mehr berühren und dadurch zusätzlichen Druck verursachen konnten. Trotz ihrer Bemühungen, dabei wenig Unruhe im Bett zu verursachen, räusperte ihr Mann sich schlaftrunken.

„Geht's dir nicht gut, Schatz? Kann ich irgendetwas für dich tun?“

Noch während er fragte, spürte sie, wie er fürsorglich ihren ihm zugekehrten Rücken zu massieren begann.

„Nein, lass nur, es geht schon. Du brauchst deinen Schlaf nötiger als ich, hast morgen einen arbeitsreichen Tag vor dir!", wehrte sie ab und bemühte sich, ihrer Stimme einen festen Klang zu geben. Es genügte, wenn einer von ihnen morgen unausgeschlafen war, der andere Partner sollte möglichst fit für Arbeit und Kinder sein.

„Wie du meinst, Liebes!" Ihr Mann zog sich zurück. Nach etlichen Missverständnissen zu Beginn ihrer Krankheit hatte er gelernt zu unterscheiden, wann sie seine Hilfe wirklich brauchte und wann sie einfach nur ihre Ruhe wollte. „Aber gib mir auf jeden Fall Bescheid, falls ich dir doch eine Tablette holen soll!"

„Natürlich!", beruhigte sie ihn und gab sich mit ihrer momentanen, schmerzerleichternden Lage zufrieden, statt weiter um die optimale Schlafposition zu kämpfen. Kurz darauf verrieten ihr die gleichmäßigen Atemzüge zu ihrer Linken, dass ihr Mann wieder eingeschlafen war. Die langen Beine unter der Decke von sich gestreckt, den Kopf tief ins Kissen gebohrt, schlummerte er tiefenentspannt neben ihr. Sie dagegen lag reglos im Bett und tat, was sie bereits in vielen schlaflosen Stunden und halb durchwachten Nächten getan hatte: Sie betete.

Sie betete zunächst um Linderung ihrer Schmerzen, noch viel intensiver jedoch dachte sie an ihre Familie und an die Empfänger ihrer Briefe. Das, so hatte sie im Lauf der Zeit festgestellt, war die einzig sinnvolle Art, die schmerzvoll durchwachten Nächte zu nutzen; denn schon oft hatte sie erleben dürfen, dass der folgende Tag dann eine besondere Herausforderung, ein freudiges Ereignis oder die Erhörung eines Gebetes mit sich brachte. Sie hatte erlebt, wie sich das Problem um einen rauflustigen Klassenkameraden von Micha (der ebenfalls keiner Auseinandersetzung aus dem Weg ging) klärte und wie ihrem Mann eine neue Stelle angeboten wurde, die kürzere Arbeitszeiten bei gleichbleibender Bezahlung mit sich brachte – die ideale Lösung für ihre Familie. In dieser Nacht jedoch hatte sie das Gefühl, die Empfänger ihrer letzten Botschaften bräuchten ihre Gebete mehr als alle anderen.

Vielleicht war es der Besitzer des Briefkastens aus der Altstadt, den Marc auserkoren hatte, oder die alleinstehende Esther Wittmann aus ihrer Gemeinde, der sie kurz vorher ihr Gedicht geschickt hatte, oder aber der letzte Gewinner des Telefonbuch-Lottos, sie wusste es nicht; Fakt war, dass sie sich dazu gedrängt fühlte, um neuen Mut und Gottes Eingreifen im Leben dieser Menschen zu beten. Sie bat um das Wunder, das das von ihr übermittelte Wort Gottes bei seinen Empfängern bewirken wollte.

Und all das tat sie, während sie den Blick vertrauensvoll auf das Schlafzimmerfenster richtete, bis das Licht des anbrechenden Tages durch die Ritzen des Rollladens drang und die Dunkelheit dieser Nacht der Vergangenheit angehörte.

Der folgende Tag war Esthers langer Samstag im Drogeriemarkt, das hieß, sie saß von morgens bis abends an der Kasse und konnte deshalb keine Zeit für Walter erübrigen, sodass sie sich erst am Sonntag wieder auf den Weg zu ihm machte.

„Solange ich noch nicht mit beiden Füßen schmerzfrei auftreten kann, erscheint es mir sinnvoll, auch sonntags zu Hause zu essen statt wie üblich im „*Drei Kronen*!“, hatte er ihr am Freitag zum Abschied erklärt.

Aus diesem Grund stand sie nun um 11 Uhr am Sonntagmorgen in Walters Küche und schälte Kartoffeln, die in Form von Knödeln als Beilage zum Schmorbraten dienen würden, als ihr Handy klingelte. Das Display zeigte Julis Nummer.

„Hallo, Mum!“, ertönte ihre fröhliche Stimme, sobald Esther ihre Hände frei hatte und den Anruf entgegennahm. „Schön, dass ich dich erwische! Wie geht's?“ Und ohne ihr die Gelegenheit zu einer Antwort zu geben: „Hättest du was dagegen, wenn ich heute zum Essen zu dir komme? Mirjam und die anderen sind ausgeflogen, und in unserm Kühlschrank herrscht gähnende Leere. Dabei war ich erst am Freitag einkaufen, ist das zu glauben?“

Esther lachte. „Der ganz normale Wahnsinn in einer WG, nicht wahr? Aber so gern ich dich zu Hause verwöhnen würde, ich bin leider selbst nicht da, sondern bei Walter, für den ich eben das Essen koche!“

„Oh, daran habe ich gar nicht gedacht!" Zwei Sekunden enttäuschtes Schweigen, ehe Juli fortfuhr: „Eigentlich ist das ja noch viel besser, zur Frauentorstraße brauche ich nicht mal den Bus zu nehmen, sondern kann mit dem Fahrrad kommen! Oder denkst du, der Professor hätte was dagegen, wenn ich mich zu euch geselle?"

„Das kann ich dir–", Esther nieste und schwieg. Der steife, pedantische Walter und Juli mit ihrer Angewohnheit, stets direkt und ungeniert auszusprechen, was sie dachte, an einem Tisch – konnte das gut gehen? Egal, Juli zuliebe würde sie das Risiko eingehen und zumindest bei Walter anfragen, auch wenn sie sich mit ihrem schmerzenden Kopf und der zugeschwollenen Nase gar nicht nach einer eventuellen Auseinandersetzung fühlte.

„Einen Augenblick, Juli, ich frage Walter!" Sie legte das Handy auf die Anrichte (Juli musste Walters Antwort ja nicht unbedingt mit anhören) und trat zu ihrem Cousin ins Wohnzimmer.

Wie üblich, wenn er gerade nicht fernsah, saß er mit Kugelschreiber und einem Zeitschriften-Sudoku bewaffnet in seinem Sessel und blickte, als sie eintrat, mit gerunzelter Stirn auf. „Was gibt's, Esther?" Seine Stimme klang so einladend wie das Knurren eines scharfen Wachhundes.

Dennoch saßen sie etwa 90 Minuten später zu dritt an Walters Esstisch, den Esther zur Feier des Sonntags mit dem altmodischen geblümten Porzellan und Silberbesteck aus der Vitrine gedeckt hatte.

„Wow!" Bewundernd strich Juli über die Leinenserviette mit Weißstickerei, ehe sie den ebenfalls silbernen Serviettenring entfernte. „Bei Ihnen speist man ja wie im Nobelrestaurant, Professor Ulrich!"

Walters Antwort bestand lediglich aus einem Nicken, während er fein säuberlich die Leinenserviette in seinem Schoß ausbreitete. Esther atmete erleichtert auf. In Anbetracht der Tatsache, dass Walter Julis Besuch nur mit sichtlichem Widerwillen zugestimmt hatte, war seine Begrüßung recht höflich ausgefallen, und auch Juli hatte sich bisher von ihrer zurückhaltenden Seite gezeigt. Weder hatte sie den Cousin ihrer Mutter mit einem allzu lässigen „Hallo, Walter!" begrüßt, wie Esther insgeheim befürchtet hatte, noch hatte sie einen Kommentar zu seinem förmlichen Auftritt in Hemd, Krawatte und Jackett abgegeben.

Stattdessen begann sie, nachdem Esther die Suppe aufgetragen hatte, eine höfliche Konversation: „Sie unterrichten also Wirtschafts- und Steuerrecht, Herr Professor? Ich habe Sie schon öfter an der Uni gesehen, müssen Sie wissen. Leider war mir nicht bewusst, dass wir miteinander verwandt sind, wenn auch nicht allzu nahe, sonst wäre ich selbstverständlich einmal auf Sie zugegangen!"

„Es ist schon in Ordnung so, wie es ist!", winkte Walter ab. „Ich lege keinen gesteigerten Wert darauf, von Studenten persönlich begrüßt zu werden, also machen Sie sich darüber keine Gedanken!"

Er widmete sich wieder seiner Kürbiscremesuppe, ohne zu bemerken, wie Julis offenes Lächeln unter seiner Zurückweisung schwand. Aber sie bemühte sich weiterhin. „Trotzdem finde ich es super, Sie jetzt kennenzulernen. Verwandte kann man doch gar nicht genug haben, finden Sie nicht? Ich meine, egal, ob man in einer Notlage ist wie Sie im Augenblick oder einfach nur gemütlich bei einer Mahlzeit zusammensitzen will."

„Nun, wenn Sie daran Gefallen haben, Juli. Mir gefällt es eher, für mich zu sein!" Walter schob den letzten Löffel der rötlich-cremigen Flüssigkeit in seinen Mund und blickte befremdet zu Esther.

Obwohl sie kurz vor der Mahlzeit noch Spray benutzt hatte, um ihre Nase freizubekommen, hatte der von der heißen Suppe aufsteigende Dampf ihr mittlerweile keine andere Wahl gelassen, als sich vom Tisch abzuwenden und zu schnäuzen, und ihr Hals juckte erbärmlich. Sie hatte noch keinen einzigen Bissen zu sich genommen.

„Du bist erkältet, Esther!", stellte Walter das Offensichtliche fest und Juli fiel ihm ins Wort: „Oh weh, Mama, ich habe es noch gar nicht bemerkt, aber du siehst wirklich schlimm aus. Deine Augen sind total rot und verschwollen und du hast noch nichts gegessen! Was hast du dir da nur eingefangen?"

„Gar nichts!" Esther nahm einen Löffel Suppe, um Walter und Juli zu beruhigen. Sie musste unbedingt vermeiden, dass die beiden sie wegen ihres Zustands nach Hause und ins Bett schickten – Juli, weil sie sich echte Sorgen um sie machte und Walter, weil er fürchtete, sich bei ihr anzustecken. Nicht, dass sie etwas dagegen gehabt hätte, ihren schmerzenden Kopf auf einem weichen Kissen zu lagern, aber ihr ganzes Elend rührte ja gerade von der zugigen Kälte in ihrem Zuhause! Sie mochte gar nicht daran denken, eine weitere lange Nacht unter klammen Decken zu verbringen. „Es ist doch normal, um diese Jahreszeit ein wenig Schnupfen zu haben!"

Allerdings mied sie Julis Blick. Ihre Tochter kannte sie zu gut, um eine Ausflucht nicht als Ausflucht zu erkennen.

Diese Mühe hätte sie sich sparen können. „Es ist wegen der defekten Heizung, nicht wahr?" Juli durchbohrte sie regelrecht mit ihren Blicken. „Du hast dir den Schnupfen eingefangen, weil es daheim so kalt ist! Ich weiß doch, wie heftig so ein stürmischer Wind bei uns im Haus durch alle Ritzen pfeift, und wenn ich mir vorstelle, wie du das im ungeheizten Haus spüren musst – puh! Warum hast du denn nichts gesagt oder dagegen unternommen, Mum?"

Walter enthob sie einer Antwort auf diese Frage. „Soll das heißen, du lebst in dem alten, zugigen Haus am Waldrand ohne zu heizen, und das bei diesen Temperaturen? Seit Freitagnacht herrscht draußen Dauerfrost von mindestens vier Grad minus!"

„Na ja", Esther gab sich Mühe, seinen vorwurfsvollen Unterton als Sorge um sie zu deuten, „es ist, wie Juli sagte: Meine Heizung ist defekt, und zwar seit etlichen Tagen!"

„Und in diesem Zeitraum bekamst du keinen Installateur, der sie zumindest notdürftig wieder instand gesetzt hätte? Tut mir leid, aber das kann ich mir kaum vorstellen!" Walter beugte sich über den Tisch und nahm sie noch strenger ins Visier.

„Ganz so ist es nicht! Ich hatte den Installateur bereits im Haus, wenn auch zuerst wegen einer anderen Reparatur, und offenbar ist der Schaden an der Heizung nicht mehr zu beheben. Ich brauche eine komplett neue Anlage!", verteidigte sich Esther und erklärte Walter und Juli so ausführlich wie nötig, jedoch ohne direkt auf ihre finanzielle Notlage einzugehen, ihre derzeitige Situation. Sie endete mit den beruhigenden Worten: „Aber solange ich ohnehin den ganzen Tag außer Haus bin und nur die Nächte dort verbringe, ist das Ganze doch erträglich. Der stürmische Wind wird bald wieder nachlassen, und schon bin ich meine Erkältung wieder los!"

„Das kommt gar nicht in Frage!" Walters vorwurfsvoller Tonfall schlug in einen sehr bestimmten, befehlsmäßigen um, während er mit seiner gesunden Hand auf die Tischplatte schlug und damit die Gläser zum Klirren und Esther sowie Juli dazu brachte, ihn irritiert zu mustern. „Du wirst hier in meiner Wohnung übernachten, solange deine Heizung nicht läuft! Mit einer Erkältung ist nicht zu spaßen, nur allzu rasch kann sich daraus Schlimmeres entwickeln, vor allem, wenn du dich weiterhin einem solchen Zug aussetzt!"

„Aber nicht doch, Walter, ich ..." Esthers Worte endeten in einem heiseren Krächzen.

„Papperlapapp! Ich habe zwar kein Gästezimmer, aber ein Schlafsofa, und darauf zu nächtigen ist allemal gesünder für dich als in deinem Haus! Ich kann unmöglich verantworten, dass dein Zustand sich verschlimmert und du ganz das Bett hüten musst."

„Ich fürchte, Professor Ulrich hat recht, Mama!", stimmte Juli zu. „Du solltest dich wirklich nicht noch eine Nacht lang Kälte und Wind aussetzen! Ich würde dir ja auch mein Bett in der WG anbieten, aber dann wird es ehrlich gesagt *ziemlich* eng und ungemütlich! Hier hast du es deutlich komfortabler, also nimm das Angebot besser an."

„Ich – na gut, wenn ihr beiden meint!" Von Julis sorgenvollem Gesicht wanderte Esthers Blick zu ihrem Cousin und flüchtig fragte sie sich, ob sein Angebot nicht nur seinem Wunsch nach ausgiebigen Mahlzeiten entsprang, doch nun war es zu spät. Sie hatte ihre Zustimmung gegeben. „Aber wirklich nur, solange es nicht anders geht! Und jetzt sollten wir lieber unsere Mahlzeit beenden, statt Probleme zu wälzen."

Damit stapelte sie die Suppenteller ineinander, ihren eigenen, nicht geleerten zuoberst, und ging in die Küche, um Braten, Kartoffelknödel und Gemüse aufzutragen.

Walters Stimme folgte ihr: „Selbstverständlich ist das nur eine vorübergehende Lösung. Du wirst die Heizung so rasch wie möglich austauschen lassen müssen, damit dir bei dieser Kälte nicht die Wasserleitungen einfrieren und du dir zusätzlich einen Rohrbruch einhandelst! Falls du dir nicht gleich überlegst, das Haus zu verkaufen. Nach allem, was du eben über die ganze Angelegenheit erzähltest, wird das ohnehin die beste Lösung sein. Ansonsten stopfst du das eine Leck, sprich, die Heizung nur, damit sich das folgende Loch auftut, und es stellt sich in der Tat die Frage, ob dieser Aufwand für nur eine auf Dauer verbliebene Hausbewohnerin lohnt, verstehst du?"

„Ja, sicher!", stimmte Esther von der Küche aus zu, doch insgeheim schaltete sie auf Durchzug. Einen Augenblick lang stützte sie sich schwer auf die Arbeitsplatte und schloss ihre schmerzenden, tränenden Augen. Sie hatte genug gehört. Walter brauchte sich gar nicht einzubilden, dass sie seine Ratschläge beherzigte. So zerschlagen und elend sie sich momentan auch fühlte: Was mit ihrem Haus geschah, war allein ihre eigene Angelegenheit, höchstens noch die ihrer Töchter. Für den Rest der Mahlzeit überließ sie es ihrer Tochter, das Gespräch in Gang zu halten.

Am frühen Nachmittag fuhr Esther nach Hause, um das zu packen, was sie für mindestens eine Nacht und einen Tag bei Walter brauchte, und um die Hauptwasserleitung abzudrehen, wie Walter ihr nachdrücklich empfohlen hatte. Juli begleitete sie dabei.

Als Esther in den Keller zu den Leitungen ging, wanderte Juli unruhig von einem Raum in den anderen: vom Schlafzimmer ins Bad und zu den ehemaligen Kinderzimmern, von diesen aus in die Küche und ins Wohn- und Esszimmer. Dabei blickte sie sich nachdenklich um, und als Esther hereinkam, sagte sie: „Denkst du, es ist was dran an Walters Idee, das Haus zu verkaufen? Ich meine, mit dem, was er über die anstehenden Reparaturen sagte, hat er zweifellos recht. Unser Haus ist ein altersschwaches, leckgeschlagenes Schiff: veraltete und verstopfte Leitungen, undichte Fensterrahmen, die Heizung – und ich will gar nicht erst wissen, wie lange unsere alten Dachschindeln noch halten!"

„Das ist mir bewusst, Juli, zumindest wenn ich versuche, nüchtern und neutral zu denken, so wie Walter es tut. Aber du musst zugeben, dass das nur die eine Seite der Medaille ist. Denk nur an all die Stunden und Jahre, die wir hier gemeinsam verbracht haben. In diesen Räumen, zwischen diesen Wänden hallt unser gemeinsames Gelächter, stecken unsere gesammelten Sorgen, Träume, unsere Erinnerungen – das kann man nicht mir nichts, dir nichts auslöschen oder in fremde Hände geben!"

„Sicher, aber ..." Juli wandte ihrer Mutter das Gesicht zu, „fühlst du dich nicht manchmal ein bisschen verloren in all den leeren Räumen, Mama? Ich meine ..." Sie brach ab. Ihre braunen Augen waren weit geöffnet und die Mundwinkel kummervoll herabgezogen. Genau diesen Gesichtsausdruck hatte sie in den ersten Wochen ständig gehabt, nachdem ihr Vater die Familie verlassen hatte, und in jeder anderen Situation, die ihr oder auch ihrer Mutter Kummer bereitete, und es war sowohl dieser Gesichtsausdruck als auch ihre Worte, die Esther verfolgten, als sie bereits auf dem Sofa in Walters Wohnung lag und auf den Schlaf wartete.

Julis Wortwahl „verloren" spiegelte so ziemlich genau wieder, was sie allein in ihrem Haus empfand. Wobei „verloren" seit ihrem Rohr- und Heizungsdilemma nicht mehr das einzig zutreffende Adverb war, inzwischen hatten sich „niedergeschmettert, ratlos, krank und widerwillig" dazugesellt.

Das Letztgenannte empfand sie, wenn sie an Walters Vorschlag dachte, ihr Haus zu verkaufen. Den Ort, an dem sie mittlerweile mehr als die Hälfte ihres Lebens zugebracht hatte, den Ort ihrer Erinnerungen, an dem sie – trotz aller Mängel – mit ganzem Herzen hing. Ihre Heimat. Wie hatte Emma einmal geschrieben, als sie in der zweiten Klasse einen Muttertagsbrief an Esther verfasst hatte? *Ich habe dich lib, Mama, ich will nie ohne dich umsiehn* – Esther hatte den Wortlaut mitsamt den orthografischen Fehlern noch im Kopf. Nun, wie es dem Lauf des Lebens entsprach, hatte Emma sich nicht an dieses Versprechen halten können, Esther hingegen schon. Tote Heizung, undichte Fenster und finanzielle Probleme hin oder her, sie wollte und würde ihr Zuhause nicht verlassen und *umsiehn* in eine x-beliebige Wohnung!

Hellwach starrte Esther in Walters Wohnzimmer mit seinen wenig vertrauten, vom diffusen Nachtlicht der Großstadt erhellten Konturen. Der altmodische hölzerne Fensterladen zur Straße hin ließ sich leider nicht ganz schließen, sodass die vollkommene Dunkelheit, die sie sich ihres schmerzenden Kopfes wegen eigentlich ersehnte, nicht herzustellen war. Esther konnte nicht nur die Kante des kleinen Couchtisches neben dem ausgeklappten Sofa erkennen, sondern ebenso den TV-Bildschirm, die Vitrine und den exklusiven Wandteppich. Zumindest war es in diesem unvertrauten Raum warm, dafür sorgte die immer noch schwelende Glut in dem kleinen schwarzen Ofen. In der vergeblichen Hoffnung, ihre Nase freizubekommen, holte Esther etliche Male tief Luft, nur um sich gleich darauf fröstelnd wieder vollkommen unter der Decke zu verkriechen. Lag es nur an ihrem fiebrigen Zustand oder verfolgte die Zugluft sie tatsächlich von zu Hause bis hierher in Walters Wohnzimmer? Nein, unmöglich.

Walters Fensterrahmen waren in einwandfreiem Zustand und die Tür zum Flur geschlossen, folglich konnte es hier keine Zugluft geben. Reine Einbildung aufgrund ihres Zustands ... Dennoch streckte Esther ihre Hand unter der Decke hervor und hielt prüfend ihren angefeuchteten Zeigefinger in die Höhe.

Wahrhaftig, sie hatte sich nicht getäuscht: Es zog, und zwar von der seitlichen Zimmerwand her. Ausgerechnet von dort, wo der dick gewebte Wandteppich hing. Wie war das möglich?

Esther zog ihre Decke noch ein Stück höher und rollte sich auf die andere Seite, sodass sie der Zugluft den Rücken zukehrte, doch die Angelegenheit ließ ihr keine Ruhe. Selbst wenn der Luftzug im Vergleich mit demjenigen bei ihr zu Hause recht milde ausfiel, war es ratsam, ihn zu unterbinden. Es wäre nicht das erste Mal, dass sich ihr Schnupfen in eine ausgewachsene Nebenhöhlenvereiterung verwandelte. Die Decke um ihre Schultern gerafft setzte Esther sich auf, wartete, bis das schwankende Zimmer vor ihren Augen still stand und erhob sich.

Mit unsicheren Schritten und ohne die Deckenleuchte anzuknipsen näherte sie sich dem Wandteppich. Trotz der enormen Raumhöhe der Altbauwohnung reichte er vom Boden bis zur Decke und roch leicht muffig, wie sie aus der Nähe feststellte. Offenbar hatte Frau Kempinski es mit seiner Pflege nicht sehr genau genommen. Ansonsten konnte Esther im Dämmerlicht jedoch nichts Ungewöhnliches ausmachen. Keinen Grund, weshalb von hier aus Zugluft ins Zimmer dringen konnte. Glatt und schwer hing der Teppich herab und zwischen ihm und der Wand war gerade genug Platz, dass Esther zwei Finger hineinschieben konnte. Exakt dabei aber bemerkte sie erneut den leichten Luftstrom, der aus dem Leerraum zwischen der Zimmerwand und dem Teppich drang!

Esther atmete ein, so tief ihre verstopften Atemwege es zuließen. Vergessen waren ihr dröhnender Kopf und die Schluckbeschwerden, und ihr fiebriger Schwindel verwandelte sich in Aufregung. Kein Zweifel, hinter dem Wandteppich verbarg sich eine Tür, ein verborgener Raum oder etwas Ähnliches! Die Lieblingsbücher ihrer Kindheit („Fünf Freunde“, „Narnia“ und dergleichen) standen ihr plötzlich wieder lebhaft vor Augen.

Rascher, als sie es ihren weichen Knien zugetraut hätte, war sie am Couchtisch, nahm ihr Handy an sich und ließ den Strahl von dessen Taschenlampe über den Wandbehang wandern. Die Darstellung darauf wirkte nahezu plastisch und noch bedrückender als bei Tageslicht, aber das spielte jetzt keine Rolle. Wonach sie Ausschau hielt war eine Art Ausbuchtung unter dem Teppich, ein Hinweis auf eine Türklinke oder dergleichen. Sie brauchte nicht lange zu suchen. Der Leib eines der beiden gewebten Pferde wölbte sich ein wenig mehr vor als der des anderen – hier war ihr Anhaltspunkt!

Unglücklicherweise befand er sich fast in der Mitte des schweren Teppichs, sodass sie diesen nicht einfach beiseiteschieben und nachsehen konnte. Esther blieb nichts anderes übrig, als die ihr zugewandte Seite des Wandbehangs nach vorne zu ziehen, sich in die Lücke zu drücken und an der Wand entlang zu der entsprechenden Stelle zu schieben.

Der dumpfe Geruch prickelte wie spitze Nadeln in ihrer malträtierten Nasenschleimhaut, und ebenso unangenehm schrammte die raue Rückseite des Teppichs an ihren nackten Armen entlang (die Bettdecke hatte sie der Enge wegen zurückgelassen). Aber Esther war nicht mehr aufzuhalten. Schon hatte sie die tatsächlich vorhandene Türklinke erreicht und drückte sie behutsam herunter. Ein leises Knarzen ertönte und vor Esther öffnete sich ein Raum.

Noch behutsamer als vorher richtete Esther den Lichtstrahl ihres Handys auf die Leere vor sich und fühlte sich dabei wie Edmund, der die verfallenen Gemäuer des einst prächtigen Schlosses Cair Paravel erforschte. Allerdings war es kein ehemaliger

Thronsaal, der sich hier vor ihr auftat, sondern ein kleiner, mit Möbeln zugestellter Raum.

Bei den Möbeln handelte es sich ausschließlich um Regale, wie sie auf den zweiten Blick feststellte, und jedes dieser Regale war von oben bis unten angefüllt mit nichts anderem als Büchern. Staunend wagte Esther einen Schritt in den Raum, in dem es leicht modrig roch, und bahnte sich einen Weg zwischen den Regalreihen hindurch in einen zweiten Raum. Hier fiel ihr Licht auf eine Kommode – oder eine Theke – aus dunklem Holz und ...

Ein aufgeregter Ausruf hinter Esther ließ sie ruckartig herumfahren. In der ersten Türöffnung unmittelbar vor dem Wandteppich stand Walter. Vom Wohnzimmer her fiel helles Licht auf seine Gestalt in kariertem Morgenmantel, Filzpantoffeln und mit einem massiven Stockschirm in der Hand, doch wahrlich angsteinflößend war sein Gesicht, als er drohend hervorstieß: „Verlass augenblicklich diesen Raum, Esther, oder ich vergesse mich!“

Kapitel 8

Wer in Finsternis lebt und
wem kein Lichtglanz scheint,
vertraue auf den Namen des Herrn und
stütze sich auf seinen Gott!
(Jesaja 50,10)

Da er ohnehin nicht einschlafen konnte, erhob Hajo sich wieder aus dem Bett, setzte sich an seinen PC und öffnete das letzte gespeicherte Dokument. Die Uhr am rechten unteren Bildschirmrand informierte ihn darüber, dass es bereits 23:30 Uhr war, und zwar am Abend des Sonntags, an dem er zum zweiten Mal in dem Altenheim in der Innenstadt nach dem ehemaligen Antiquitätenhändler gefragt hatte.

Bei seinem ersten geplanten Besuch am Freitag hatte er das „Sankt Ignatius" unverrichteter Dinge wieder verlassen müssen, da Hans Müller sich gerade in ärztlicher Behandlung befand. Am heutigen Sonntag hatte er es erneut aufgesucht, diesmal mit den hochfliegendsten Hoffnungen. Trotz seines hohen Alters war Hans Müller noch am Leben, wie Hajo nun wusste, und damit hatte er zum ersten Mal seit der Beichte seines Vaters eine reelle Chance, den Ort des Geschehens bestimmen zu können! Das heißt, er *hatte* diese Chance zu bekommen erhofft, als er mit wild klopfendem Herzen das Gebäude betreten hatte.

Anstandslos und ohne eine Frage nach seinem Verhältnis zu dem alten Herrn zu stellen hatte eine Pflegerin ihn zu dem Raum geleitet, in dem Hans Müller in einem Lehnsessel saß und aus dem Fenster starrte. Draußen reckte ein Baum seine novemberlich kahlen Zweige gen Himmel, und diese Zweige schwankten und knarzten unter heftigsten Windstößen, während der Regen in Form von Eiskristallen ans Fenster schlug. Wie viel der alte Herr mit dem leeren Blick allerdings von diesem Spektakel mitbekam, war fraglich, denn auf das muntere „Besuch für Sie, Herr Müller! Ist das nicht schön?“ seiner Pflegerin zeigte er keinerlei Reaktion.

„Machen Sie sich nichts draus!“, wandte sich die Pflegerin entschuldigend an Hajo, „Er ist an sich nicht unhöflich, nur immer ein wenig abwesend. Aber wenn Sie erst einmal beginnen, mit ihm zu sprechen, wird er Ihre Anwesenheit bald registrieren.“

Damit ließ sie den Besucher mit dem alten Herrn allein. Zögernd stellte Hajo sich neben diesen und folgte seinem Blick. „Ziemlich unfreundlich da draußen, nicht wahr? Wenn man bedenkt, dass es am Freitagnachmittag noch so warm war – und nun sehen Sie sich diesen Sturm an!“, eröffnete er möglichst unverfänglich die erhoffte Konversation.

Keine gemurmelte Antwort, kein Zucken eines Gesichtsmuskels seines Gegenübers ließ eine Reaktion erkennen. Mit wässrigen, ausdruckslosen Augen starrte er weiterhin aus dem Fenster.

Hajo trat noch einen Schritt näher. „Nun ja, für einen Novembertag sind solche Stürme wohl normal!“, fuhr er etwas ratlos fort. Abgesehen von den Stunden, die er am Bett seines sterbenden Vaters verbracht hatte, hatte er nicht viel Erfahrung im Umgang mit kranken Menschen. Hatte die Pflegerin vorhin wohl gemeint, er sollte Selbstgespräche führen, bis Hans Müller auf seine Anwesenheit reagierte? Wenn er sich nur nicht dermaßen idiotisch dabei vorkommen würde!

Unschlüssig steckte er die Hände in die Hosentaschen – und stieß dabei auf das papierumwickelte Päckchen. Er wusste nicht, was ihn dazu bewogen hatte, jedenfalls war er am Freitag noch einmal in den Antiquitätenladen zurückgekehrt, um für Hans Müller ein kleines Mitbringsel zu besorgen. Möglicherweise zeigte dieses Geschenk aus seinem ehemaligen Geschäft mehr Wirkung als Hajos unbeholfene Worte.

„Hier, ich habe Ihnen eine Kleinigkeit mitgebracht, Herr Müller!“ Er legte das Päckchen in den Schoss des alten Mannes und tatsächlich blickte dieser darauf hinunter und begann, das Geschenk auszuwickeln. Es war eines der Porzellanpüppchen, ein kleiner Junge in Lederhosen und mit einer Flöte in der Hand, den der jetzige Ladeninhaber Hajo aufs Wärmste empfohlen hatte. Hajo selbst fand den kleinen Kerl ja ungeheuer kitschig, war jedoch davon ausgegangen, dass der Antiquitätenhändler wusste, was einen ehemaligen Kollegen erfreuen würde.

Umso erstaunter war er über Hans Müllers Reaktion: Sowie seine steifen, altersfleckigen Finger das Figürchen ausgewickelt hatten, flog es bereits zu Boden und Hans Müller sprang wie von der Tarantel gestochen auf. Er stürzte sich auf Hajo, packte ihn am Kragen seiner Jacke und zerrte mit einer Kraft daran, die Hajo einem Mann von so ausgemergelter, gebeugter Statur niemals zugetraut hätte.

„Plunder, nichts als Plunder!", zeterte er dabei. „Wie kannst du es wagen, mein Geschäft mit diesem ... diesem Weiberkram, diesem geschmacklosen Plunder anzufüllen! Du hältst mich hier hinter Schloss und Riegel und eignest dir an, was dir nicht gehört, scham- und skrupelloser Kerl, du! Aber warte nur, dir werde ich schön sauber das Fell über die Ohren ziehen!"

Starr vor Schreck verharrte Hajo, ohne sich zu wehren. Erst als Hans Müllers Rechte von seinem Kragen hinauf an seine Kehle fuhr, kam wieder Bewegung in ihn. Er umfasste beide Oberarme des alten Mannes und hielt sie fest, während er betont gelassen bemerkte: „Lassen Sie das, Herr Müller, ich bin nicht der Mann, für den Sie mich halten!"

Endlich sanken Hans Müllers Hände kraftlos herab, er sackte in sich zusammen und plumpste zurück in den Sessel. Einzig seine Stimme ließ ihn nicht im Stich: „Verschwinde, du Räuber, oder ich tue dir dasselbe an, was dieser Bastard gestern der armen Frau im Bu–"

Ehe er seinen Satz beenden konnte, flog die Zimmertür auf und die Pflegerin rief: „Was ist denn hier los? Den ganzen Gang hinunter hört man das Krakeelen! Was haben Sie nur mit Herrn Müller angestellt?" Vorwurfsvoll glitt ihr Blick von Hajo zu dem zornroten Gesicht ihres Heimbewohners und von dort zu den am Boden verstreuten Resten der Porzellanfigur.

„Tut mir leid, ich bin mir keiner Schuld bewusst!", erklärte Hajo entschlossen. „Ich habe Herrn Müller lediglich ein Geschenk überreicht, woraufhin er auf mich losging!" Damit zeigte er auf seinen zerknautschten Jackenkragen.

„Nun, dann war es wohl mein Fehler. Ich hätte wissen sollen, dass heute kein guter Tag für Besuche ist. Schon heute Morgen war er so ..." Die Stimme der Pflegerin verlor sich in einem Murmeln, während sie Hans Müller begütigend über den Rücken strich. „Aber jetzt gehen Sie bitte – und nehmen Sie dieses Ding da mit."

„Schon in Ordnung, Sie können die Scherben entsorgen!" Hajo rieb sich den schmerzenden Hals. „Aber was ist mit den Fragen, die ich Herrn Müller stellen wollte? Kann ich ihn ein andermal – möglichst an einem besseren Tag – besuchen, um mit ihm zu reden?"

„Fragen wollten Sie ihm stellen? Na, wenn ich das gewusst hätte – die Mühe hätten Sie sich sparen können! An den meisten Tagen erinnert er sich nicht mal an seinen Namen.", erklärte die Pflegerin resolut. „Herr Müller ist im fortgeschrittenen Stadium der Demenz, wussten Sie das nicht?"

Damit war Hajo entlassen. Wie ein geprügelter Hund hatte er das Sankt Ignatius-Heim verlassen und sich auf den Weg nach Hause gemacht. Ähnlich wie Hans Müller hatte er unterwegs aus dem Straßenbahnfenster gestarrt, ohne etwas wahrzunehmen. Hans Müller war also dement. Seine bisher einzige mögliche Informationsquelle war versiegt, ehe er die Gelegenheit bekommen hatte, aus ihr zu schöpfen.

In seiner Wohnung angelangt hatte Hajo sich vor das Dokument mit den Aufzeichnungen gesetzt, mit denen er schon bald nach der Beichte seines Vaters begonnen hatte. Anfangs waren es nur wenige kärgliche Informationen gewesen, die er hatte verzeichnen können, doch zumindest ein paar Details waren im Lauf der Zeit dazugekommen. Heute, so hatte Hajo gehofft, würde er etwas wirklich Handfestes hinzufügen können, was nicht auf vagen Hinweisen und Spekulationen beruhte, doch vergeblich. Er war noch immer genauso weit wie am Freitagabend, als er den letzten Eintrag getätigt hatte. Fast schon erbost starrte er nachts um 23:30 Uhr erneut auf die einzelnen Punkte der Auflistung.

1. Herbst 2014 Geständnis Vater: Geldnot übermächtig, konnte Familie nicht versorgen, folglich Überfall auf Geschäft in fremder Stadt – mit dieser Tat großes Leid über Familie der Inhaberin gebracht – mehr als zwanzig Jahre quälte er sich mit dieser Schuld – jetzt am Lebensende sehnlicher Wunsch, Schuld wiedergutzumachen – Schuld wirklich sehr groß
2. Vaters einzig konkrete Hinweise auf die Art des überfallenen Geschäftes: inhabergeführt durch eine Frau, nicht allzu groß (er hatte die Inhaberin die ganze Zeit im Blick)
3. Einzig konkreter Hinweis auf Stadt des Überfalls: Großstadt, die etwa einen halben Tag Autofahrt von Vaters ehemaligem Wohnort entfernt war und die ihm aus seiner Kindheit bekannt war
4. Einzig konkreter zeitlicher Hinweis: vor über 20 Jahren
5. Schlüsse, die ich aus diesen Hinweisen gezogen habe:
   a.) Bei der fraglichen Stadt handelt es sich höchstwahrscheinlich um das süddeutsche A. (sowohl die angegebene Entfernung trifft zu als auch eine Ortsangabe in Vaters Lebenslauf)
   b.) Zeitpunkt des Überfalls muss nach meinem endgültigen Auszug aus Elternhaus liegen (andernfalls hätte ich große finanzielle Not selbst spüren müssen), also mind. vor 25 Jahren
   c.) Tat wurde nie aufgeklärt, da Vater nie strafrechtlich belangt
6. Ergebnisse meiner Nachforschungen, Stand November 2015
   a.) Recherche per Telefon und persönlich vor Ort: 13 Geschäfte in einem Stadtteil A.s im fraglichen Zeitraum inhabergeführt
   b.) I-net-Recherche nach Zeitungsartikeln zu ungeklärten Überfällen: zwei Einträge, doch auf keinen treffen übrige Hinweise zu
   c.) Auffindung eines möglichen Zielobjekts oder eventuell eingeweihten Zeitzeugen, Hans Müller, Antiquitätenhändler, mit folgenden Aussagen:

Und mit diesem Punkt oder vielmehr dem folgenden Leerraum endeten Hajos Aufzeichnungen. Seine erste heiße Spur endete im Nichts. Müde stützte Hajo seinen Kopf in die Hände, und ihm entrang sich ein abgrundtiefer Seufzer. Seit einem ganzen Jahr mühte er sich mittlerweile damit ab, Licht in diese finstere Angelegenheit zu bringen. Was für eine Erleichterung wäre es doch, das ganze

Ereignis samt dem Geständnis seines Vaters einfach zu vergessen. Beiseite zu schieben, ad acta zu legen ... Aber genau das war ihm unmöglich. Er spürte nur zu deutlich, wie mit der Beichte und dem Tod seines Vaters dessen Schuld auf ihn übergegangen war. Den Sohn. Den einzigen Menschen, den Vater laut seinen eigenen Worten jemals in das Verbrechen eingeweiht hatte. Als Sohn, als Christ, als ein Mensch, der von Herzen an die Macht der Vergebung glaubte, war es schlichtweg seine Pflicht, die betroffene Familie aufzusuchen und an seines Vaters Stelle um Vergebung zu bitten. Wiedergutmachung zu üben, wo es noch möglich sein sollte.

All dies allerdings setzte voraus, dass er das Rätsel um den Überfall löste und die betroffenen Menschen fand, und davon war Hajo in dieser Nacht vor seinem Computer noch Lichtjahre entfernt.

Als Esther am folgenden Morgen erwachte fühlte sie sich wie durch den Fleischwolf gedreht. Nicht nur, dass die Schmerzen in Nacken, Hals und Nase unvermindert waren, sondern ihr Kopf dröhnte noch mehr als am Abend zuvor. Was mit an Sicherheit grenzender Wahrscheinlichkeit auf die Ereignisse der vergangenen Nacht zurückzuführen war.

Bei Walters plötzlichem Erscheinen in der Tür zu dem verborgenen Raum und seinen zornigen Worten war sie buchstäblich in die Knie gegangen. Der Schreck, gepaart mit der vorausgegangenen Aufregung, war in ihrem Zustand schlicht zu viel für sie gewesen. Esther war in sich zusammengesunken, sodass Walter nichts anderes übrig geblieben war, als seine Verteidigungswaffe, den Stockschirm, wegzulegen, an ihre Seite zu eilen und sie zu stützen. Ohne ein weiteres Wort hatte er sie ins Wohnzimmer zurückgeführt, mit einem Glas Wasser versorgt und darauf geachtet, dass sie sich ordnungsgemäß wieder zu Bett begab.

Daraufhin war er noch einmal hinter dem Wandteppich verschwunden und Esther hatte gehört, wie sich ein Schlüssel im Schloss drehte, ehe Walter wieder neben ihr auftauchte und diesmal etwas leiser, aber nicht weniger drohend bemerkte: „Niemals wieder, Esther, unter gar keinen Umständen, will ich erleben, dass du diese Räume betrittst. Sie sind tabu für dich, absolut und vollkommen tabu!"

Damit steckte er den Schlüssel in die Tasche seines gestreiften Morgenmantels und ließ Esther wieder allein. Allein mit ihren Gedanken, die sich unablässig um die beiden verborgenen Räume drehten. Bis eben hatte der Schrecken viel zu tief in ihren Gliedern gesteckt, als dass sie sich gegen Walters Handeln gewehrt oder auch nur Fragen gestellt hätte, aber sobald er die Tür hinter sich geschlossen hatte, begann das Gedankenkarussell sich zu drehen.

Was hatte es mit diesen Räumen voller Bücher auf sich? Weshalb verbarg Walter sie hinter einem Wandteppich, weshalb löste ihre Entdeckung eine so heftige Reaktion seinerseits aus? Was machte diese Räume zu einer absoluten Tabuzone? Stundenlang wälzte Esther sich auf der Suche nach Antworten hin und her, doch der einzige sinnvolle Anhaltspunkt war die Vermutung, dass die Räume in irgendeinem Zusammenhang mit dem tragischen Tod von Walters Frau stehen mussten (wobei damals niemand wirklich über die Umstände ihres Todes aufgeklärt worden war).

Kein Wunder also, dass sich in Esthers Kopf alles drehte und dass Walter, als er ihr morgens auf dem Weg ins Badezimmer begegnete, nach einem Blick in ihr heißes, gerötetes Gesicht bestimmte: „Am besten rufst du gleich deinen Arbeitgeber an und meldest dich krank. Deinem Aussehen nach zu schließen kannst du heute unmöglich an der Kasse sitzen. Und dann kochst du dir eine Kanne Tee und konzentrierst dich darauf, bald wieder auf den Damm zu kommen! Falls du Aspirin, Halstabletten oder sonstige Medikamente brauchen solltest, findest du sie im Medizinschrank im Badezimmer."

„Danke!", murmelte Esther matt. Als sie aus dem Bad zurückkehrte und in der Drogeriemarktzentrale angerufen hatte, saß Walter bereits am notdürftig gedeckten Küchentisch. Aus dem Wasserkocher stieg Dampf auf und im Toaster steckten zwei Scheiben Brot. Wie es aussah, konnte er seine verletzte Hand mittlerweile wieder besser gebrauchen. Esther schloss fröstelnd die Jacke ihres Jogginganzugs, goss den Tee auf – Grüntee für Walter, Kamillentee für sich selbst – und ließ sich neben ihm nieder.

Ein wenig ungeschickt und schweigend belegte Walter sein Brot, während Esther lustlos nach einer trockenen Toastscheibe griff. Ihr war so wenig nach Essen zumute wie Walter offenbar danach, die Ereignisse der letzten Nacht noch einmal aufzugreifen. Doch Esther schwirrten zu viele Fragen im Kopf herum, um sie noch länger für sich zu behalten. Außerdem schuldete sie ihrem Gastgeber eine Erklärung, weshalb sie nachts in seiner Wohnung herumschlich, statt zu schlafen.

„Wegen letzter Nacht …", begann sie und bemerkte, wie Walters Hand mit der Teetasse auf dem Weg zum Mund erstarrte. Doch immerhin brach er nicht sofort wieder in Schelten aus.

„Du musst wissen", fuhr sie deshalb ermutigt fort, „ich wollte nicht herumschnüffeln oder in deine Privatsphäre eindringen. Ich habe nur diese Zugluft gespürt, die hinter dem Wandteppich hervorkam, und wollte nachsehen, woher sie kommt und ob ich das Ganze irgendwie abstellen kann!"

„Aha!", war alles, was Walter erwiderte, ehe er seine Tasse endgültig zum Mund führte und einen Schluck nahm.

„Und als ich dann so unvermutet diesen Raum hinter dem Teppich fand, packte mich die Abenteuerlust, verstehst du? Ich wollte einfach herausfinden, was dahintersteckt! Ich hatte ja keine Ahnung, dass du so – na ja, reagieren würdest! Kann es sein, dass diese zusätzlichen Zimmer etwas mit deiner–"

„Meine Reaktion war durchaus angemessen, Esther!", unterbrach Walter, und obwohl er äußerlich diesmal vollkommen gefasst wirkte, spürte Esther die unterschwellige Warnung. „Denn damit bist du in der Tat in meine Privatsphäre eingedrungen. Aber da du es nicht in böser Absicht getan hast, nehme ich deine Erklärung als Entschuldigung an. Eines aber lass dir gesagt sein: Ich meinte es letzte Nacht sehr ernst damit, dass diese Räume für dich ebenso tabu sind wie für jeden anderen auch; dasselbe gilt für sämtliche Fragen zu diesem Thema. Also vergiss am besten, was du gesehen hast; vergiss, dass diese Räume existieren. Und nun entschuldige mich bitte." Er steckte den letzten Bissen in seinen Mund und erhob sich. „Ich muss mich für meinen Arzttermin fertig machen!"

„O-okay. Gib mir ein paar Minuten, dann bringe ich dich mit dem Wagen hin!"

„Danke, das ist nicht nötig. Ich habe bereits ein Taxi bestellt!"

„Aber das brauchst du doch nicht, ich kann dich gerne fahren!"

„Papperlapapp. Du solltest in deinem Zustand nicht aus dem Haus gehen. Außerdem setzt mich das Taxi direkt am Praxiseingang ab!" Damit hinkte Walter aus der Küche.

Esther blieb sprachlos zurück. Sie wandte ihre Augen zum Himmel und stieß einen tiefen Seufzer aus. Ihr Cousin hatte wirklich eine Art an sich, bei der sie sich im stolzen Alter von 44 Jahren wie ein gemaßregeltes Kleinkind fühlte. Allein sein „Papperlapapp" brachte ihr Blut zum Kochen, und zusammen mit der Tatsache, dass er ihr in Bezug auf die beiden Räume nicht nur den Zutritt, sondern auch den Mund verboten hatte, hätte sie Walter am liebsten auf den Mond geschossen. Aufgebracht kaute sie an ihrem trockenen Brot und versuchte, die Schluckbeschwerden zu ignorieren, während Walters Schritte sich langsam entfernten.

„Papperlapapp!", ertönte es einen Augenblick später in Esthers Rücken und sie fuhr erschrocken herum.

Mit stolz geplustertem Gefieder präsentierte der Papagei sein neuestes Wort. „Papperlapapp, meine Liebe!"

„Oh nein, Keiner Onkel, nicht auch noch du!" Esther griff sich an den dröhnenden Kopf. „Wenn ich dieses Wort heute noch einmal höre, platzt mir wirklich der Kragen!"

„Papperlapapp, papperlapapp!", wiederholte der Papagei ungerührt, bis Esther ihm den Schnabel mit einer Portion Sonnenblumenkerne stopfte.

Kurz darauf steckte Walter seinen Kopf noch einmal durch die Küchentür: „Ich mache mich auf den Weg, Esther. Ich hoffe, spätestens gegen halb zwölf Uhr wieder zurück zu sein! Auf Wiedersehen!"

„Wiedersehen, Walter!" Insgeheim atmete Esther auf. Selbst wenn Walter pünktlich um 12:30 Uhr sein Mittagessen erwartete, verschaffte ihr seine Abwesenheit etwa zwei Stunden Zeit. Zeit, die sie dazu nutzen konnte, sich selbst ein paar der Fragen zu beantworten, die ihr Cousin ihr zu stellen verboten hatte. So sehr es Walter missfallen würde, wenn er davon wüsste – sie musste die verborgenen Räume einfach noch einmal betreten und in aller Ruhe betrachten. Wenn es ihr gelang zu ergründen, weshalb diese

Räume tabu waren, würde sie bestimmt mehr Verständnis für Walters verschlossene, barsche Art aufbringen.

Sobald die Wohnungstür sich hinter Walter geschlossen hatte und Esther hörte, wie direkt vor dem Haus ein Wagen anfuhr, machte sie sich ans Werk. Zunächst einmal galt es, das Problem der abgeschlossenen Tür zu dem Raum hinterm Wandteppich zu lösen. So, wie sie Walter einschätzte, trug er den Schlüssel bei sich; in seinem Zimmer danach zu suchen machte deshalb keinen Sinn. Besser, sie versuchte sich sofort daran, das Schloss mithilfe eines Drahtes oder ähnlichen Werkzeugs zu knacken.

Was sie selbstverständlich noch niemals gemacht hatte – aber der einschlägigen Literatur nach dürfte das bei einem der altmodischen Schlösser, mit denen sämtliche Zimmertüren in Walters Wohnung ausgestattet waren, kein unüberwindliches Problem darstellen.

Da Esther keine Ahnung hatte, wo Walter Dinge wie Draht und Werkzeug aufbewahrte, begann sie, ihren Kulturbeutel zu durchwühlen in der Hoffnung, eine Haarnadel darin zu finden. Je rascher sie zu ihrem Werkzeug kam, desto mehr Zeit blieb ihr für ihren heimlichen Aufenthalt hinter dem Wandteppich. Im letzten kleinen Seitenfach der Tasche wurde sie tatsächlich fündig.

Mit zwei Haarnadeln bewaffnet begab sie sich ins Wohnzimmer, stellte einen Stuhl zwischen Wand und Teppich, um ausreichend Licht und Platz zu haben, und machte sich ans Werk. Die erste Haarnadel brach, als Esther versuchte, sie zu einem Haken zurechtzubiegen, doch ihr zweiter Versuch gelang und sie führte ihr selbstgebasteltes Hilfsgerät behutsam in das Schlüsselloch ein.

Soweit der erste Teil der Übung – der zweite erwies sich als wesentlich schwieriger, als sie erwartet hatte. Stundenlang, so schien es ihr, fuhrwerkte sie mit der Haarnadel im Türschloss herum, verhakte, drehte und wendete die Nadel, ohne dass sich ein Ergebnis zeigte. Sie legte ihre Jacke ab, wischte sich ein paar Schweißperlen von ihrer Stirn, schnäuzte sich die Nase und fragte sich, ob sie das ganze Unternehmen nicht doch besser abblasen sollte. Für ihre

Gesundheit und auch ihr Gewissen, das sie wegen ihres Verstoßes gegen Walters ausdrücklichen Willen anklagte, wäre das jedenfalls die bessere Lösung gewesen.

In dem Moment jedoch, als sie zu diesem Ergebnis gekommen war, gab das Türschloss plötzlich ihren Bemühungen nach. Sie drückte die Klinke herunter und die Tür ließ sich öffnen! Eine Sekunde lang noch lauschte Esther in Richtung des Wohnungseingangs, dann betrat sie mit angehaltenem Atem den Raum. Sie hatte es geschafft. Zum zweiten Mal stand sie in einem der beiden verborgenen Räume, und diesmal war sie fest entschlossen, deren Geheimnis zu lüften.

Rechts von der Tür fand sie einen Lichtschalter und betätigte ihn. Ein leichter Geruch nach versengtem Staub ging von den Leuchtstoffröhren an der Zimmerdecke aus, ein kurzes Flackern zuckte über die Decke – und dann lagen die Regalreihen in mäßig hellem Licht.

Reihe um Reihe voller Bücher, bedeckt von dicken Staubflocken, tat sich vor Esthers staunendem Blick auf. Fasziniert trat sie an das am nächsten stehende Regal, entfernte mit einem Taschentuch den gröbsten Staub von der Buchreihe in der Regalmitte und nahm ein Exemplar davon zur Hand. Behutsam und sanft, als fürchtete sie, das Werk aus bedrucktem Papier und Buchbinderleim könnte unter ihrer Berührung selbst zu Staub verfallen.

„*Niemals hört die Liebe auf* – Janette Oke!" Flüsternd formten ihre Lippen den Buchtitel und Esther lächelte in freudigem Erkennen. Janette Oke! Jeden einzelnen Roman dieser amerikanischen Autorin hatte sie in ihren Jahren als junge Mutter gelesen, ungezählte aus dem Trubel des Alltags gestohlene Augenblicke hatte sie mit diesen Büchern verbracht! Allein der Anblick des Paperbacks versetzte sie wieder in die Zeit mit ihren zahllosen Pflichten als Mutter, Hausfrau und berufstätige Alleinerziehende.

Und hier, in diesem Regal unmittelbar vor ihrer Nase waren all diese Janette-Oke-Titel versammelt, wie sie fasziniert feststellte, darüber hinaus viele andere Romane, die ihr aus jener Zeit bekannt vorkamen. Unmöglich, dass Romane dieser Art Walter gehörten. Sie mussten das Eigentum seiner Frau gewesen sein. Also versteckte und verschloss er die beiden Räume, weil sie die Bücher seiner Frau enthielten und deren Anblick ihn vielleicht schmerzte? Das sollte er nach all dieser Zeit doch eigentlich überwunden haben.

Ehe sie das Buch zurückstellte, steckte Esther ihre Nase zwischen die Seiten und inhalierte so tief, wie ihr Zustand es zuließ, den Duft der alten, leicht angegilbten Seiten. Ihr Blick wanderte höher, bis zur oberen Kante des hellen Kiefernholzregals, wo eine bedruckte Tafel ebenfalls aus Kiefernholz angebracht war.

Christliche Belletristik – Unterhaltungsliteratur las Esther, und als Aufschrift über dem Regal rechts davon *Biographien – bewegende Lebensgeschichten* und wiederum ein Regal weiter *Andachtsbücher*. Sie stutzte. Eine seltsame Art, seine Büchersammlung zu sortieren, selbst wenn sie so umfangreich war wie diese und einen ganzen Raum füllte. So geschäftsmäßig. Ihre eigenen Bücher zu Hause standen einfach der Größe nach geordnet im Regal. Marianne musste mindestens genauso penibel gewesen sein wie Walter, dessen Arbeitszimmerwand voller Fachliteratur sie neulich im Vorübergehen gesehen hatte. Oder aber ...

Einem plötzlichen Impuls folgend zog Esther das Janette-Oke-Buch nochmals aus dem Regal. Hatte sie nicht vorhin auf dessen Rückseite ... – tatsächlich, da war es. In ihrer Begeisterung über ihren Fund hatte sie vorher nicht darauf geachtet, doch über der ISBN-Nummer ganz ohne Barcode klebte ein Preisschild. Eines von der Sorte, die man vor Jahren mittels eines Auszeichners auf der Ware aufgebracht hatte: 12,95 DM.

Esthers Herz klopfte rascher, ihr Blick prüfte blitzartig die folgenden mit *Bibeln, Geistliches Leben* und *Gemeindeliteratur* beschrifteten Regalmeter, bis aus der Ahnung Gewissheit wurde: Sie befand sich in einer Buchhandlung, höchstwahrscheinlich in einer christlichen.

Vollkommen überwältigt schritt sie zwischen den Regalen hindurch in den folgenden Raum. Er bestätigte ihre These: Auf dem Tresen, den sie schon nachts im Licht ihres Handys ausgemacht hatte, befand sich eine Kasse, unmittelbar vor dem Tresen ein Postkartenständer und ein Stück rechts davon eine offene Vitrine, in der keine Bücher, sondern verschiedene Devotionalien ausgestellt waren. Ein silbernes Kreuz mit Standfuß, etliche unterschiedliche

Kreuze zum Aufhängen, mehrere Ausführungen der hebräischen Menora, dazu jede Menge Kerzen, Öllampen und ein Ölgemälde von Jerusalem.

Die Motive der Postkarten waren alles andere als modern, falls sie nicht absichtlich im Retrostil gehalten waren, und eine Seite des Ständers enthielt hauptsächlich Fotokalender mit Bibelversen. Als Esther erkannte, auf welches Jahr diese Kalender datiert waren, stockte ihr tatsächlich der Atem.

1989.

Neunzehnhundertneunundachtzig. Vor nunmehr 26 Jahren war das gewesen.

Sollte das bedeuten ... pfeifend ließ Esther die Luft entweichen. Mit einem Mal machte alles Sinn: Die zentimeterdicke Staubschicht überall, altmodische Leuchtstoffröhren, Romane, die Mitte bis Ende der Achtziger Jahre erschienen waren und mit Preisen in D-Mark ausgezeichnet waren, Postkarten im längst nicht mehr üblichen Design ... Der Buchladen befand sich noch im Originalzustand aus dem Jahr 1989 ... Mariannes Todesjahr. Walter hatte den Laden – Mariannes Laden – niemals offiziell geschlossen, ausgeräumt oder Ähnliches, sondern einfach nur versteckt. Weggesperrt hinter einem Wandteppich, aus Augen und Sinn verbannt und möglicherweise auch niemals wieder betreten.

Vermutlich war Esther die erste Person, die diese Räume seit 26 Jahren wieder betrat! Bei dem Gedanken lief ein leiser Schauder über ihren Rücken, sie spürte, wie die Härchen auf ihren Unterarmen sich aufrichteten. Welches Drama mochte sich damals hier, zwischen diesen Regalen, hinter diesem Kassentresen abgespielt haben, das Walter zu einem solchen Handeln veranlasst hatte?

Haltsuchend sackte Esther in den nächstgelegenen Stuhl, einen roten Clubsessel in der Ladenecke hinter dem Tresen. Was auch immer damals geschehen war, es musste der Grund für Mariannes „unglücklichen" Tod gewesen sein, und es hatte Walter zu dem gemacht, der er heute war: Ein Mann mit sehr distanziertem, ja sogar unfreundlichem Wesen und wenigen sozialen Kontakten, dessen einzige Freude offenbar in seiner Arbeit, im Lösen von Zahlenrätseln und im Ansehen von Fernseh-Gerichtsshows lag. Und in guten Mahlzeiten natürlich, wie sie aus erster Hand sagen konnte.

Der Gedanke ließ Esther erschrocken auffahren. Walters Mittagessen – es war höchste Zeit, mit der Zubereitung zu beginnen. Nicht auszudenken, wenn er von seinem Arztbesuch zurückkehrte und sie hätte nicht wenigstens mit dem Kochen angefangen! Ganz zu schweigen davon, dass er sie hier in Mariannes Laden vorfinden könnte, denn es war tatsächlich bereits 11:10 Uhr.

In fieberhafter Eile verließ Esther den Raum, bohrte und stocherte mit der Haarnadel in dem Türschloss herum, bis es wieder einrastete und brachte den Wandteppich zurück in seine ursprüngliche Position. Erst als sie in der Küche angelangt war, gestattete sie sich, erleichtert aufzuatmen.

Gerade noch einmal gut gegangen. Falls sie noch einmal die Gelegenheit finden sollte, die kleine Buchhandlung aufzusuchen (und soweit es an ihr lag, würde sie das tun, denn ihre Nachforschungen hatten deutlich mehr Fragen aufgeworfen, als sie vorher gehabt hatte) durfte sie keinesfalls so die Zeit aus den Augen verlieren, wie es eben geschehen war.

Während er das Taxi bestieg, betastete Walter prüfend seine Hosentasche. Gut, der Schlüssel war genau da, wo er sein sollte. Nicht um alles in der Welt durfte er in die falschen Hände geraten. In die Hände einer neugierigen Frau wie Esther.

Wie hatte sie sich eben selbst bezeichnet? Abenteuerlustig – was für eine geschickte Verdrehung der Tatsachen. Nichts als neugierig war sie, wollte in seinem Leben, seiner Vergangenheit herumschnüffeln und ans Licht bringen, was er für immer in der Dunkelheit zu belassen gedachte. Zuerst der Brief, auch wenn sie hartnäckig geleugnet hatte, ihn verfasst zu haben, und nun dies! Das hatte ihm bei all dem Unglück, das ihn verletzungstechnisch getroffen hatte, gerade noch gefehlt. Weshalb nur hatte er gestern nicht an die Möglichkeit gedacht, dass sie seine Einladung zum Übernachten als Aufforderung verstehen könnte, sich in seine Privatangelegenheiten einzumischen? Schließlich war ein solches Verhalten typisch für Frauen – siehe Frau Kempinski und ihre „Sorge“ um sein Herz.

Dies also war der Lohn dafür, dass er gestern spontan in bester Absicht und in der Tat hauptsächlich aus Sorge um Esther gehandelt hatte: Nach 26 Jahren, in denen er sich alle Mühe gegeben hatte, diese Räume zu vergessen, und niemals auch nur einen Fuß hinein gesetzt hatte, musste er sie künftig aus Furcht vor Esthers erneutem Herumschnüffeln zusätzlich abschließen! Verärgert krampfte er seine Finger um den großen, altmodischen Zimmerschlüssel, während das Taxi sich durch den lebhaften Innenstadtverkehr kämpfte.

Auch sein Besuch beim Arzt war nicht dazu angetan gewesen, seine Laune zu verbessern. Erstens hatte er mehr als 65 Minuten warten müssen, bis er überhaupt aufgerufen wurde (die Zeiten, zu denen Privatpatienten bevorzugt behandelt wurden, waren offensichtlich passé), und dann wartete er noch einmal 20 Minuten auf die Ultraschalluntersuchung seines Handgelenks ... Der einzige Lichtblick war die Diagnose des Arztes: Seine Verletzung heilte vorschriftsmäßig, sodass er nur noch eine elastische Binde benötigte, und wenn sein verbrühter Fuß ihm keine großen Beschwerden mehr bereitete, konnte er in der folgenden Woche wieder zur Arbeit gehen.

Demzufolge würde er noch mehrere Tage mit Esther verbringen, denn sie nach nur einer Nacht in ihr kaltes, zugiges Haus zurückzuschicken kam nicht in Frage. Da hätte er sie ebenso gut am vergangenen Abend schon zurückkehren lassen können. Die Aussicht, auch künftig ordentliche Mahlzeiten vorgesetzt zu bekommen und nicht mehr im Chaos zu leben, würde ihn befähigen, ihre ständige Anwesenheit zu ertragen. Immerhin befanden sie sich in seinem Haus, was bedeutete, er hatte das Sagen und konnte seinen gewohnten Tagesablauf beibehalten, ohne sie groß zu beachten. Solange sie sich nicht in seine Angelegenheiten einmischte – womit er wieder am Ausgangspunkt seiner Gedanken angelangt war: Esther und ihrer Schnüffelei in Mariannes Buchladen. Ein zweites Mal würde sie das gewiss nicht wagen!

Walter stieg aus dem Taxi, erklomm leicht hinkend die Treppenstufen zu seiner Parterrewohnung und nahm erleichtert die Essensdüfte wahr, die ihm beim Aufschließen der Wohnungstür entgegenströmten.

Er fand Esther beim Decken des Esszimmertisches vor, die Schlafcouch war zusammengeklappt und wieder in Tagesformat gebracht und ihre persönlichen Gegenstände ordentlich in einer Zimmerecke gestapelt. Auch der Wandteppich hing in seiner gewöhnlichen Position. Nur Esthers Gesicht erschien ihm noch röter als vor etlichen Stunden.

„Hier, für dich – Halstabletten!" Er streckte ihr die kleine Plastiktüte aus der Apotheke entgegen. „Die im Medizinschränkchen stehen wahrscheinlich kurz vor dem Verfallsdatum oder sind bereits darüber hinaus!"

„Du warst meinetwegen in der Apotheke?" Wenn Walter sich nicht täuschte, vertiefte sich Esthers Gesichtsfarbe um eine weitere Nuance. „Das wäre doch nicht nötig gewesen!"

„Musste ohnehin eine aufsuchen", gab er zurück, „wegen einer Salbe für mein Bein!"

Er drückte ihr die Tragetasche in die Hand und nahm seinen angestammten Platz am Esstisch ein.

Kapitel 9

„Denn du bist dem Geringen eine Festung,
eine Festung dem Armen in seiner Bedrängnis,
eine Zuflucht vor dem Wolkenbruch,
ein Schatten vor der Hitze.“
(Jesaja 25,4)

Obwohl sein Blick auf den TV-Bildschirm mit der Tagesschau gerichtet war, lauschte Walter mit halbem Ohr den Geräuschen aus der Küche. Wie jeden Abend spülte Esther das Geschirr und deckte dann bereits den Tisch für das Frühstück. Zwischen dem Plätschern des Wassers und dem Klappern des Geschirrs ertönten dabei immer wieder Stimmen: Esthers noch immer etwas heisere abwechselnd mit der schnarrenden Stimme des Graupapageis. Es waren nichts als banale bis alberne Bemerkungen, die Esther ihrem Vogel hinwarf und die dieser entweder nachplapperte oder mit sich ständig wiederholenden Phrasen erwiderte, dennoch schienen die beiden Vergnügen daran zu finden.

Immer wieder drang Keiner Onkels eindringliches „Papperlapapp, meine Liebe“ bis hinüber zu Walter und er fragte sich, wie Esther darauf kam, ihrem Vogel derlei Ausdrücke in den Schnabel zu legen. Im Grunde jedoch hatte er nichts gegen diese Hintergrundgeräusche einzuwenden. Ganz im Gegenteil, nach mittlerweile drei Tagen ihrer ständigen Anwesenheit empfand Walter einen gewissen Geräuschpegel als nahezu heimelig, bedeutete er doch die Anwesenheit einer Person, die sich um ihn sorgte und versuchte, ihm das Leben angenehmer zu gestalten.

Denn trotz ihrer eigenen angeschlagenen Gesundheit hatte Esther ihm jeden Tag die planmäßig vorgesehene warme Mahlzeit aufgetischt und außerdem die Wohnung in Ordnung gehalten. Nur die verbliebenen Stunden des Tages hatte sie dazu genutzt, auf dem Sofa zu ruhen, zu dösen oder zu lesen. Dabei hatte sie sich so weit erholt, dass sie ab dem folgenden Tag wieder zur Arbeit zu gehen beabsichtigte.

Walter hatte ihren Plänen nicht widersprochen, sondern sich lediglich vergewissert, dass sie am Abend wieder zu ihm zurückkehren würde. Esther hatte eingewilligt, ob nun aus Furcht, dass sonst ihre Erkältung zurückkehren würde oder seines Wohlergehens wegen, spielte keine weitere Rolle für ihn. Was zählte, war allein ihre Anwesenheit.

Als die Wettervorhersage das Ende der Tagesschau anzeigte, schaltete Walter aus und Esther gesellte sich zu ihm ins Wohnzimmer.

„Was gibt's Neues in der Welt?", fragte sie leutselig.

„Bedauerlicherweise nicht viel Gutes!", erwiderte er knapp. Esther wartete noch einen Augenblick, ob er fortfahren würde, und erst als er nichts weiter äußerte, nahm sie eins der Bücher zur Hand, die sie am Sonntag von Zuhause mitgebracht hatte.

Über den Rand seiner Fachzeitschrift und der Lesebrille hinweg musterte Walter sie verstohlen. Das Buch dicht vor der Nase kauerte Esther mit angezogenen Knien in einer Ecke der tiefen Ledercouch, ohne noch einmal aufzublicken, scheinbar vollkommen vertieft in ihren Lesestoff.

„Die Sprache des Herzens", entzifferte Walter den Titel auf dem Umschlag und stufte das Buch als typischen Frauenroman ein. Ein schmerzhafter Stich fuhr durch sein Herz: Esther war nicht nur ebenso vertieft in ihren Lesestoff, wie Marianne es stets gewesen war, sondern nahm beim Lesen auch haargenau die gleiche Haltung ein wie sie, blies in der gleichen Weise ihr dunkles Haar aus der Stirn und pflegte offenbar auch noch die gleichen Vorlieben.

Bereits beim ersten Mal, als Walter seine Cousine mit einem Buch in der Hand in seiner eigenen Sofaecke erblickt hatte – und seitdem jedes Mal erneut – packte ihn die Wehmut und er hatte das Gefühl, die Vergangenheit wäre wieder auferstanden. Und zwar der vertraute, angenehme Teil der Vergangenheit, die Jahre vor jenem grauenvollen Tag im Buchladen: Marianne, wie sie etliche Jahre nach der Hochzeit begann jede freie Minute des Tages für ihre Lieblingsbeschäftigung zu nutzen, das Lesen.

Anfangs war Walter fast ein wenig eifersüchtig gewesen auf ihre intensive Beschäftigung mit Büchern, sodass sie sich hauptsächlich in seiner Abwesenheit damit befasst hatte, aber mit der Zeit hatte sich eine neue Routine eingeschlichen, und zwar aus einem Grund, den Walter erst im Lauf der Jahre richtig interpretiert hatte: Von Anfang an, sogar noch ehe sie verheiratet waren, hatte Marianne den Wunsch nach einer großen, glücklichen Familie geäußert, und genau dabei war es auch geblieben – bei einer Wunschvorstellung.

So viel ihr auch daran gelegen hatte, es war Marianne nicht „gelungen", schwanger zu werden. Nicht im ersten Jahr nach der Hochzeit und auch nicht im zweiten oder dritten. Walter hatte das nicht weiter gestört, er war vollkommen erfüllt und glücklich in der Zweisamkeit mit seiner Frau und mutmaßte, ein schreiendes Baby und Kleinkind würde diese nur stören oder Marianne übermäßig in Anspruch nehmen. Doch Marianne war von Monat zu Monat unglücklicher geworden, sodass er ihr zuliebe sämtlichen ärztlichen Untersuchungen zustimmte, von denen sie sich eine Änderung dieses Zustandes erhoffte. Doch keine Untersuchung brachte etwas Konkretes ans Licht, ihre Ehe blieb kinderlos und Mariannes Unzufriedenheit mit ihrem Leben wurde immer deutlicher. Das Lesen wurde zunehmend, so fürchtete Walter, zu einer Flucht vor der Realität. In dieser Situation kam er auf die Idee, für Marianne einen Buchladen zu eröffnen.

Raum war genug vorhanden, wenn man den zur Straße gelegenen Teil der großen Wohnung abtrennte; die Lage mitten in der Altstadt war ideal und auch an Startkapital fehlte es Professor Ulrich nicht. Ihm war es wichtig, Marianne eine Beschäftigung zu ermöglichen, die ihr Vergnügen bereitete, da sie ihr reichlich Umgang nicht nur mit Büchern, sondern vor allem mit Menschen verschaffte und sie so auf andere Gedanken brachte. Nach anfänglichem Zögern ging Marianne voller Elan auf diese Idee ein, und acht Jahre nach ihrer Hochzeit eröffnete ihre kleine, aber gut ausgestattete christliche Buchhandlung ihre Pforten.

Bücher zum Leben nannte sie ihre Buchhandlung, und zu ihrer

Begeisterung, Medien mit guter Botschaft zu verbreiten, entwickelte sich im Lauf der Zeit ein ausgesprochen scharfer Geschäftssinn, sodass es Marianne niemals an Kunden fehlte. Auf diese Weise wurde *Bücher zum Leben* Anfang der Achtzigerjahre von Walters ursprünglicher Idee, seiner Frau zu einem erfüllteren Leben zu verhelfen, zu einem florierenden kleinen Geschäft. Oft genug, wenn Walter von der Universität nach Hause kam, gesellte er sich zu Marianne in den Laden und beobachtete, wie sie auf ihre Kunden einging, ihren Fragen und Problemen lauschte und dabei nicht nur entsprechende Bücher verkaufte, sondern selbst beinahe zur Seelsorgerin wurde. Und abends, wenn sie im Wohnzimmer zusammen saßen, steckte Marianne ihre Nase nicht mehr ausschließlich in Bücher, sondern tauschte sich mit ihm über die Erlebnisse des Tages aus.

„Heute war eine Kundin mit ihrer dreijährigen Tochter im Laden!", berichtete sie eines Abends und blickte von einem Erziehungsratgeber auf, den sie für den Laden quer las. „Die Frau ist nicht mehr ganz jung, Mitte vierzig etwa, denke ich, und ihr Kind hat Trisomie 21, verbunden mit einem schweren Herzfehler. Vermutlich hat sie keine sehr lange Lebenserwartung ... Aber du hättest sie sehen sollen mit ihren kurzen Pippi-Langstrumpf-Zöpfen und den leuchtend blauen Augen! Wenn sie lacht – so wie bei dem Bilderbuch, das ich gemeinsam mit ihr las –, dann geht die Sonne auf!"

„Wie schön!" Walter fragte sich, worauf Marianne hinauswollte. Sehnte sie sich noch immer so sehr nach einem Kind, dass allein das Lächeln eines solchen sie ins Schwärmen brachte?

„Der Vater hat die Familie verlassen, ihretwegen, als sie gerade mal ein Jahr alt war und ihr Bruder vier! Wenn ich mir vorstelle, was die Mutter durchmachen muss: Allein mit zwei kleinen Kindern, von denen eines ihre ganze Aufmerksamkeit braucht und niemals vollkommen selbstständig werden wird, und im Hinterkopf das Wissen, dass ihr Mann das Kind sozusagen verstoßen hat ..."

Marianne verstummte und Walter neigte zustimmend den Kopf. Das war es also, was Marianne quälte.

„Weißt du", fuhr diese nach einer Pause leise fort, „so sehr ich mir noch immer ein Baby wünsche, frage ich mich doch, ob Gott uns damit, dass er meine Bitte nicht erhört, nicht vor irgendeinem unvorstellbaren Kummer oder großer Sorge bewahren möchte. Ich meine, allein die Vorstellung, dich zu verlieren – obwohl ich dir so einen herzlosen Verrat natürlich niemals zutrauen würde –, finde ich grauenvoll."

Erneut verstummte sie. Walter rückte dichter an seine Frau heran, legte seinen Arm um sie und bettete ihren Kopf an seiner Brust. „Mir geht es doch nicht anders!", gestand er. „Ich kann es mir schlicht nicht vorstellen, ohne dich zu sein, mein Liebling! So lange wir beide zusammen sind, können wir uns einfach nur glücklich schätzen, meine ich!"

„Das ist wahr!" Marianne hob den Kopf, und ihre Lippen trafen sich zu einem langen, innigen Kuss.

Zwei Monate später, nach fast 17 Jahren Ehe, war Marianne tatsächlich und allen vorigen Hindernissen zum Trotz schwanger. Strahlend und singend schwebte sie durch die Tage, bis sie auch Walter mit ihrer Begeisterung mitriss ... und bis der Tag gekommen war, der ihren gemeinsamen Träumen ein unvorstellbares Ende gesetzt hatte!

Walter sog mit einer solchen Schärfe die Luft ein, dass Esther erstaunt aufblickte. „Ist dir nicht gut, Walter?" Sie legte ihr Buch beiseite und nahm ihn besorgt ins Visier. „Ich habe dich doch nicht etwa mit meiner Erkältung angesteckt?"

„Keine Sorge, mit mir ist alles in Ordnung! Ich bin nur etwas müde!" Hinter vorgehaltener Hand täuschte Walter ein Gähnen vor. „Ich denke, ich gehe gleich zu Bett!"

„Aber es ist noch nicht einmal neu–", setzte Esther an, doch Walter unterbrach sie: „Also gute Nacht – und einen erfolgreichen Arbeitsbeginn morgen, falls wir uns nicht mehr sehen sollten!"

Die letzten Worte sprach er bereits von der Wohnzimmertür aus, ehe er diese resolut hinter sich schloss. Das verschwommene Trugbild von Marianne in der Sofaecke war plötzlich unerträglich geworden.

„Danke und Gute Nacht!“ Verwirrt registrierte Esther, dass Walter fluchtartig den Raum verließ. Sie wurde einfach nicht schlau aus diesem Mann: Nachdem sie das Gefühl gehabt hatte, er wäre während der vergangenen Tage und auch heute Abend etwas aufgeschlossener, freundlicher gewesen (er hatte ihr sogar eine kurze Antwort auf ihre Frage nach den Nachrichten gegeben), zog er sich nun zurück wie ein Gejagter! Möglicherweise war er ja auch genau das, überlegte sie, ein Gejagter seiner Erinnerungen, die sie durch das Öffnen der Tür zum Buchladen wieder heraufbeschworen hatte.

Wie immer, seit sie den Buchladen zum zweiten Mal aufgesucht und als solchen identifiziert hatte, packte sie bei diesem Gedanken das Mitgefühl mit Walter – und das brennende Interesse an dem Geschehen, das sich damals zwischen jenen Regalmetern voller Bücher, Postkarten, Kerzen und Kalender abgespielt hatte. Auf jeden Fall konnte sie es kaum erwarten, sich während Walters nächster Abwesenheit erneut hinter den Wandteppich zu begeben und weitere Nachforschungen anzustellen. Bei dem Gedanken daran vergaß sie sogar gelegentlich, dass sie mit ihrer Erkältung, vor allem aber dem Zustand ihres Hauses und den fehlenden Finanzen eigentlich viel dringendere Sorgen hatte.

Das Summen ihres Handys ließ sie aufschrecken. Leicht besorgt griff sie nach dem Apparat. Dies war nicht die übliche Tageszeit für einen Plausch mit ihren Töchtern, und abgesehen von ihnen wusste kaum jemand, dass sie momentan nur per Handy erreichbar war. Hoffentlich war es keine Arbeitskollegin, deren Schicht sie morgen zusätzlich übernehmen sollte!

Mit der Stimme, die auf ihre Meldung hin tatsächlich ertönte, hatte sie jedenfalls nicht gerechnet: „Hallo, Esther, wie schön, dich zu erreichen!“

Hajo! Die Ereignisse der vergangenen Tage hatten ihre Bekanntschaft mit ihm vollkommen in den Hintergrund gedrängt, dennoch empfand sie ein angenehmes Kribbeln beim Klang seiner tiefen Stimme. „Guten Tag, Hajo!“ erwiderte sie leicht kurzatmig.

„Na, wie geht's? Ich unterbreche dich hoffentlich nicht gerade bei einer wichtigen Tätigkeit wie Einkaufstaschen schleppen? Obwohl es dafür wohl ein bisschen zu spät wäre …“

Esther lachte auf. „Nein, keine Sorge, auch ich habe mal Feierabend. Ich habe nur eben etwas gelesen."

„Das freut mich. Dann also noch mal zu meiner Frage: Wie geht es dir? Du klingst etwas verschnupft – oder liegt das nur an meinem Empfang?"

Hörte sie tatsächlich einen besorgten Unterton in seinen Worten? Esthers Lächeln vertiefte sich. „Nein, nein, du hast schon recht. Ich habe mir einen Zug geholt und war ziemlich stark erkältet, bin jetzt aber auf dem Weg der Besserung."

„Schön. Nicht deine Erkältung, meine ich natürlich, sondern dass es dir wieder besser geht. Ich frage mich, ob du wohl ..."

Seine Stimme verklang. Die Gesprächspause währte so lange, dass Esther sich schon fragte, ob der Empfang unterbrochen worden war. „Ja? Du fragst dich ...", wiederholte sie deshalb und atmete erfreut auf, als er endlich fortfuhr.

„Also, ich fragte mich, ob du Lust hast, bald mal etwas mit mir zu unternehmen, Esther. Erst wenn du wieder ganz auf dem Damm bist natürlich, und wir müssen bei diesem Wetter auch nicht unbedingt eine Fahrradtour durch den Wald machen, wie ich dir einmal vorschlug – nicht, dass du dir die nächste Erkältung einfängst. Wir könnten ins Kino gehen oder essen oder aber ... ich würde dich einfach gern wiedersehen!"

Ein deutlich hörbarer Atemzug beendete seinen Satz und ein freudiger Schreck durchzuckte Esther. Er würde sie gern wiedersehen! Dann hatte also nicht nur sie nach ihrem Cafébesuch das Gefühl gehabt, dass sie sich gut verstanden.

„Ja, schön", stammelte sie und überlegte krampfhaft, wie man in einer solchen Situation angemessen reagierte, nur um schließlich weiter zu stottern: „Also, Sonntagnachmittag wäre ich frei. Ab zwei etwa, nachdem ich für Walter gekocht habe!"

„Wie schön, das freut mich!" Hajos Stimme versah seine Worte mit einem deutlichen Ausrufezeichen und Esther konnte sich bildlich vorstellen, wie seine Augen hinter den Brillengläsern aufblitzten.

„Und was würdest du gern unternehmen? Essen kommt vermutlich weniger in Frage, wenn du vorher für Walter gekocht hast – also vielleicht doch Kino?"

„Ja, warum nicht? Solange wir uns vorher einen Kaffee genehmigen ..."

„Ach ja, ich erinnere mich: Walters Kaffeemaschine, das Achtziger-Jahre-Ungetüm!", scherzte Hajo. „Dann treffen wir uns Sonntag, vierzehn Uhr, bei deinem Cousin in der Frauentorstraße, in Ordnung?"

„In Ordnung. Also bis Sonntag, Hajo, und danke für deinen Anruf!" Esther beendete das Telefonat so hastig, dass sie kaum noch Hajos „Auf Wiedersehen, Esther, ich freue mich schon!" vernahm. Ihre Hände zitterten vor Aufregung, als sie das Handy beiseitelegte. Sie konnte sich gar nicht mehr erinnern, wann sie zum letzten Mal mit jemand anderem als ihren Töchtern in einem Film gewesen war, ganz zu schweigen von einer männlichen Begleitung ...

Sie hatte tatsächlich eine Verabredung – wenn das ihre Töchter erfuhren! Hatte sie überhaupt etwas Passendes zum Anziehen dabei für einen solchen Anlass? Sie musste dringend vorher noch einmal nach Hause fahren und ihren Kleiderschrank durchsuchen ...

Den Rest des Abends hatte Esther echte Schwierigkeiten, wie sonst üblich bei Freud und Leid ihrer Romanheldin mitzufiebern.

Esther hatte das Gefühl, der Sonntag näherte sich diese Woche deutlich rascher als sonst üblich. Sowohl die Stunden im Drogeriemarkt als auch die Zeit „zu Hause" bei Walter flogen in Windeseile dahin, und ihre wenigen freien Minuten verbrachte Esther in Gedanken entweder in dem verborgenen Buchladen oder bei ihrer Verabredung mit Hajo. Lediglich der Samstagabend, als sie nach der Arbeit in ihrem eigenen Haus vorbeifuhr, um sich mit passender Kleidung für den folgenden Tag auszustatten, versetzte ihrer Vorfreude auf das „Date" einen Dämpfer.

Ihr Haus war vollkommen ausgekühlt. Dunkel, muffig, klamm und unfreundlich empfing es sie und fühlte sich so gar nicht nach dem gemütlichen Zuhause an, das es noch vor kurzem gewesen war. Auch der Blick auf die Bäume und Büsche im Garten mit ihren reifüberzogenen Ästen und den zugefrorenen Gartenteich, im

Licht der Straßenlaterne gerade noch zu erkennen, versetzte ihr einen schmerzhaften Stich im Herzen. Sie empfand Heimweh, schlichte Sehnsucht nach ihrem alten, warmen, hellen Zuhause, in dem man sich so gemütlich einigeln konnte, wenn einem danach zumute war. Nichtsdestotrotz kehrte sie ihm entschlossen den Rücken zu, sobald sie mit ihrer Kleiderauswahl halbwegs zufrieden war. Ihre Wehmut musste warten, bis die kommenden wichtigen Ereignisse hinter ihr lagen.

Mit einem knielangen, schmal geschnittenen Rock, heller, locker fallender Bluse und farblich passendem Cardigan bekleidet und der Absicht, den Rock noch vor dem Kinobesuch durch eine Hose zu ersetzen, machte sie sich am Sonntagmorgen auf den Weg in ihre Kirchengemeinde. Das Mittagessen hatte sie bereits am Abend so weit vorbereitet, dass sie nachher nicht in Hektik geraten würde; und nach den anstrengenden Tagen mit Walter brauchte sie die Gemeinschaft mit Gleichgesinnten, mit Freunden und Bekannten, die sie schon jahrelang auf ihrem Weg begleiteten.

Freudig begrüßte sie eine gleichaltrige Freundin, eine vielbeschäftigte Mutter von vier noch zu Hause lebenden Kindern, und Ruth, die etwas jüngere, aber chronisch kranke Frau mit ihrem Mann und den beiden Söhnen, die manchmal im Rollstuhl zum Gottesdienst gebracht wurde, während sie heute auf ihren eigenen Beinen und lediglich gestützt auf ihren Mann erschienen war. Esther hatte sich schon lange vorgenommen, bei Gelegenheit Kontakt zu ihr zu suchen, der über die übliche Begrüßung am Sonntagmorgen hinausging, doch irgendwie hatte sich diese Gelegenheit nie ergeben.

Gleich darauf stürmte Juli inmitten einer Gruppe ihrer Freundinnen das Foyer und fiel ihrer Mutter um den Hals. „Hallo, Mum!", erklärte sie überschwänglich, „schön, dass du dich mal von deinem Cousin loseisen konntest! Obwohl es mich schon ein bisschen verwundert, dass der Professor seine Köchin um diese Zeit außer Haus gehen lässt! Hast ihm wohl gestern etwas vorgesetzt, was ihm nicht sonderlich schmeckte!" Sie lachte schelmisch.

„Hüte deine vorlaute Zunge, meine Tochter!", erwiderte Esther salbungsvoll und wandte sich Julis Mitbewohnerin Mirjam zu, um auch diese zu begrüßen. Aus dem Augenwinkel heraus nahm sie dabei wahr, wie ein weiterer Gottesdienstbesucher in Mantel und blauer Strickmütze das Foyer betrat, sich zögerlich umblickte, an der Garderobe Mantel und Mütze ablegte und sich schließlich der Saaltür und damit ihrer Gruppe näherte. Er erkannte Esther im selben Moment wie sie ihn.

„Esther!“, rief er aus und eilte auf sie zu.

„Hajo – na, das nenne ich mal eine Überraschung!“, stieß sie unbeholfen hervor.

„Und ich erst! Da nehme ich mir zum ersten Mal seit meinem Umzug hierher die Zeit für einen Gottesdienstbesuch und treffe tatsächlich auf ein vertrautes Gesicht!“ Sein breites Grinsen enthüllte zwei Reihen gepflegter weißer Zähne und legte sein ganzes Gesicht in Lachfältchen, sodass Esther unwillkürlich errötete, während er begeistert ihre Hand schüttelte.

Dann nahm er seine feucht beschlagene Brille ab und grüßte in die Runde. „Guten Morgen, die Damen! Ich bin Hajo Kronberg und besuche heute zum ersten Mal diese Gemeinde.“

Juli war die erste aus der Gruppe, die das Erstaunen über sein forsches Auftreten überwand. „Zum ersten Mal, und ihr kennt euch bereits, Mum?“ Fragend blickte sie von ihm zu ihrer Mutter.

„So ist es!“, antwortete diese einsilbig. Sie hoffte inständig, dass ihre Verlegenheit Julis kritisch-prüfendem Blick entging.

„Richtig!“, sprang Hajo ihr bei und zog damit Julis Blick auf sich. „Wir sind uns ein paarmal über den Weg gelaufen, im Drogeriemarkt und beim Lebensmittel einkaufen!“

„Okay, wenn das so ist ...“ Juli reichte dem Fremden entgegenkommend die Hand. „Ich bin Juli Wittmann, die Tochter!“

„Freut mich, Ihre Bekanntschaft zu machen, Juli Wittmann! Oder darf ich sagen: deine Bekanntschaft?“

„Klar, warum nicht?“ Lässig hob Juli die Schultern.

„Schön!“ Hajo setzte seine getrocknete Brille wieder auf die Nase und Juli hakte sich bei Mirjam unter. „Kommt, lasst uns gehen und uns einen Platz suchen!“ Die Mädchengruppe setzte sich in Bewegung und verlegenes Schweigen machte sich zwischen Esther und Hajo breit.

„Wollen wir ihnen nicht folgen?“, bemerkte Esther schließlich einfallslos.

„Gern, falls du mir gestattest, neben dir zu sitzen! Oder handelt es sich dabei um das angestammte Recht eines anderen?"

„Keine Sorge, bei uns gibt es keine angestammten Sitzrechte!", wich sie gekonnt aus. „Also, wenn du möchtest, darfst du. Hier entlang!"

Gemeinsam betraten die beiden den Gemeindesaal und ließen sich nieder.

„Wenn du möchtest, stelle ich dir nach dem Gottesdienst gern noch ein paar Freunde vor! Dann kennst du beim nächsten Mal schon ein paar Gesichter mehr!", murmelte Esther, nachdem sie einen Gruß mit der Sitznachbarin auf ihrer anderen Seite ausgetauscht hatte.

„Eine gute Idee – obwohl ich mit dem einen vertrauten Gesicht ehrlich gesagt schon sehr zufrieden bin!" Hajo grinste, und Esther konnte nicht anders, als es zu erwidern. Sein Lausbubenlächeln ersparte ihr das Erröten über die unterschwellige Bedeutung seiner Worte, zumindest für dieses eine Mal.

Mit dem Ertönen des ersten Liedes richtete sie ihre Augen nach vorne und versuchte, dem Gottesdienst mit ganzer Aufmerksamkeit zu folgen, auch wenn ihr das alles andere als leicht erschien.

Wenige Minuten vor 14 Uhr hängte Esther das Geschirrtuch an den Halter, schlüpfte in Stiefel, Mantel und Kapuzenschal und rief Walter über ihre Schulter hinweg zu: „Auf Wiedersehen, Walter, bis heute Abend." Hajo und sie hatten sich nach dem Gottesdienst noch einmal voneinander getrennt – Hajo, weil er seinen Wagen nach Hause bringen und sich umziehen und Esther, weil sie Walters Erwartungen nicht enttäuschen wollte, obwohl sie sich viel lieber doch noch mit Hajo zum Essen getroffen hätte.

Im Garderobenspiegel warf sie einen letzten Blick auf ihre äußere Erscheinung. Die hohen dunkelbraunen Lederstiefel, die sie am späten Samstagabend noch kurz entschlossen erstanden hatte, machten sich wirklich hervorragend zu dem Dreiviertelmantel und der selten getragenen schmalen Jeans, dazu kam der cremefarbene Kapuzenschal, der ihr kurzes, dunkles Haar vorteilhaft zur

Geltung brachte ... Für ihre Begriffe zumindest stellte dies das ideale Outfit für eine Verabredung mit Café- und Kinobesuch an einem eisigen Spätherbsttag dar. Halbwegs zufriedengestellt trat Esther vors Haus.

Hajo wartete bereits. Unruhig trat er von einem Fuß auf den anderen, nachdem er sein Fahrrad an den nächstgelegenen Laternenpfahl gekettet hatte. Er musste eine echte Leidenschaft für diesen Sport empfinden, wenn er es sich nicht einmal bei Minusgraden nehmen ließ, mit dem Rad zu einer Verabredung zu erscheinen. Daher vermutlich auch seine sportliche Figur, die nicht einmal unter der dick wattierten Steppjacke verborgen blieb, die er zu Jeans, knöchelhohen Schuhen und einer blauen Fischermütze über seinem dunkelblonden Haar trug. Esthers Herz schlug einen Takt rascher.

Bei ihrem Anblick strahlte Hajo auf. „Da bist du ja! Ich hatte schon befürchtet, dein Professor würde dich noch beschäftigt halten!"

„Nein, glücklicherweise nicht", winkte Esther ab. „Ich kann mir sogar vorstellen, dass er ganz froh ist, seine Wohnung mal ganz für sich zu haben, nachdem er mich vergangene Woche praktisch ständig am Hals hatte!"

„Ständig am Hals – wie meinst du das?" Während Esther ihre Kapuze über das kurze Haar zog, um den scharfen Wind abzuhalten, trat Hajo fragend näher.

„Ich meine, dass–", sie unterbrach sich, streifte ein Paar Handschuhe aus ihrer Manteltasche über und schlug vor: „Was hältst du davon, wenn ich dir das auf dem Weg zum Café berichte? Um hier noch länger stehen zu bleiben ist es mir ehrlich gesagt ein wenig zu frisch!"

„Einverstanden!" Hajo schmunzelte. „Und ich versteh schon, du musst deinen Koffeinspeicher wieder auffüllen. Wollen wir dasselbe Lokal aufsuchen wie letztes Mal oder kennst du hier in der Umgebung auch eines, wo ausgiebiges Kaugummikauen kein offenbar unverzichtbares Servicemerkmal darstellt?"

„Ein paar Straßen von hier gibt es einen Italiener, bei dem nicht nur das Eis, sondern auch Kuchen und sämtliche Getränke ganz hervorragend sind. Ich war im Sommer einmal gemeinsam mit Juli dort, nachdem wir in der Nähe ihre künftige WG besichtigt hatten – und soweit ich mich erinnere, war das Personal vollkommen kaugummifrei!"

„Schön, dann lass uns da hingehen! Darf ich?" Wie selbstverständlich hielt Hajo ihr seinen angewinkelten Arm entgegen und wartete darauf, dass Esther sich einhängte. Was sie nach anfänglichem Zögern auch tat. Ein reichlich ungewohntes Gefühl, ihre Hand auf einem warmen, muskulösen Unterarm ruhen zu lassen und jede Bewegung dieses Mannes aus nächster Nähe zu spüren ...

Hajo ist nur ein Bekannter, ein Freund, seine Absichten rein kameradschaftlich, ermahnte sie sich im Stillen. Doch die Wärme, die sich von ihrer Hand aus über ihren ganzen Körper ausbreitete, ging nicht allein vom Tragen der Handschuhe aus. Wortlos schritt sie neben Hajo her.

Dem schien es nicht schwer zu fallen, ein Gespräch in Gang zu halten: „Ich finde deine Tochter Juli wirklich sehr sympathisch: Freundlich, offen – und mir scheint, sie scheut sich nicht, auszusprechen, was sie denkt!"

„So ist es! Aber glaub mir, als Mutter hat sie mich schon oft in Verlegenheit gebracht, vor allem, als sie noch jünger war! Wenn ich nur daran denke, wie sie als Vierjährige meiner damals etwa fünfzigjährigen Schwiegermutter ankündigte ‚Du bist alt, du sterbst bald!', würde ich heute noch am liebsten im Boden versinken!"

„Also ich finde das erfrischend!" Esther spürte Hajos herzhaftes Lachen als Vibrieren durch ihren ganzen Körper laufen. „Zumindest, solange sie mir nicht so eine Ankündigung um die Ohren haut! Auf jeden Fall", er wurde wieder ernst, „kannst du dich mit Juli und vermutlich auch deiner älteren Tochter wahrhaft glücklich schätzen!"

„Das ist wahr, das kann ich! In all den Jahren allein haben meine Mädchen mir niemals ernsthafte Probleme bereitet. Was natürlich nicht heißt, dass wir nicht zwischendrin auch mal Differenzen hatten."

„Selbstverständlich, in welcher Familie gibt es die nicht!"

„Und du hast keine Kinder? Ich meine, du hast erwähnt, dass du alleinstehend bist, aber das heißt ja nicht zwingend, dass ..."

„Nein, ich habe tatsächlich weder Kinder noch war ich jemals verheiratet. Über eine Verlobung bin ich niemals hinausgekommen!" Hajo verstummte, und wenn Esther sich nicht täuschte, spannte nicht nur sein Unterarm sich plötzlich spürbar an, er schritt auch rascher aus als vorher. War sie ihm mit dieser Frage zu nahe getreten, hatte sie ihn verletzt, oder verbarg er etwas vor ihr? Andererseits kannte er auch ihre Familienverhältnisse schon recht detailliert.

Etliche Meter legten die beiden schweigend zurück, ehe Hajo die angespannte Gesprächspause wieder durchbrach: „Ein paar Wochen vor der Hochzeit hat Iris es sich anders überlegt. Sie wollte keinen frommen, betenden Langweiler zum Mann, sondern lieber einen, der ihr, ich zitiere wörtlich, ‚das volle, pralle Leben mit allen Ausschweifungen bieten kann'!"

Seine Stimme klang nun so verloren, dass Esther unwillkürlich seinen Arm drückte und auch ihre zweite Hand tröstend darauf legte. „So etwas tut wahnsinnig weh, das weiß ich. Auch Bernhard – mein ehemaliger Mann – ging quasi aus Langeweile. Zwar zunächst nicht zu einer anderen Frau, aber er flüchtete aus unserem offenbar furchtbar eintönigen frommen Familienleben."

„Hmm. Danke für dein Verständnis." Hajo machte Halt und wandte sich Esther zu. „Dann haben wir bei aller Verschiedenheit so etwas wie einen gemeinsamen Hintergrund, nicht wahr? Den gleichen oder zumindest annähernd gleichen emotionalen Erfahrungsschatz." Seine Augen, normalerweise fröhlich funkelnd, nun aber etwas verschattet, suchten ihren Blick und hielten ihn fest.

Esther schluckte. Sie fühlte sich Hajo nicht nur physisch, sondern auch mit Herz und Seele so nah, dass es ihr bei aller Vertrautheit schon wieder Angst machte. Nach drei, vier Sekunden senkte sie deshalb ihre Augen, löste ihre Hände von ihm und bemerkte ablenkend: „Das ist möglich. Mit einem allerdings lag diese Dame völlig daneben: Du bist alles andere als ein frommer Langweiler, Hajo, viel eher ein betender Lausejunge – oder ein frommer Komiker, wenn du so willst. Selten habe ich mich bei der Arbeit so amüsiert wie mit dir als Kunde, ebenso im Privaten, und als wäre das nicht bereits genug, ist da immer noch deine nützliche Eigenschaft, ständig als mein Retter in der Not aufzutreten!"

„Stimmt!" Nach einem ausgiebigen Räuspern besaß seine Stimme wieder den gewohnten, munter-scherzhaften Klang, als er fortfuhr: „Danke, dass du mich an meine wahren Qualitäten erinnerst, Esther. Vielleicht sollte ich mir doch allmählich ein weißes Ross statt meines Fahrrads zulegen, um meine ritterlichen Fähigkeiten zu unterstreichen, was meinst du?"

„Oh ja, das wär's! Du tauschst dein Stahlross gegen eines aus Fleisch und Blut – die Vorstellung gefällt mir!" Esther lachte laut heraus und Hajo fiel mit ein. „Dachte ich mir doch – für einen Ritter auf einem weißen Pferd ist eine Frau eben immer zu begeistern!"

„Stimmt! Beinahe so wie für einen guten Kaffee!" Immer noch lächelnd wies Esther auf das Haus, vor dem sie angehalten hatten und dessen Glasfront mit den bunten Lettern „Eisdiele Firenze" und dem Bild eines überdimensionalen Eisbechers dekoriert war. Drinnen herrschte lebhafter Betrieb. „Wenn es dich wirklich interessiert, erzähle ich dir, sobald wir im Warmen sind, weshalb ich vorübergehend bei Walter eingezogen bin."

„Selbstverständlich interessiert mich das! Bitteschön, nach dir!" Galant hielt Hajo ihr die Tür auf und nahm erneut ihren Arm, um sie zu einem freien Tisch zu geleiten.

An diesem Abend vermochte Esther weder die Tatsache, dass sie sich nicht in ihren eigenen vier Wänden aufhalten konnte, noch Walters Einsilbigkeit etwas anzuhaben. Ein entspanntes Lächeln lag auf ihrem Gesicht, als sie sich nachts auf ihrer Schlafcouch ausstreckte und die kleine Leselampe ausknipste. Im Grunde genommen war sie noch viel zu wach, um bereits zu schlafen, doch mit offenen Augen zu träumen erschien ihr ohnehin wesentlich verlockender.

Der Nachmittag mit Hajo – oder vielmehr der ganze Tag, seit sie Hajo vormittags im Foyer der Gemeinde begegnet war – war einfach traumhaft verlaufen. Ihn im Gottesdienst neben sich zu spüren, seine kräftige, wenn auch nicht unbedingt treffsichere Singstimme zu hören und sich im Lobpreis eins mit ihm zu fühlen, einander gelegentlich zu berühren, auch wenn das ganz ohne Absicht geschah; ihr Gespräch über seine ehemalige Verlobte und die daraus entstandene gefühlsmäßige Verbundenheit; seine Nähe und sein intensiver Blick; seine Anteilnahme, als sie von ihrem häuslichen Dilemma berichtete – all dies zusammengenommen war fast zu schön, um sich tatsächlich so ereignet zu haben. Und dennoch wahr.

Selbst der Kinobesuch, von dem Esther nicht wirklich etwas erwartet hatte, war ein Zeugnis davon gewesen, wie viele Gedanken Hajo sich schon im Vorfeld um diese Verabredung gemacht hatte: Er hatte ein Kino ausfindig gemacht, in dem sonntagnachmittags Filme aus den Fünfziger- und Sechzigerjahren gezeigt wurden, und er hatte sich doch tatsächlich mit ihr in einen Cary-Grant-Film gesetzt! Dieser Akt der Zuneigung hatte Esther fast noch mehr gerührt als die altbekannte Szene mit Cary Grant und Doris Day auf der Aussichtsplattform des Empire State Building.

Und sie hatte den Eindruck gehabt, dass es auch ihm schwergefallen war, später am Abend Abschied zu nehmen. Kurz gesagt, Esther fühlte sich wie damals mit 17, als sie sich in Bernhard verliebt hatte, als jede kleine Berührung von ihm ihren Körper unter Strom gesetzt hatte und jede Trennung, wie kurz oder lang sie auch gewesen sein mochte, so schwer gewogen hatte wie ein Abschied für immer ...

Konnte es wahr sein, dass sie sich nach so vielen Jahren, an der Schwelle zu einem Leben ohne ihre Kinder, noch einmal verliebt hatte, oder stellte das Ganze nur eine willkommene Ablenkung von ihren momentanen Problemen dar? Trotz aller Träume und Grübeleien kam Esther zu keinem klaren Ergebnis in dieser Frage.

Umso willkommener war ihr die Tatsache, dass Walter ab dem folgenden Tag wieder bis zum frühen Nachmittag bei der Arbeit sein würde, was bedeutete, dass sie seine Wohnung gelegentlich für sich allein hatte – was wiederum bedeutete, dass sie sich vollkommen ungestört dem verborgenen Buchladen widmen konnte!

Sie nutzte ihre Chance an ihrem ersten drogeriemarktfreien Vormittag.

Diesmal gelang es ihr etwas schneller, mithilfe der Haarnadel das Schloss zu öffnen, und sie begab sich auf direktem Weg in den vom Wohnzimmer aus hinteren Raum des Ladens. Hier im Kassenbereich hoffte sie, am ehesten Hinweise auf die Vergangenheit des Ladens und damit Mariannes Schicksal zu finden.

Was ihr jedoch als erstes ins Auge fiel, waren vereinzelte Spuren von Tageslicht. Sie drangen durch die Ritzen der hölzernen Läden, mit denen zwei Fenster sowie eine Eingangstür von außen verschlossen waren, und Esther erinnerte sich, dass sie diese Läden von der Straße aus für Hinweise auf eine ungenutzte Wohnung gehalten hatte. Wie hätte sie auch ahnen sollen, was Walter in Wahrheit dahinter verbarg?

Die Kasse selbst, die Esther nach den Fensterläden inspizierte, war leer: Keine halb bedruckte Kassenrolle befand sich an der dafür vorgesehenen Stelle; kein einziger Cent – *nein, Pfennig*, verbesserte sie sich selbst – fand sich im Kasseneinsatz, und auch beim Anheben desselben fand Esther weder Geldscheine noch Notizzettel, wie sie selbst sie manchmal im unteren Teil der Schublade aufbewahrte. Sie seufzte. Wie aufschlussreich hätte eine Notiz, irgendeine handschriftliche Bemerkung von Marianne sein können!

Dieselbe Leere boten auch sämtliche Schubladen und Fächer der Kassentheke: Was Esther fand, waren noch original verpackte Kassenrollen, außerdem diverse Büroartikel und Warenbestellformulare, ein Sammelsurium von Kugelschreibern, Textmarkern und leeren Notizzetteln sowie mehrere Kartons voller in Folie geschweißter Bücher. Offenbar war Marianne nicht mehr dazu gekommen, ihre letzte Bücherlieferung auszupacken …

Enttäuscht ließ Esther die Kassentheke hinter sich und nahm den einzigen Teil des Raumes in Augenschein, den sie letztes Mal aus Zeitmangel nicht mehr hatte betreten können: Eines der Bücherregale bildete einen Raumteiler, und dahinter befand sich so etwas wie eine kleine Leseecke mit zwei Sesseln, Beistelltischchen und Leselampe, hinter diesen wiederum führte eine Tür zu einem vollkommen kahlen, leerstehenden Lagerraum. Ansonsten – nichts. Nichts außer zentimeterdickem Staub auf Tischplatte und Boden und einem kompliziert gewobenen Spinnennetz zwischen der Lehne eines Sessels und dem kleinen Lampenschirm.

Keine Flecken undefinierbarer Herkunft auf dem Boden, die Anzeichen eines hier stattgefundenen Verbrechens hätten sein können, vorne im Kassenbereich keine Spuren eines gewaltsamen Vorgehens – und das nach all ihren Hoffnungen auf Hinweise! Nicht ein Staubkörnchen fand sich hier, das über Mariannes Schicksal Aufschluss gegeben hätte oder Walters absolute Verschlossenheit in dieser Angelegenheit erklärt hätte. Vollkommen frustriert ließ Esther sich in einen der beiden Sessel fallen. Seltsam, das Sitzpolster fühlte sich an, als–

Sie erhob sich, lüftete das Polster und fand wahrhaftig ein aufgeschlagenes Buch darunter. Mit den bedruckten Seiten nach unten und dem Cover nach oben lag es da.

Das Buch, in dem Marianne gelesen hatte, möglicherweise sogar in den letzten Minuten, ehe das Ungenannte geschehen war und ihr Schicksal sich vollendet hatte? Mit angehaltenem Atem nahm Esther das Buch in ihre Hände – sie zitterten! –, las den Titel und versenkte sich in seinen Inhalt ...

Kapitel 10

Dann wirst du erkennen, dass ich der Herr bin:
die auf mich hoffen, werden nicht beschämt werden.
(Jesaja 49,23)

Die Gedanken an Marianne und das liegengebliebene Buch in ihrem Sessel ließen Esther für den Rest des Tages nicht mehr los. Aus welchem Grund las eine kinderlose Frau (denn das war Marianne Esthers Kenntnisstand nach gewesen) einen Ratgeber mit dem Titel „*Andern Mütter geht's genauso*"? Sah sie es als verantwortungsvolle Buchhändlerin als ihre Pflicht an, sich persönlich davon zu überzeugen, dass dieser Titel guten Gewissens weiterzuempfehlen war, oder steckte dahinter so etwas wie eine unterdrückte Sehnsucht, ein unerfüllt gebliebener Lebenstraum? Und stand dieses Buch in irgendeinem Zusammenhang mit dem Rätsel um den verborgenen Laden?

Am liebsten hätte Esther Walter danach gefragt, doch das kam selbstverständlich nicht in Frage. Zumindest für eine Weile wollte sie sich die Option, ihre eigenen Nachforschungen in dem verborgenen Laden anzustellen, noch offenhalten. Selbst wenn ihr schlechtes Gewissen ihr dabei zunehmend in die Quere kam – eine Situation, die Walter an diesem Abend ohne sein Wissen noch verschlimmerte.

Nachdem er an der Garderobe Mantel und Hut abgelegt hatte und in seine Hauspantoffeln geschlüpft war, kam er schnurstracks zu Esther in die Küche, wo er einen großen Karton auf den Tisch wuchtete. „Dies hier habe ich eben auf dem Heimweg besorgt! Im Grunde genommen bin ich zwar gegen solche Kapselmaschinen, da sie schlichtweg zu viel Müll produzieren, aber in dem Fall habe ich eine Ausnahme gemacht ..." Er lüftete den Deckel der Umverpackung, und zum Vorschein kam die neueste Kaffeemaschine einer namhaften Marke.

„Zwei Jahre Garantie. Aber ich hoffe, sie tut ihren Dienst auch noch ein paar Jahre darüber hinaus – was man bei diesen modernen Geräten ja leider nie weiß!" Mit diesen Worten nahm Walter die alte Kaffeemaschine vom Stromnetz, platzierte an ihrer Stelle die neue samt einer Packung gut sortierter Kaffeekapseln und hielt Esther die zugehörige Gebrauchsanweisung unter die Nase. „Lies dir diese Hinweise bitte genau durch, ehe du die Maschine in Betrieb nimmst!"

„Aber ich habe doch kein Wort gesagt ... woher weißt du ...?", stammelte Esther, sobald sie ihre erste Überraschung einigermaßen überwunden hatte.

„Nun, ich müsste schon blind sein, um nicht zu bemerken, wie missbilligend du jedes Mal das Gesicht verziehst, wenn du mit meiner alten Maschine Kaffee kochst! Außerdem", er deutete auf eine der mitgelieferten verschiedenfarbigen Kapseln, „habe ich mir sagen lassen, dass man damit auch schmackhaften Tee zubereiten kann. Du siehst also, ich ziehe durchaus auch meinen Nutzen aus der Anschaffung dieser Maschine!"

„Sicher – ja. Aber das hättest du nicht ... ganz herzlichen Dank, Walter!" In ihrer Verlegenheit ergriff Esther Walters Hand und drückte sie.

„Schon in Ordnung!" Schnell zog er seine Hand zurück und fuhr fort: „Darüber hinaus habe ich mir während meines Heimwegs Gedanken über deine Wohnsituation gemacht, Esther. Unsere momentane Lösung kann, so vorteilhaft sie übergangsweise auch sein mag, keine dauerhafte sein, das wissen wir beide. Ebenso wenig aber kannst du zu dieser Jahreszeit in ein Haus ohne Heizmöglichkeit zurückkehren. Folglich musst du eine Entscheidung über dein weiteres Vorgehen treffen, und zwar bald. Entweder lässt du so rasch wie möglich eine neue Heizanlage einbauen, oder aber du ringst dich vernünftigerweise dazu durch, das heruntergewirtschaftete, baufällige Haus zu verkaufen. Wobei du auch bei Zweiterem mit funktionierender Heizung vermutlich die bessere Ausgangsposition hättest. Im Winter ein ungeheiztes Haus zum Verkauf anzubieten ist nicht unbedingt vorteilhaft, möchte ich behaupten. Aus diesem Grund wäre ich dazu bereit, dir privat einen Kredit zur Verfügung zu stellen. Auf der Stelle und zinslos, das versteht sich von selbst!"

„Das würdest du tun? Sogar, wenn ich Jahre dazu benötigen würde, die Summe zurückzuzahlen, was, ehrlich gestanden, tatsächlich der Fall wäre?"

„Selbst unter diesen Voraussetzungen!", nickte Walter.

„Das ist wirklich ausgesprochen nett von dir, Walter." Esther war gerührt. Nicht genug, dass er nur ihr zuliebe eine neue Kaffeemaschine angeschafft hatte, machte er sich auch noch derart weitreichende Gedanken um ihre Zukunft – während sie ihn mit ihren heimlichen Nachforschungen hinterging! Beschämt senkte sie den Kopf, damit Walter nicht sah, wie ihr Gesicht sich rötete.

Und dennoch sträubte sich irgendetwas in ihrem Inneren dagegen, seine Ratschläge beziehungsweise sein Geld anzunehmen. Erkaufte er sich damit nicht so etwas wie ein Mitbestimmungsrecht über ihre künftigen Entscheidungen? „Aber du musst verstehen, dass ich eine derartige Entscheidung nicht von heute auf morgen treffen kann!", wandte sie deshalb entschlossen ein. „Gehen wir einmal davon aus, ich nehme jetzt dein Geld an und erneuere die Heizung, um bald wieder einziehen zu können – also ganz, wie du eben als erste Option vorgeschlagen hast –, nur damit im nächsten Jahr ein neues Dach fällig ist und ich wieder vor einem ähnlichen Problem stehe – da käme ich mir dir gegenüber wirklich schäbig vor! Vor allem, weil es dir deinen Worten nach ohnehin lieber wäre, wenn ich das alte Haus sofort abstoße!" Selbst auf die Gefahr hin, unangemessen leidenschaftlich zu klingen, unterstrich sie den Ausdruck „abstoßen" mit einer entsprechenden Handbewegung.

„Das hat mit ‚lieber sein' nichts zu tun, Esther, sondern ist lediglich sachlich und vorausschauend gedacht!", begütigte Walter.

„Mag sein. Trotzdem brauche ich mehr Zeit für diese Entscheidung. Ich hänge nun mal an meinem Zuhause! Also nimm es mir bitte nicht übel, wenn ich noch eine Weile alle Möglichkeiten abwäge. Falls es dir lieber ist, gehe ich während dieser Zeit auch bereits zurück nach Hause!" Auch wenn dies für Walters Ohren furchtbar eigensinnig klingen musste, Esther konnte nicht anders.

„Das ist nicht nötig, Esther, mein Angebot steht auf jeden Fall. Aber bedenke bitte: Du musst eine endgültige Lösung finden, und die Zeit spielt dabei nicht unbedingt *für* dich!“ Damit kehrte Walter ihr den Rücken zu und verließ die Küche.

Was auch immer er mit seiner Bemerkung über das Spiel der Zeit hatte sagen wollen, Esther war entschlossen, diese eventuell lebensverändernde Entscheidung nicht zu übereilen. Sie würde sich Zeit nehmen, und zwar genau so viel Zeit, wie es eben dauerte, bis Gott ihr auf irgendeine Art die richtige Richtung wies. Seine Führung war es doch, worauf es hauptsächlich ankam, und nicht Walters Meinung. Am besten, sie begann auf der Stelle damit, um Weisung zu beten.

Unter dem Rand seines Fahrradhelms wischte Hajo sich den Schweiß von der Stirn. Wie konnte er an einem Dezembertag im Wald nur derart ins Schwitzen kommen? Das Wetter spielte in der Tat verrückt in diesem Spätherbst: Im November auf einmal so föhnig warm, wie er es in seiner mitteldeutschen Heimat noch nie erlebt hatte, gefolgt von Tagen, in denen ein eisiger Sturm selbst die Arbeiten an dem neuen Streckenabschnitt der Autobahn lahmgelegt hatte, und nun in der Adventszeit war es wieder derart frühlingshaft, dass er zum Fahrradfahren eine Sonnenbrille benötigte und die Winterausrüstung im Grunde völlig überflüssig war. Andererseits gab es Schlimmeres als diese jahreszeitlich unpassende Wärme, die es ihm möglich machte, die fünfzehn Kilometer lange Strecke bis zu Esthers Haus per Bike zurück zu legen.

Esther – der Gedanke an sie ließ ihn voller Elan über eine Baumwurzel springen, die aus dem Waldboden hervorragte. Seit ihrer ersten Verabredung mit dem Kinobesuch hatten Esther und er zwei weitere Sonntage miteinander verbracht, vormittags im Gottesdienst und nachmittags mit ausgedehnten Spaziergängen im Park oder am Kanal entlang, verbunden mit Kaffeebesuchen zum Aufwärmen oder einem Zwischenstopp im Irish Pub, den Esther unter anderem wegen der Musik gern aufsuchte. Der Gesprächsstoff war ihnen dabei niemals ausgegangen, und – so war zumindest sein Eindruck – sie hatten sich bereits besser kennengelernt, als ihm dies bislang bei all seinen neuen Arbeitskollegen zusammengenommen gelungen war. Esther war nicht nur die liebevolle Mutter zweier erwachsener Töchter, pflichtbewusste (wenn auch technisch vollkommen unbedarfte) Filialleiterin des Drogeriemarktes und loyale Cousine eines leicht exzentrischen Professors, sondern gleichzeitig auf natürliche Weise hübsch, äußerlich und innerlich jung geblieben, freundlich, humorvoll und empfänglich nicht nur für seine Scherze, sondern ebenso für seine Zuneigung. Eine so wahrhaftige Reaktion voller Mitgefühl wie ihre, als er von seiner geplatzten Verlobung gesprochen hatte, hatte er bei diesem heiklen Thema noch selten erlebt.

Umso glücklicher war Hajo darüber, dass er die Karten von Anfang an offen auf den Tisch gelegt hatte. Eine Beziehung, die nicht auf Offenheit und Ehrlichkeit beruhte, konnte niemals funktionieren – egal, ob nun in seinem und Esthers Alter oder damals, als er jung gewesen war, wie die Erfahrung ihn gelehrt hatte. Im Gegensatz zu damals jedoch hatten Esther und er in ihrem Glauben an Gott bereits ein gemeinsames Fundament, auf dem mit der Zeit vielleicht mehr als eine freundschaftliche Beziehung wachsen konnte. Das hoffte Hajo zumindest, und zwar von ganzem Herzen, denn er gestand sich unumwunden ein: Er hatte sich in Esther verliebt. Ihr Anblick, egal, ob in weißer Arbeitskluft im Drogeriemarkt oder in Jeans, Stiefeln und Schal wie bei ihrer ersten Verabredung, verwandelte ihn wieder in einen unbeholfenen Sechzehnjährigen, und der Gedanke an ihr heutiges Treffen erfüllte ihn mit Freude und ungebremster Energie.

Mit sanftem Federn setzten seine Reifen hinter der Baumwurzel wieder auf dem Boden auf und er legte sich in die nächste Kurve, als gelte es, ein Rennen zu gewinnen. Der Wald vor ihm lichtete sich zusehends, und er erkannte die Konturen der ersten Häuser von Esthers Wohnort. Er hatte sein Ziel, die altmodischen kleinen Siedlerhäuser am Ortsrand, erreicht.

Von der Stelle aus, an der der Waldweg auf die schmale Teerstraße stieß, erblickte er in der Garageneinfahrt auch bereits ihren alten, grünen Corsa. Esther selbst schritt gerade auf die Haustür zu, doch als sie Hajo auf sich zukommen sah, blieb sie stehen, und wenn er sich nicht sehr täuschte, hellte ihr Gesicht sich deutlich auf.

Er lehnte sein Fahrrad neben ihrem Corsa an die Garagenmauer und eilte auf sie zu, während er gleichzeitig den Verschluss seines Helmes öffnete. „Hallo, Esther, ich hoffe, du hast nicht allzu lange auf mich gewartet!“, stieß er leicht atemlos hervor, nur um sich gleich darauf selbst im Stillen zu schelten, dass ihm keine geistreichere Begrüßung eingefallen war. Natürlich hatte sie nicht lange auf ihn gewartet, wenn sie mit dem Schlüssel in der Hand eben erst auf die Haustür zuschritt!

Zum Ausgleich für seine Einfallslosigkeit nahm er sie kurzerhand in die Arme. Esther versteifte sich ein wenig, vermutlich vor Überraschung, denn bislang hatten sie sich lediglich per Handschlag begrüßt, doch nur für einen Augenblick. Dann legte sie ihre Arme auch um ihn und ihre Wange streifte die seine.

Hajo hielt den Atem an. Ihre Haut war so weich, dass er fürchtete, sein Bart würde Kratzer darauf hinterlassen, und sie duftete leicht nach Parfüm. Oder war es der Duft ihres Shampoos, der von ihrem glänzenden dunklen Haar ausging? Was es auch war, Esther zog ihre Arme viel zu rasch zurück, sodass er sie zu seinem Bedauern ebenfalls loslassen musste.

„Und, war die Route durch den Wald so anstrengend, dass du es bereust, das Fahrrad genommen zu haben?“, fragte sie.

„Ganz und gar nicht! Der Weg war genauso, wie ich ihn liebe: holprig, kurvig und abwechslungsreich. Die Fahrt war das reinste Vergnügen – abgesehen davon, dass ich bei diesen Temperaturen doch ein wenig ins Schwitzen geraten bin!“ Er fuhr sich mit der Hand durchs Haar, das unter dem Helm tatsächlich feucht geworden war.

„Na, du wirst sehen, im Haus ist es mit der Wärme schnell vorbei!“ Esther drehte ihren Schlüssel im Schloss, ruckte mit der anderen Hand zeitgleich gekonnt am Türknauf, und die Tür sprang nach innen auf. „So, da wären wir!“

Bei dem dumpfen Geruch, der ihnen entgegenschlug, fügte sie entschuldigend hinzu: „Tut mir leid, dass ich dir das Haus nicht in einem freundlicheren Zustand präsentieren kann, Hajo!“

„Nicht nötig, dass du dich entschuldigst. Schließlich bin ich nicht als potenzieller Käufer hier, sondern um dir mit Rat und Tat zur Seite zu stehen. Also darfst du getrost alle Schattenseiten und Mängel offenlegen!", entgegnete Hajo.

Als er Esther bei ihrem letzten Telefonat den Vorschlag gemacht hatte, das Haus einmal zu besichtigen, sodass sie neben Walters Meinung und der des Heizungsfachmannes eine weitere durch eine gewissermaßen unbeteiligte Person erhielt, war sie gern darauf eingegangen. Hajo freute sich über diesen Beweis des Vertrauens, das sie ihm entgegenbrachte. Ein deutlicher Hinweis, wie weit ihre Freundschaft bereits gediehen war ... Auf jeden Fall hatte er nicht die Absicht, sie heute zu enttäuschen!

„Was willst du zuerst sehen, Hajo: Die besten oder die schlimmsten Seiten meines Hauses? Im ersten Fall beginnen wir im Keller mit Rohrsystem und Heizung und arbeiten uns langsam nach oben, andernfalls begeben wir uns erst mal hier hinein!" Mit dem Kinn wies sie den Flur entlang, der am Fuß einer alten Holztreppe vorbei vermutlich in die Wohnräume führte.

„Zeig mir bitte zuerst, was du an deinem Zuhause liebst, Esther. Es würde mir viel bedeuten, das zu sehen, und möglicherweise fällt es dir danach leichter, mir auch das Negative zu präsentieren."

„Gut, dann also hier entlang!"

Esther öffnete die erste Tür und helles Sonnenlicht flutete hindurch, erhellte das Treppenhaus und nahm der düsteren, bedrückenden Atmosphäre augenblicklich den Wind aus den Segeln. Vor Hajos Augen lag ein offener und, an der geringen Grundfläche des Hauses gemessen, durchaus großzügiger Wohn- und Essbereich. Zwei Türen gingen davon ab, eine vermutlich in die Küche, und eine breite Glastür führte unmittelbar auf eine überdachte Terrasse, die Ausblick auf einen großen, baumbestandenen Garten bot. Das hervorstechendste Merkmal des Raumes aber war die Behaglichkeit, die er trotz der Kühle versprühte. Warme Farben an den Wänden, eine Sammlung gerahmter Familienbilder in der Essecke, leicht verschlissene und mit reichlich Kissen versehene Sitzmöbel, Regale voller Bücher und an jeder Ecke die Spuren einer detailverliebten weiblichen Hand.

Dies also war Esthers Zuhause, das Heim, das sie im Lauf der

Zeit für sich und ihre Töchter geschaffen hatte und an dem ihr Herz hing.

„Ich kann deine Haltung verstehen!", erklärte er spontan. „Als ich hierher zog, ließ ich lediglich ein paar Möbel und eine Wohnung zurück, die ohnehin niemals meine war, aber du ... für dich würde der Verkauf deines Hauses bedeuten, dich nicht nur von Dingen, sondern von einem wichtigen Teil deines Lebens zu verabschieden, und ich muss zugeben, diesen Gedanken fände ich auch beängstigend!"

„Tatsächlich? Danke für dein Verständnis, Hajo. Ich habe schon befürchtet, nur ich wäre so sentimental!" Esther hatte die Augen auf den ausgetretenen Parkettboden geheftet.

„Nein, ganz sicher nicht!" Am liebsten hätte er Esther auf der Stelle erneut in den Arm genommen und sie an sich gedrückt, bis ihre bekümmerten Züge sich wieder entspannten und ihr mittlerweile so vertrautes Lächeln zurückkehrte. Aber er wollte nicht unbedacht voranpreschen. Um sich abzulenken, trat er näher an die Regale heran und fuhr mit dem Zeigefinger sachte die Buchrücken entlang.

„Du liebst Bücher, wie mir scheint!", bemerkte er dabei.

„So ist es, ja! Es gibt nichts Entspannenderes als ein fesselndes Buch, finde ich!" Esthers Mundwinkel hoben sich sichtlich.

„Das ist schön – vor allem, weil du jetzt wieder lächelst! Wenn Bücher eine solche Wirkung auf dich haben, solltest du viel mehr damit zu tun haben, finde ich, vielleicht sogar beruflich. Weshalb wechselst du nicht einfach vom Drogeriemarkt in eine Buchhandlung?"

„Auf den Gedanken bin ich ehrlich gesagt noch gar nicht gekommen. Aber ich vermute, es wäre auch nicht dasselbe, beruflich mit Büchern umzugehen! Ich schätze, ich lese lieber nur zum Vergnügen." Ihr Lächeln vertiefte sich, wobei ihre Lippen sich in der Mitte kräuselten und die Mundwinkel steil nach oben zeigten.

„Schade. Obwohl ich auch nichts dagegen habe, wenn du dieses verträumte Lächeln künftig nur mir schenkst!" Hajo streckte die Hand aus – die Versuchung, mit dem Finger ihre Lippen zu berühren, war einfach zu groß. Doch Esther wich zurück.

„Hier drüben geht es in die Küche, also zum Schauplatz meines

Abflussmalheurs!" Damit ging sie Hajo voraus. Er folgte ihr seufzend. Esther war noch nicht so weit, das war offensichtlich. So sehr seine Gefühle für sie auch vorangaloppierten, er musste ihr ausreichend Zeit lassen.

Die unterschiedlichsten Gefühle stritten in Esther, während sie Hajo durch die übrigen Räume des Hauses führte: So etwas wie Unbehagen, weil sie ihm gleichzeitig mit dem Haus ein ganzes Stück ihrer Persönlichkeit offenbarte; Freude über seine Anteilnahme an ihren Problemen und seine Bemühungen darum, eine Lösung zu finden; und Verlegenheit bezüglich seiner unüberhörbaren Komplimente und der körperlichen Anziehungskraft, die er auf sie ausübte.

Zuerst die Umarmung, die sich für sie definitiv anders angefühlt hatte als eine bloße Begrüßungs-Umarmung, dann die Situation im Wohnzimmer, als er seine Hand ausstreckte, als wollte er sie an sich ziehen ... Vor lauter Verlegenheit hätte sie, da sie ohnehin beim Thema waren, beinahe begonnen, von dem verborgenen Buchladen zu plappern, und war gerade im letzten Augenblick noch zu dem eigentlichen Zweck ihrer Hausbesichtigung zurückgekehrt.

Sie setzte große Hoffnungen auf Hajos Beurteilung des Hauses, auf einen Rat, der ihr letztendlich bei einer Entscheidung helfen würde. Als sie schlussendlich wieder im Hauseingang anlangten, musterte sie deshalb besorgt seine ernste Miene.

„Ich weiß wirklich nicht, was ich dir raten soll, Esther!", erklärte er nachdenklich. „Du weißt, ich bin Straßenbauingenieur und damit kein wirklicher Fachmann, was Häuser angeht, aber ein halbwegs verlässliches Urteil über die Bausubstanz, den Zustand von Leitungen und Ähnlichem kann ich doch abgeben – und dieses Urteil fällt nicht sehr erfreulich aus: Ich fürchte, um das Haus in annehmbaren Zustand zu erhalten, müsstest du in den kommenden Jahren erheblich mehr Geld hineinstecken als nur die Summe für die Heizung. Eine neue Heizung macht nur mit entsprechender Isolierung von außen wirklich Sinn – und dass diese nicht passt, siehst du an dem beginnenden Schimmelproblem in der Küche. Dringend ausgetauscht werden müssten auch die undichten Fenster, und das Dach …"

Seine Aufzählung und die darauf folgenden tröstenden, aufmunternden Worte klangen noch immer in Esthers Ohr, als sie später an diesem Abend mit Emma telefonierte. Walter hatte ihr sein Arbeitszimmer zur Verfügung gestellt, damit sie sich ungestört mit ihrer Tochter unterhalten konnte, nachdem sie schweigsam und bedrückt von ihrem Termin mit Hajo zurückgekehrt war.

„Du siehst blass aus, Mama!" Prüfend blickten Emmas Augen ihr vom Bildschirm entgegen. „Bist du noch immer nicht ganz gesund oder hattest du vielleicht keinen schönen ersten Advent?"

Esther schüttelte den Kopf. Auf diesen letzteren Gedanken konnte auch nur eine ihrer Töchter kommen, die wussten, wie sehr Esther die Vorweihnachtszeit normalerweise genoss. „Nein, das ist es nicht! Ehrlich gesagt ist mir noch gar nicht richtig bewusst, dass wir heute den ersten Advent haben. Aber ich bin etwas demoralisiert, nachdem ich heute Nachmittag daheim war und mir Hajos Meinung zum Zustand unseres Hauses angehört habe."

„Ach so." Emma verstummte. Ob es ihr missfiel, dass ihre Mutter einem Mann, den Emma nicht persönlich kannte, ihr Haus zeigte, konnte Esther nicht beurteilen, jedenfalls wechselte Emma das Thema: „Du weißt ja, dass ich dieses Jahr zu Weihnachten nicht nach Hause kommen kann, nicht? Das Hotel ist dermaßen ausgebucht, dass ich unmöglich weg kann. Aber vielleicht wollt ihr beide über die Feiertage ja zu mir kommen, du und Juli? Der Gedanke kommt mir zwar gerade erst und ich werde auch nicht viel Zeit für euch haben, außerdem müsstet ihr mit in meinem Zimmer schlafen, aber zumindest könntet ihr beide euch ein paar schöne Tage in den Bergen machen, mal wieder Skifahren gehen …"

„Das ist eine tolle Idee, Emma, die ich an Juli weitergeben werde, aber in meinem Fall wird daraus nichts werden, fürchte ich. Ich kann hier nicht weg – nicht jetzt!"

„Warum denn nicht?" Emma klang tatsächlich gereizt. „Das Haus wird schon nicht ausgerechnet in den paar Tagen, die du unterwegs wärest, einfrieren oder einstürzen oder etwas in der Art! Oder ist es wegen …"

„Richtig, wegen Walter!“ Jeden anderen Gedanken verbot Esther sich selbst. Der Keimling einer Beziehung mit Hajo war noch zu zart, um bereits an die Oberfläche gezerrt zu werden. „Ich möchte meinen Cousin während der Feiertage nicht allein lassen. Mit Sicherheit hat er bereits genügend einsame Weihnachtsfeste hinter sich.“

„Aha.“ Emma senkte ihren Blick auf einen für Esther unsichtbaren Gegenstand und schwieg. Sie spürte, dass ihre Argumentation ihre Tochter nicht wirklich überzeugt hatte. Doch wenige Augenblicke später hatte Emma sich wieder gefangen. „Na dann – schade. Wäre schön gewesen, euch hier zu haben. Ich glaube nämlich kaum, dass Juli ohne dich kommen wird. Sie lässt dich nicht allein mit Walter sitzen, da gehe ich jede Wette ein!“

„Nun, das überlasse ich ganz ihr! Vielleicht überrascht sie dich ja und kommt doch? Auf jeden Fall wirst du mit Oma und Opa trotz aller Hektik eine schöne Zeit haben, und ich bin fest entschlossen, es mit Walter ebenso zu halten!“

„Finde ich gut!“, gestand Emma endlich ein. „Und wer weiß, am Ende ist damit sogar euch beiden geholfen!“

Mit dieser bedeutungsvollen Bemerkung wandte sie sich einem anderen Thema zu und Esther begann sich im Stillen zu fragen, wie und wann sie damit beginnen sollte, Walter für ihre soeben spontan geschmiedeten Weihnachtspläne zu gewinnen. Einfach würde das nicht werden, vermutete sie, aber es gab ihr eine Aufgabe. Eine erfreuliche und *sinnvolle* Aufgabe, die alle übrigen Entscheidungen erst mal in den Hintergrund drängte.

„Walter?“

Zögernd legte Esther den Prospekt beiseite, den sie eben halbherzig betrachtet hatte. Es handelte sich um die Werbebroschüre eines Heizungsinstallateurs, die Walter ihr heute auf seinem Heimweg besorgt hatte. Im Gegensatz zu ihr informierte er sich bereits eifrig über umweltfreundliche und kostengünstige Heizanlagen, und dies war nicht die erste Informationsbroschüre, die er ihr in die Hand gedrückt hatte. Doch Esther verfolgte ein ganz anderes Anliegen: Morgen war der zweite Advent, und noch immer hatte sie Walter nicht in ihre Weihnachtspläne eingeweiht. Irgendwie hatte sich bislang nicht die richtige Gelegenheit dazu ergeben, sodass sie die Sache nun endlich angehen musste. Mehr als eine Absage konnte er ihr schließlich nicht erteilen – und selbst in diesem Fall blieb ihr immer noch die Option, zu Emma und ihren Eltern in die Schweiz zu fahren. Wenn Walter sie nur nicht derart kritisch über den Rand seiner Lesebrille hinweg mustern würde!

Sie fasste sich ein Herz und murmelte: „Ich weiß, es sind noch ein paar Tage bis dahin, aber für die Vorbereitungen ist es ja nie zu früh. Deshalb wollte ich dich fragen, ob du bereits Pläne für Weihnachten hast, also Heiligabend und die beiden Feiertage?"

„Nun, das kommt ganz darauf an, was du unter Plänen verstehst!", gab er umständlich zurück. „Ich werde wie jedes Jahr an Heiligabend zum Essen ausgehen und während der Feiertage hier zu Hause meine Ruhe genießen – falls du so freundlich bist, mir die Mahlzeiten dafür vorzubereiten. Weshalb fragst du?"

„Weil – okay … ich frage mich …", nervös spielten ihre Finger mit einer Ecke des Heizungsprospektes, „ob du etwas dagegen hättest, wenn wir das Fest gemeinsam verbringen? Ich meine, du bist allein, ich bin allein, zumindest, falls Juli etwas anderes vorhat, und …"

„Ich wüsste nicht, was dagegen spräche!", unterbrach Walter ihr Stammeln. „Vor allem, da du wegen deines Hauses noch Bedenkzeit brauchst und zu Weihnachten vermutlich ohnehin hier sein wirst. Meinetwegen kann auch deine Tochter zu uns stoßen. Aber eines bitte ich mir aus: Mach keine allzu großartige Angelegenheit aus diesen Feiertagen! Ein gutes Essen und Kerzenlicht sind in Ordnung, auf den übrigen Rummel aber verzichte ich lieber!"

„Was genau verstehst du unter dem ‚übrigen Rummel'?", hakte Esther nach, sobald sie die erste Überraschung über seine nicht unbedingt freudige, aber zumindest widerstandslose Zustimmung überwunden hatte.

„Alles – in der Hauptsache jedoch die krampfhafte Suche nach sinnlosen Geschenken, die allein dem Kommerz und dem übertriebenen Konsumverhalten der heutigen Gesellschaft dient!"

„Ein Weihnachtsgottesdienst und ein kleiner Christbaum wären demnach in Ordnung für dich?"

„Wenn du unbedingt darauf bestehst und dich selbst um einen Baum kümmerst, meinetwegen!"

Sehr glücklich wirkte Walter nicht bei diesem Zugeständnis, doch Esther war zufrieden. Auch wenn Weihnachten unter diesen Bedingungen ganz anders ausfallen würde als ihre bisherigen Familien-Weihnachtsfeste im liebevoll und ausgiebig dekorierten Haus – es war vermutlich das Beste, was unter den gegebenen Umständen möglich war.

„Schön!", lächelte sie. „Ich kümmere mich um alles!" *Und zwar einschließlich eines kleinen Geschenks für dich*, fügte sie im Stillen hinzu. Für eine mit Bedacht ausgesuchte Kleinigkeit würde Walter trotz seiner momentanen Abwehrhaltung bestimmt nicht unempfänglich sein, und es bereitete ihr selbst nun einmal die größte Freude, andere zu beschenken. Bestimmt würde sie auch für Hajo etwas Entsprechendes finden – falls es sich ergeben sollte, dass sie einander während der Feiertage trafen. In Gedanken wälzte Esther bereits alle möglichen und unmöglichen Geschenkideen, während Walter sich wieder seiner allabendlichen Fachlektüre zuwandte.

Kapitel 11

Ob ich nun wenig oder viel habe,
beides ist mir durchaus vertraut,
und so kann ich mit beidem
fertig werden: ich kann satt sein und hungern;
ich kann Mangel leiden und Überfluss haben.
Alles kann ich durch Christus, der mir Kraft
und Stärke gibt.
(Philipper 4,12–13)

Unbehaglich rückte Walter seinen Stuhl zurecht und wünschte, er hätte sich nicht von Esther zu diesem Gottesdienstbesuch überreden lassen. Seit Jahrzehnten hatte er keine Christmette mehr besucht, genauso wenig wie jede andere Art von Gottesdienst, und Esthers Kirchengemeinde war nicht unbedingt das, was er unter einer würdevollen Versammlung verstand. Der Gottesdienstraum war ein schlichter, nur mit einem Kreuz und einem Adventsgesteck geschmückter Saal, anstelle eines Altars fand sich vorne lediglich ein Rednerpult, und die Gottesdienstbesucher bestanden seiner Schätzung nach zur Hälfte aus Kindern und Jugendlichen. Die sich momentan, etwa zwei Minuten vor Gottesdienstbeginn, lärmend und lachend durch die Stuhlreihen schoben beziehungsweise ihren Eltern und allen übrigen Erwachsenen zwischen den Füßen herumsprangen.

Walter zog vorsichtshalber seine langen Beine ein und warf Esther einen befremdeten Blick zu, doch diese war zu beschäftigt damit, die Umsitzenden zu begrüßen, als ihm Beachtung zu schenken. Zu seiner Erleichterung legte sich das Chaos kurz darauf und der Chor setzte mit dem ersten Lied ein, einem traditionellen und durchaus feierlich vorgetragenen Weihnachtslied. Diesem wiederum folgte anstelle des üblichen Krippenspiels ein von Kindern und Erwachsenen gemeinsam gespieltes Theaterstück, das hauptsächlich vom Improvisationstalent der Darsteller lebte und dessen Aussage Walter größtenteils verborgen blieb. Dennoch applaudierten alle Zuschauer einschließlich Esther mit Begeisterung und nach einem weiteren, diesmal von der ganzen Gemeinde gesungenen Lied betrat eine Frau die provisorische Bühne. Trotz ihres jungen Alters von höchstens Mitte 30 stützte sie sich dabei schwer auf eine Gehhilfe, und statt hinter dem Rednerpult Aufstellung zu nehmen, ließ sie sich mit bedächtigen Bewegungen in einem Stuhl nieder. Ein Helfer reichte ihr eine Bibel und ein Mikrofon, und noch während sie mit bebender Hand in dem abgegriffenen Buch blätterte, wurde es vollkommen still im Zuschauerraum.

Walter spürte, wie sein Widerstand gegen diese ungewohnte Art des Gottesdienstes schwand, stattdessen ergriff eine plötzliche Erwartung Besitz von ihm. Was für eine Botschaft mochte diese junge Frau ihren Zuhörern mitzuteilen haben?

Mit leiser, wohlklingender Stimme begann sie nun zu lesen: *„Doch nicht ewig bleibt das Dunkel über dem, der von der Finsternis bedrängt ist. (...) Das Volk, das im Dunkel lebt, sieht ein großes Licht. Die im Land der Finsternis wohnen, Licht leuchtet über ihnen. Du vermehrst den Jubel, du machst die Freude groß. Sie freuen sich vor dir, wie man sich freut in der Ernste, wie man jauchzt beim Verteilen der Beute. Denn das Joch ihrer Last, den Stab auf ihrer Schulter, den Stock ihres Treibers zerbrichst du (...). Denn jeder Stiefel, der dröhnend einherstampft, und jeder Mantel, in Blut gewälzt, fällt dem Brand anheim, wird ein Fraß des Feuers. Denn ein Kind ist uns geboren, ein Sohn ist uns gegeben, und die Herrschaft ruht auf seiner Schulter; und man nennt seinen Namen: Wunderbarer Ratgeber, starker Gott, Vater der Ewigkeit, Fürst des Friedens. Groß ist die Herrschaft, und der Friede wird kein Ende haben auf dem Thron Davids und über seinem Königreich, es zu festigen und zu stützen durch Recht und Gerechtigkeit von nun an bis in Ewigkeit."*

Mit leisem Rascheln legte die Frau ihre Bibel nieder und verkündete: „Diese Worte des Propheten Jesaja sind heute erfüllt. Heute! Jesus, das Licht, kam mit seiner Geburt zu uns auf die Erde und ist noch immer mitten unter uns. Heute! Der wunderbare Ratgeber, der Friedensfürst lebt in unserer Mitte – heute leuchtet sein Licht über uns! Ich will sein Licht hineinlassen in meine ganz persönliche Dunkelheit, will den starken Gott den Stock meines Treibers zerbrechen lassen und meine Last auf seine Schultern legen, sodass ich mit dem Psalmisten sagen kann: *Herr, du hast Licht in mein Leben gebracht, du, mein Gott, hast meine Finsternis erhellt!*"

Ihre Stimme verhallte, und für etliche Sekunden lag andächtiges Schweigen über der Versammlung, ehe die junge Frau sich wieder erhob und von der Bühne quälte. Walter war tief beeindruckt. Wie oft hatte er den ersten Teil dieser Bibelstelle in früheren Zeiten als Lesung gehört; in wie vielen Gottesdiensten, ob mit oder ohne Marianne, hatte er früher schon gesessen und diesen Worten gelauscht? Aber nie hatten sie ihn derart gepackt wie heute. Diese Frau wusste, wovon sie sprach, davon zeugten nicht nur ihre mühsamen Bewegungen und ihr schmerzlicher Gesichtsausdruck, sondern gerade die inbrünstige Schlichtheit ihrer kleinen Ansprache. Sie wusste, wie es sich anfühlte, ohne jeglichen Lichtschimmer im Dunkeln zu sitzen und schwere Lasten aus Schmerz und Leid zu tragen ...

Die übrigen Beiträge des Gottesdienstes liefen nahezu unbemerkt vor Walter ab, so getroffen war er von der Erkenntnis, dass Menschen, die möglicherweise noch mehr Leid in ihrem Leben erfahren hatten als er, trotz allem an der Wahrheit der Bibel festhielten. Wobei „festhalten" nicht ganz der zutreffende Ausdruck war, vielmehr *erlebten* sie anscheinend die Wahrheit der biblischen Verheißung am eigenen Leib.

Während des gesamten Abends, an dem er, Esther und Juli miteinander Käsefondue aßen, die Lichter am Baum anzündeten, ein paar bescheidene Geschenke austauschten (von Esthers Vorbereitungseifer angesteckt hatte er sich dazu hinreißen lassen, zum ersten Mal seit vielen Jahren einen Buchladen zu betreten und ein Geschenk für sie und ihre Tochter zu kaufen) und dann noch gemütlich bei Kaminfeuer, Musik und Baseler Leckerli zusammensaßen, ließ ihn die Erinnerung an die Worte dieser jungen Frau nicht mehr los.

In seinem Innern begann sich eine Ahnung davon auszubreiten, dass auch für ihn die Möglichkeit bestand, die leidgeprägten, dunklen Erlebnisse der Vergangenheit hinter sich zu lassen und hinauszutreten in den hellen Schein einer versöhnten, mit Frieden und vielleicht sogar Freude erfüllten Gegenwart.

Esther summte gutgelaunt vor sich hin. Das Geschirr ihres üppigen Weihnachtsmahles, auf Walters Wunsch bestehend aus Kasseler Schinken in Pastete mit Sauerkraut und Kartoffelklößen sowie Bratäpfeln zum Nachtisch, war ordnungsgemäß wieder verstaut, und vor ihr lagen die restlichen Stunden des ersten Feiertages zu ihrer freien Verfügung. Überhaupt war das Fest bislang zwar ungewohnt, aber doch harmonischer und angenehmer verlaufen, als Esther zu hoffen gewagt hatte.

Erstaunlich bereitwillig hatte Walter sich auf ihre Vorstellungen eingelassen: Er war nicht nur gemeinsam mit ihr und Juli in den Gottesdienst gegangen, sondern hatte auch mit ihnen zu Hause Käsefondue gegessen, statt auszugehen, und sich tatsächlich mit eigenen Geschenken an ihrer bescheidenen kleinen Bescherung beteiligt. Den silbernen Kugelschreiber mit eingraviertem Namenszug von Esther hatte er ebenso dankend entgegengenommen wie ein ganzes Buch mit anspruchsvollen Sudokus von Juli. Und insgesamt hatte er sich umgänglicher und geselliger gezeigt, als Esther ihn bislang erlebt hatte. Sogar zu einer Runde Scrabble hatte er sich im Lauf des Heiligabends bereiterklärt – und natürlich prompt gewonnen. Auch ohne die Begriffe seines Fachgebietes war sein Wortschatz enorm, sodass Juli und sie sich gelegentlich fassungslose Blicke zugeworfen hatten, wenn Walter an der Reihe war, ein Wort zu legen.

Ja, bis hierher war es wirklich ein friedliches, ruhiges Fest gewesen, und einer der Höhepunkte lag immer noch vor Esther, denn für den folgenden Morgen war sie mit Hajo verabredet. Den ersten Teil der Feiertage hatte dieser in seinem Elternhaus verbracht, da seine Mutter an Weihnachten auch ihren Geburtstag feierte, aber heute Abend würde er zurückkehren, sodass sie morgen in aller Frühe gemeinsam aufbrechen konnten. Es war Esthers Idee gewesen, einen Tag zum Skilaufen ins Allgäu zu fahren, um Hajo eine winterliche Alternative zum Fahrradfahren zu bieten, und er war nur zu gern darauf eingegangen.

Voller Vorfreude auf einen ganzen langen Tag in Hajos Gesellschaft lächelte sie vor sich hin, während sie Keiner Onkels Käfig öffnete und ihm eine halbe Orange reichte, über die er sofort gierig herfiel. Saft spritzte aus der aufgeschnittenen Frucht und tropfte von seinem weit geöffneten Schnabel. Der Papagei genoss die Feiertage auf seine ganz spezielle Art, indem er den ungewohnten Geräuschpegel in Walters Wohnung mit seinen eigenen Bemerkungen noch ein wenig anhob. Doch für einen solchen Leckerbissen legte er gerne eine Pause ein. Esther streichelte ihm kurz über sein Gefieder und gesellte sich dann wieder zu Walter ins Wohnzimmer.

Er war soeben dabei, Feuerholz nachzulegen, hob jedoch den Kopf, als er Esther bemerkte. Die warmen Lichter des Weihnachtsbaumes in der Ecke hinter dem Esstisch vermischten sich mit dem Schein der Flammen im Kaminofen und verliehen Walters kantigen Zügen etwas ungewohnt Weiches, Nachdenkliches. Esther wurde bewusst, dass sie mit ihrer Entscheidung, Weihnachten mit ihm zu verbringen, genau das Richtige getan hatte.

„Ich soll dir von Juli noch einmal ganz liebe Grüße ausrichten, Walter! Sie schickte mir eben vom Bahnhof aus eine Nachricht", bemerkte sie.

„Dann ist sie jetzt bereits auf dem Weg in die Schweiz?" Walter schloss die Ofenklappe und verharrte neben dem Weihnachtsbaum, wobei sein Kopf sich exakt auf Höhe der gläsernen Baumspitze befand.

„Richtig. Und ich muss sagen, ich freue mich, dass sie sich doch noch dazu entschieden hat, ihre Großeltern und Emma zu besuchen, nachdem sie den gestrigen Abend und das Weihnachtsessen mit uns verbracht hat!"

„Selbst wenn das bedeutet, dass du den Rest dieses Tages mit meiner Gesellschaft vorlieb nehmen musst?" Er musterte sie prüfend.

„Natürlich, weshalb nicht? Wir beide geben doch ein ganz nettes Pärchen ab, du mit deinen Rätseln und ich mit diesem Schmöker in der Hand!", scherzte Esther und griff nach dem umfangreichen historischen Roman, den Walter ihr geschenkt hatte. „Nochmals vielen Dank übrigens für das Buch, es ist wirklich gut! Ich könnte mich richtiggehend verlieren in der Geschichte dieser Frau – und dabei habe ich erst ein paar Seiten gelesen!"

„Nun, es freut mich, dass ich deinen Geschmack getroffen habe! In so einem Fall macht ein Weihnachtsgeschenk wenigstens Sinn!" Walter lächelte trocken.

„Mit Sicherheit!" Esther sank in ihre Lieblingssofaecke und streckte die vom stundenlangen Stehen in der Küche schmerzenden Beine von sich. „Es ist doch immer schön, einem anderen Menschen mit einem Geschenk Freude zu bereiten. Auch wenn es nicht nötig gewesen wäre, dass du eigens für mich in die Buchhandlung gehst!" Für den Bruchteil einer Sekunde streifte ihr Blick den Wandteppich in dem Wissen, dass Walter nicht weiter als bis dorthin hätte gehen müssen, um sie mit einem Buchgeschenk zu beglücken, und sie bedauerte, dass er es nicht getan hatte. Doch sie schob den Gedanken rasch wieder von sich und tröstete sich damit, dass sie nach den Feiertagen wieder Gelegenheit finden würde, sich in den verborgenen Laden zu begeben und die Bücher dort zu genießen.

Für heute jedenfalls wollte sie sich an dem Buch von Walter erfreuen. Es war zumindest ein sichtbarer Hinweis darauf, dass er allmählich so etwas wie verwandtschaftliche Zuneigung entwickelte. Zufrieden lauschte sie wie Walter noch einen Augenblick lang der weihnachtlichen Musik und nahm das friedliche Bild ihres Cousins vor dem Weihnachtsbaum in sich auf, dann blätterte sie zu der Seite, wo sie vergangene Nacht zu lesen aufgehört hatte, und vertiefte sich in den Roman.

Mit klarem Himmel und dennoch nicht wirklich kalt brach der Morgen des zweiten Weihnachtstages an, wie Hajo bei seinem ersten Blick aus dem Schlafzimmerfenster bemerkte. Voller Erwartung stieg er nach einer muntermachenden Dusche in seine neu erworbene Skibekleidung, nahm ein rasches Frühstück zu sich und machte sich, ausnahmsweise mit dem Wagen, auf den Weg zu Esther.

Sie musste ihn bereits erwartet haben, denn sowie er seinen geländegängigen Mazda am Straßenrand geparkt und die Hand nach der Türglocke neben Professor Ulrichs Namensschild ausgestreckte hatte, summte auch schon der Türöffner und durch die Sprechanlage ertönte ihre Stimme: „Guten Morgen, Hajo! Komm noch einen Moment herein ins Warme, ich bin gleich soweit. Muss nur noch rasch Keiner Onkel versorgen!"

„In Ordnung!" Er betrat die Wohnung, doch statt der geplanten Begrüßung entfuhr ihm bei ihrem Anblick ein bewunderndes „Wow!".

Esther sah wirklich atemberaubend sportlich aus in ihrer Skihose, die ihrem enganliegenden Schnitt und Material nach schon älteren Datums war und ihre schlanken Beine optisch noch ein gutes Stück länger machte. „Du siehst toll aus, Esther – wie eine geborene Skirennläuferin! Du hast mir nicht zufällig verschwiegen, dass du eigentlich eine ‚Zurbriggen' aus dem Wallis bist, oder?"

„Wo denkst du hin?", lachte Esther, während er ihr in die Küche zu Keiner Onkel folgte. „Die Zurbriggens sind nur entfernte Verwandte von uns – Vettern meiner Mutter oder etwas in der Art!"

„In diesem Fall", unkte Hajo, „werde ich wohl den ganzen Tag damit beschäftigt sein, bewundernd hinterher zu schauen, wie du mir mit fliegenden Fahnen davonrast! Oder noch besser, ich setze mich in eine Hütte an der Piste, winke dir jedes Mal kurz zu und gebe vor allen anderen damit an, dass ich dilettantischer Anfänger eine so begabte Schweizer Skiläuferin kenne!"

„Ach was, war nur ein Scherz!" Esther grinste, und der Papagei brach in keckerndes Gelächter aus, ehe er sich auf die Sonnenblumenkerne stürzte, die aus Esthers Hand in seine Futterschale rieselten.

„Und ich bin prompt darauf reingefallen!" Hajos Entrüstung währte nur einen Augenblick, dann packte er Esther bei den Schultern und schüttelte sie sanft. „Na warte, liebe Esther! Meine Vergeltung wird dich ereilen, wenn du am allerwenigsten damit rechnest!"

Ein auffälliges Räuspern von der Küchentür her unterbrach die beiden. Ruckartig löste Esther sich aus Hajos Griff, stellte sich stattdessen neben ihn und erklärte mit geröteten Wangen: „Darf ich vorstellen, Hajo: Mein Cousin, Professor Dr. Walter Ulrich! Walter, das ist Hans Joachim Kronberg – Hajo, ein Freund aus der Gemeinde! Wie ich dir bereits erzählte, gehen wir heute Skilaufen."

„Sehr erfreut, Professor Ulrich!"

„Herr Kronberg!"

Die beiden Männer schüttelten einander die Hand und Hajo fuhr charmant fort: „Vielen Dank, dass ich Ihre Cousine für heute entführen darf, Herr Professor!"

„Bringen Sie sie mir nur wohlbehalten wieder zurück, Kronberg! Selbst wenn sie keine geborene Zurbriggen ist, fürchte ich, dass sie wie alle Schweizer zu einem mindestens draufgängerischen Fahrstil neigt! Auch meine Frau war Schweizerin – ich weiß also, wovon ich spreche!"

Walters gerunzelte Stirn und sein schulmeisterlich strenger Blick verrieten Hajo, dass sein Gegenüber es mit dieser Bemerkung tatsächlich ernst meinte. „Nun dann, danke für Ihre Warnung! Ich werde mein Möglichstes tun, um Esther ein wenig zu bremsen!"

„Schön. Dann wünsche ich euch beiden viel Vergnügen und eine unfallfreie Fahrt. Auf Wiedersehen!" Damit kehrte der Professor ihnen den Rücken zu und Esther bedeutete Hajo, ihr zu folgen. Stumm zog sie in der Garderobe ihre Skijacke über, griff nach ihren übrigen Utensilien, und gemeinsam verließen sie das Haus.

„Walter ist nicht immer so, musst du wissen!", entschuldigte Esther ihren Cousin, während Hajo ihre Tasche im Kofferraum verstaute.

„So altväterlich streng, meinst du?"

„Richtig, und so schwarzmalerisch. Das hat sicher etwas mit dem Tod seiner Frau zu tun, wenn ich auch nichts Genaues darüber weiß. Und gerade in den letzten Tagen mit Juli und mir hat er sich wirklich bemüht, ein wenig umgänglicher zu sein."

„Schön zu hören." Hajo ließ den Kofferraumdeckel ins Schloss fallen, ging um seinen Wagen herum und öffnete Esther die Beifahrertür. „Dennoch bin ich froh, nicht in seinem Hörsaal sitzen und unter seinen missbilligenden Blicken lernen zu müssen! Aber jetzt", er ließ sich auf dem Fahrersitz nieder, „lass uns nicht mehr über deinen Cousin sprechen, sondern einfach diesen Tag genießen! Obwohl mir immer noch ein wenig bange ist in Bezug auf deine Rennläuferkünste ..."

Er verzog seinen Mund zu einem schiefen Grinsen, sodass Esther beruhigend erwiderte: „Kein Grund zur Sorge, Hajo! Du bist Sportler, hast gut trainierte Beinmuskeln und wirst den Dreh im Nu raushaben!"

„Na, das kann ich nur hoffen! Dann wollen wir mal!" Er drehte den Zündschlüssel und der Wagen setzte sich in Bewegung.

Vor Hajo lag ein ganzer Tag mit Esther, und er gedachte, nicht nur das Beste aus dem Skifahren, sondern speziell aus diesem Zusammensein mit ihr zu machen. Die Fragen, die ihn noch gestern um diese Zeit bewegt hatten – das Gespräch mit seiner Mutter, in dem er herauszufinden versucht hatte, ob sie in die Geschehnisse um den damaligen Ladenüberfall seines Vaters eingeweiht war –, mussten Esther zuliebe heute zurückstehen.

Knapp zwei Stunden später waren sie am Ziel angelangt. Der Parkplatz an der Talstation der Bergbahn war bereits gut besetzt, dennoch waren sie im Skiverleih recht zügig an der Reihe, besorgten sich leicht zu handelnde Carvingmodelle und standen kurz darauf in der langen Menschenschlange an der Kabinengondel.

„Bist du sicher, dass du mich gleich zu Beginn nach ganz oben mitnehmen willst?" Hajo legte den Kopf in den Nacken und starrte die Bergwand entlang in die Höhe, wo eine Gondel an ihrem Stahlseil dem Gipfel entgegenstrebte. Hell und leicht wie eine Feder hob sie sich von dem klaren blauen Winterhimmel und den steilen Hängen mit ihren malerisch schneebeladenen Nadelbäumen ab.

Esther folgte ihr mit glänzenden Augen. Viel zu lange war es her, dass sie das letzte Mal einen Ausflug in die Berge gemacht hatte, obendrein noch zum Skifahren. In früheren Jahren, als die Kinder noch jünger gewesen waren, hatten sie jeden Winter mindestens eine Woche bei ihren Eltern in der Schweiz und beim Skifahren verbracht, aber in den vergangenen Jahren war diese Tradition irgendwie im Trubel des Alltags verlorengegangen ...

„Hallo, jemand zu Hause? Esther?" Hajos behandschuhte Hand auf ihrem Unterarm holte sie in die Gegenwart zurück. „Du vergisst wohl, dass ich ein absoluter, blutiger Anfänger bin!"

Seine demonstrativ aufgerissenen Augen und der gewollt verzweifelte Unterton in seiner Stimme brachten Esther zum Lachen. „Aber nein! Du wirst sehen, auch dort oben gibt es leichte, absolut anfängergeeignete Pisten – und solltest du doch mal ungewollt auf deinem Allerwertesten landen, darfst du mich getrost auch mit in den Schnee zerren!"

„Ach, tatsächlich?" Hajos Augen blitzten schelmisch. „Dann sollten Sie besser damit rechnen, dass ich von diesem Angebot auch Gebrauch machen werde, Frau Wittmann! Immerhin habe ich ja auch in der Zurbriggen-Sache noch eine Rechnung offen!"

„Nur zu, Herr Kronberg!" Esther lachte ausgelassen, sodass sich das Pärchen vor ihnen in der Schlange umdrehte und sie erstaunt musterte. Egal, Esther konnte nicht anders: Die Sonne, der Schnee, die Berge, die Gesellschaft dieses gut aussehenden Mannes mit den leuchtenden Augen – sie hatte das Gefühl, vor Glück und guter Laune zu bersten.

Sie bestieg die schwankende Gondel und genoss die Fahrt über die Baumwipfel, noch intensiver aber das Gefühl, von den übrigen Gondelinsassen so dicht an Hajo gedrängt zu werden, dass ihr Kopf an seiner Schulter lehnte und sein Atem über ihr Haar strich. Möglicherweise war es sogar seine Hand, die sie sanft wie einen Lufthauch in ihrem Nacken spürte – Esther wagte es nicht, der Sache genauer auf den Grund zu gehen. Dementsprechend ging die Bergfahrt rascher vorbei, als ihr lieb war, und der Strom der Mitfahrenden schob Hajo und sie hinaus auf die Piste.

Esther machte einige Schritte fort von dem dichtesten Menschengewühl, steckte ihre Skier fest in den Untergrund und ließ ihre Blicke schweifen. Wie auf einer Panoramakarte lag die Bergwelt von diesem erhöhten Standort aus vor ihr. Ein schneebedeckter Gipfel der Allgäuer Alpen reihte sich an den anderen, unterbrochen von den Konturen schroffer, grauer Felshänge, von tiefen Schluchten, sanft geschwungenen Hängen und schneegekrönten

Baumwipfeln, und überwölbt von einem Himmel, wie er blauer und sonniger nicht sein konnte. So tief wie möglich inhalierte Esther die reine, kalte Bergluft. Sie hatte ganz vergessen, wie atemberaubend herrlich Gottes Schöpfung war.

„Unglaublich, ganz und gar unfassbar!“ Hajo hielt sich noch immer dicht an ihrer Seite. „So viel Einfallsreichtum, Kreativität und Schönheit verwendet Gott auf etwas, was David lediglich als den ‚Schemel seiner Füße‘ bezeichnet! Ich muss sagen, dieser Anblick gehört mit zum Schönsten, was ich jemals gesehen habe!“ Er stieß einen bewundernden Seufzer aus.

„Nicht wahr?“ Das Schweizer Kind in Esther war beinahe so stolz, als hätte sie selbst etwas zur Schönheit dieser Bergwelt beigetragen. „Pass auf, eines Tages nehme ich dich mit ins ‚Flüeli‘, das Graubündner Freizeitheim, in dem ich aufgewachsen bin, und zeige dir den Ausblick, den ich dort täglich hatte. Auch wenn es kaum vorstellbar ist, er ist fast noch schöner als hier!“

„Natürlich, schon allein deshalb, weil er Heimat für dich bedeutet! Jedenfalls würde ich mich sehr darüber freuen, ihn zusammen mit dir zu genießen!“

„Schön! Aber zuerst“, sie stieß ihn übermütig in die Seite, „musst du Skifahren lernen! Der kurze Schlepplift ist gleich dort drüben, also komm!“

„Was – das nennst du eine leichte Piste?“, stöhnte Hajo, während er mit den Augen ihrem ausgestreckten Zeigefinger zu dem Abhang neben einem Lift in etwa 200 Metern Entfernung folgte. „Du willst mich wohl unbedingt ins Gras beißen sehen!“

„Nein, nur in den Schnee!“ Ungerührt schlüpfte Esther in ihre Skibindungen und half Hajo in die seinen.

„So, ich fahre voraus und du tust einfach das, was du mich tun siehst!“, erklärte sie. „Ich fahre fürs Erste auch ganz langsam und führe jede Bewegung überdeutlich aus, versprochen!“ Damit schob sie ihre Sonnenbrille zurecht und fuhr schräg am Hang entlang in Richtung des anderen Liftes.

In ihrem Rücken hörte sie Hajo leise murmeln: „‚Ich fahre auch ganz langsam‘ – wer's glaubt!“

Lachend fuhr sie weiter, vergewisserte sich aber immer wieder mit einem Blick zurück, ob Hajo ihr folgen konnte.

Er konnte. Sie hatte vollkommen recht gehabt, was Hajos Fähigkeiten als Skifahrer betraf: Er beobachtete sehr genau, was sie tat, und als er nach zwei kurzen, flachen Abfahrten und einem sehr milden Sturz herausgefunden hatte, wie er in den Kurven sein Gewicht verlagern musste, gewann er ein ganz passables Tempo.

„Wusste ich's doch!", lobte Esther, als sie sich nach der dritten Abfahrt wieder in die Schlange vor dem Schlepplift einreihten. „Ein Sportler wie du lernt das im Handumdrehen! Was hältst du davon, wenn wir uns jetzt eine etwas schwierigere Piste vornehmen?"

„Wenn du meinst, ich bin schon soweit – du bist der Chef!" Hajo verzog das vom Fahrtwind leicht gerötete Gesicht zu einem Grinsen, und auch wenn Esther wegen der Sonnenbrille seine Augen nicht sehen konnte, konnte sie sich nur zu gut vorstellen, wie sie vor Vergnügen leuchteten. Sein breites Lächeln, die Art, wie er in der Warteschlange abwechselnd die Skispitzen nach vorne schob, und die Bereitwilligkeit, sich auf schwierigeres Terrain zu wagen, verrieten ihr deutlich, wie viel Gefallen er nach dieser kurzen Zeit bereits an dem neuen Sport gefunden hatte. Wahrscheinlich würde er am Ende dieses Tages seine Schwünge noch nicht ganz so elegant ausführen wie sie, aber zumindest von der Geschwindigkeit her mit ihr mithalten können.

Wie ein seit langem eingespieltes Team ergriffen sie gemeinsam den Bügel des Schleppliftes, balancierten den anfänglich starken Zug aus und genossen die Fahrt nach oben. Hajo pfiff leise vor sich hin und deutete gelegentlich bewundernd auf einen Skifahrer am Hang, der besonders schwungvoll unterwegs war, und Esther genoss von ganzem Herzen die Sonne auf ihrem Gesicht und Hajos Nähe.

Oben angelangt erklärte sie: „Diesmal müssen wir uns rechts halten, bis es auf ungefähr halber Höhe dieses Hangs hinüber auf die andere Piste geht! Bleib also erst mal dicht hinter mir; nicht, dass wir die Abzweigung verpassen!"

„Geht klar, Chef!" Den Skistock vom Handgelenk baumelnd salutierte Hajo, während Esther sich kichernd abstieß.

Nach kurzer Zeit waren sie auf der anderen Piste angelangt und Esther machte Halt. Haarscharf neben ihr kam auch Hajo zum Stehen.

„Oha!“ Er musterte den Abhang, der hier deutlich steiler abfiel als unmittelbar neben dem Schlepplift. „Sieht aber schon ein wenig gefährlich aus, oder täusche ich mich da?“

„Du täuscht dich. Von oben scheint es immer gefährlicher als von der Mitte des Hanges aus. Und falls du den Eindruck hast, du wirst zu schnell, fahr einfach ein Stückchen parallel zum Berg, das nimmt Tempo raus! Nur eines solltest du möglichst vermeiden: über die vereisten Stellen zu fahren!“ Mit dem rechten Skistock wies Esther auf eine Stelle etwas unterhalb ihres Standpunktes, die in der Sonne auffällig glänzte. „Siehst du das? Dort hat die Sonne den Schnee schon etwas geschmolzen, dann ist er wieder gefroren und nun besteht dieser Fleck praktisch aus einer reinen Eisfläche. Solche Stellen solltest du möglichst großzügig umfahren!“

„Falls ich sie denn rechtzeitig bemerke!“ Skeptisch runzelte Hajo die Stirn.

„Das wirst du, solange du schön brav meinen Bögen folgst!“, erklärte Esther aufmunternd. „Und jetzt heißt es nicht mehr lange überlegen, sondern einfach drauflosfahren!“ Noch während sie sprach, setzte sie ihre Worte in die Tat um. Hajo blieb nichts anderes übrig, als ihr zu folgen.

Bis etwa zur Hälfte der Piste ging alles gut: Ihre gelegentlichen Blicke nach hinten sagten Esther, dass Hajo fein säuberlich ihre Schwünge nachahmte, und allmählich wagte sie es, an Geschwindigkeit zuzulegen. Jetzt begann die Sache endlich, ihr auch vom skifahrerischen Aspekt her Freude zu machen. Ein fast schon berauschendes Gefühl, sich fern von allen Sorgen und Problemen der vergangenen Wochen so vollkommen der Sonne, dem Fahrtwind und dem Berg selbst zu überlassen ...

Ein lauter, abgehackter Ruf in ihrem Rücken ließ sie plötzlich innehalten. Bei ihrer abrupten Bremsung stäubte der Schnee hoch auf, und als er sich wieder gelegt hatte, war von Hajo am Hang über ihr nichts mehr zu sehen. Weit und breit keine hochgewachsene Gestalt in blaugemusterter Skihose, Sonnenbrille und dem geliehenen, neongelben Skihelm, die Esthers Spur folgte. Abgesehen von fremden Skifahrern und einem kleinen gelben Punkt wenige Höhenmeter unterhalb ihres Standortes war nichts zu sehen.

Erst als aus der Richtung des gelben Punktes ein weiterer Ruf ertönte, sah sie genauer hin und erkannte ihren Begleiter, lang hingestreckt auf der Piste und halb mit Schnee bedeckt.

„Hajo!" In gerader, steiler Linie schoss Esther auf den Verunglückten zu, ungeachtet ihrer bebenden Knie und der Tatsache, dass ihr Herz ihr bis zum Hals klopfte. Hajo musste sie unbemerkt überholt haben und irgendwie zu Fall gekommen sein! Sie stieß ein Stoßgebet aus, dass ihm nichts geschehen sein möge, während sie bereits neben ihm zum Stehen kam.

Hajo lag auf dem Rücken, die Bindung seines rechten Skis hatte sich gelöst, der Ski selbst lag etliche Meter neben seinen Beinen und unmittelbar daneben die Sonnenbrille, während der Helm ihm in die Stirn gerutscht war. Kläglich (oder schmerzerfüllt?) sah er unter dem neongelben Rand zu ihr auf.

„Hajo, was ist passiert?" Blitzartig löste Esther ihre eigene Bindung und schlüpfte aus den Skiern, kniete neben ihm nieder, schob den Helm aus seinem Gesicht und musterte ihn angsterfüllt vom Kopf bis zu den Füßen. „Bist du verletzt? Wo genau schmerzt es?"

„Hier!" Hajo stöhnte und streckte die Hand aus, als wollte er auf sein Fußgelenk zeigen, doch ehe Esther sich versah, verwandelte sich das Stöhnen in Gelächter, die Hand griff nach ihrem Jackenkragen und zog Esther daran herab, bis sie neben Hajo im Schnee lag.

„Was soll denn das – das ist *nicht* witzig!", stieß sie empört hervor und versuchte, sich aus seinem Griff zu winden. Hajo ließ nicht locker, sondern hielt sie dicht neben sich. „Ich habe deine offizielle Erlaubnis – erinnerst du dich nicht?", grinste er und häufte mit seiner freien Hand Schnee auf ihren Körper. „Wenn ich deinetwegen auf meinem Allerwertesten lande, darf ich dich mit ins Verderben reißen!"

„Aber doch nicht so!", setzte Esther voller Empörung an, doch Hajos herzhaftes Lachen überzeugte sie eines Besseren. „So ist das also! Na gut, wie du willst: Die Schlacht ist eröffnet!"

Wie er füllte sie ihre Rechte mit Schnee und schleuderte diesen auf Hajo, seinen Oberkörper, seine Arme und Beine, wo immer sie traf, bis sie schlussendlich beide grinsend, schneebedeckt und vollkommen außer Atem nebeneinander liegenblieben.

„Und, genug der Rache?“, erkundigte sich Esther, sobald sie wieder genügend Luft bekam.

„Ich denke schon! Jetzt wird es Zeit für die angenehmeren Dinge des Lebens!“ Hajo drehte sich auf die Seite, sodass er ihr ins Gesicht blickte. Der blaue Himmel und das Stück Hang über ihr verschwanden, während er immer näher kam, bis sein Kopf nur noch Zentimeter von ihrem entfernt war. Schneekügelchen hingen in seinem blonden Bart, und in seinen Augen, diesmal nicht hinter der Brille versteckt, reflektierte die Sonne.

Esther erwiderte seinen Blick, unfähig, etwas zu sagen oder sich von der Stelle zu rühren, während die Sonnenreflexe immer noch näher kamen, Hajos Atem ihre Stirn streifte und seine Lippen sich auf ihre senkten. Sie schloss die Augen, und trotz der Kälte, die ihre Skikleidung allmählich von allen Seiten durchdrang, erschauerte sie in wohliger Wärme.

Mit deutlich hörbarem Schwung zog einer der Jungen die Haustür hinter sich ins Schloss und die Kinderstimmen, unter die sich der Bass ihres Mannes mischte, verklangen. Micha, Marc und Daniel waren an diesem milden Weihnachtstag auf dem Weg in den Park, um eines ihrer Geschenke, das ferngesteuerte Hubschraubermodell, auf freier Fläche auszutesten. Ruth blieb allein zurück.

Sie hatte nichts dagegen einzuwenden. Die letzten Tage hatten für ihren Zustand mehr als genug Trubel mit sich gebracht: Erst die Vorbereitung auf ihre kleine Ansprache im Gottesdienst, dann der Heilige Abend mit all seinen Aufregungen – die Ansprache selbst, das Warten auf die abendliche Bescherung mit zwei Söhnen, die vor Spannung kaum im Zaum zu halten waren, der Abend mit der Familie und die Vorbereitungen für das Weihnachtsessen am ersten Feiertag und etliches mehr. Esther schwirrte noch im Nachhinein der Kopf, sodass sie nun in der plötzlich eingekehrten Ruhe dankbar ihre Beine hochlegte und einfach nur abschalten wollte.

So leicht jedoch waren die Gedanken an die Ereignisse der letzten Tage nicht beiseite zu schieben. Vor allem die Erinnerung an ihre Ansprache im Gottesdienst drängte sich ihr immer wieder auf.

Auf die Bitte des Pastors, der über Ruths Wort-Mission Bescheid wusste, hatte sie zum ersten Mal auf diese Weise eine Mutbotschaft weitergegeben, aber hatte sie diese auch tatsächlich verständlich und deutlich genug übermittelt? Hatten die Verse aus der Bibel und ihre eigenen, bescheidenen Hinzufügungen tatsächlich die Seelen erreicht, für die sie bestimmt gewesen waren?

Wie eine Schar Ameisen, die trotz ihrer geringen Körpergröße in der Lage waren, mit der Zeit einen ganzen Sandhaufen abzutragen, nagten Zweifel an Ruth. Das erlebte sie selten. Für gewöhnlich schickte sie ihre Botschaften doch voller Vertrauen hinaus, dass Gott an ihrem Empfänger wirken würde, weshalb also nicht diesmal? Mangelte es ihr nur an Zuversicht, oder steckte mehr dahinter?

Unruhig rutschte sie in ihrem Liegestuhl umher, den Daniel für sie nahe der Terrassentür in die Sonne geschoben hatte. Schließlich reckte sie sich nach der Bibel, die griffbereit auf einem Tischchen lag. Vielleicht verhalf es ihr zur Ruhe, den Text aus Jesaja noch einmal zu lesen, und diesmal nur für sich persönlich.

Doch von den überstandenen Anstrengungen zitterten ihre Muskeln, sodass die Bibel ihren Händen entglitt und zwischen Stuhl und Tischchen auf den Boden fiel. Unmittelbar daneben landete die Mehrheit der Lesezeichen, Notizzettel und Kärtchen, die sie zwischen den Seiten ihrer Bibel aufbewahrte, darunter etliche Karten mit Fürbitten.

In den Gottesdiensten ihrer Gemeinde hatten die Besucher die Möglichkeit, ihren Dank oder ihre Bitten auf Karten zu schreiben, die im Lauf des Gottesdienstes öffentlich verlesen wurden, sodass jeder dafür beten konnte. Manche füllten ihre Karten anonym aus, andere schrieben freimütig ihren Namen zu ihren Bitten, und in den meisten Fällen bat Ruth darum, die Karten mit nach Hause nehmen zu dürfen, sodass sie auch während der Woche konkret für die jeweiligen Anliegen beten konnte. Eine solche Karte lag nun zuoberst auf dem kleinen Stapel aus Ruths Bibel.

Die Bitte darauf war ziemlich verschwommen gehalten (der Verfasser bat um Hilfe in einer festgefahrenen, scheinbar hoffnungslosen Situation), und Ruth hatte diese Karte bisher nicht wirklich beachtet. Doch in dem Augenblick, als sie sich mühsam danach bückte, schien sie ihr der Grund ihrer inneren Unruhe zu sein: Ihre Weihnachtsbotschaft, die Verse aus Jesaja, waren noch nicht beim Verfasser dieser Bitte angekommen, das spürte sie einfach, und gerade er war derjenige, der die ermutigende Botschaft dringend brauchte. Es war kein Zufall, dass die Karte ihr genau jetzt vor Augen kam, dafür war das Drängen in ihrem Inneren, diese Person (deren Name ihr leider nichts sagte) noch einmal persönlich anzuschreiben, zu stark.

Ruth begab sich an ihren Schreibtisch, nahm einen Briefbogen zur Hand und schrieb: *Doch nicht ewig bleibt das Dunkel über dem, der von der Finsternis bedrängt ist …*

Kapitel 12

Das Volk, das im Dunkel lebt, sieht ein großes Licht.
Die im Land der Finsternis wohnen, Licht leuchtet über ihnen.
Du vermehrst den Jubel, du machst die Freude groß (...).
Denn du hast ihr drückendes Joch, die Jochstange auf ihrer Schulter und den Stecken ihres Treibers zerbrochen.
Denn ein Kind ist uns geboren, ein Sohn uns gegeben, und die Herrschaft ruht auf seiner Schulter.
(Jesaja 9,1–5)

Frustriert schloss Hajo die Wohnungstür hinter sich und begab sich in die Küche, um sich ein einsames Mittagessen zuzubereiten. Er hatte Esther heute nicht im Gottesdienst angetroffen. Nicht einmal ihre Tochter hatte er unter den Besuchern entdeckt, sodass die Möglichkeit bestanden hätte, diese nach Esthers Verbleib zu fragen. Möglicherweise hatte Esther sich infolge ihrer kleinen Schneeballschlacht beim Skifahren erneut eine Erkältung zugezogen und musste jetzt das Bett hüten, oder Walter beanspruchte sie neuerdings auch sonntagmorgens für Extraarbeiten.

Oder aber – und wie er sich ehrlich eingestehen musste, traf dies am ehesten zu – er hatte sie durch seinen Kuss verschreckt. Schon von Beginn ihrer Bekanntschaft an hatte er den Eindruck gehabt, dass Esther nicht zu denen gehörte, die leichtfertig eine Beziehung eingingen. Die Tatsache, dass sie seit ihrer Scheidung Single war, war ein deutliches Zeichen, und das hatte durchaus auch seiner Vorstellung entsprochen, doch dieser Kuss beim Skifahren ... Er hatte sich so natürlich aus der Situation heraus ergeben! Anfangs, als er Esther zu sich in den Schnee heruntergezogen hatte, hatte er tatsächlich nichts anderes im Kopf gehabt, als herumzualbern. Aber dann hatte ihre unmittelbare Nähe seine Gedanken benebelt und alle Vorsätze, ihr Herz ganz allmählich und behutsam zu gewinnen, waren dahingeschmolzen wie der Schnee, bis er seinen Gefühlen einfach nachgegeben und sie geküsst hatte.

Falls er sich nicht sehr täuschte, hatte sie das anfangs auch durchaus genossen. Warm und nachgiebig hatten ihre Lippen sich an seine geschmiegt und sie hatte genießerisch ihre Augen geschlossen, ganz so, als hätte sie sich diesen Kuss nicht weniger gewünscht als er selbst. Dann jedoch hatte sie sich ganz unvermittelt zurückgezogen.

Sie hatte sich von ihm losgemacht, war aufgesprungen, um den Schnee von ihrer Kleidung zu klopfen, und hatte erklärt: „Genug jetzt, lass uns lieber weiterfahren! Wir wollen doch unsere Tageskarte gründlich ausnutzen, nicht wahr?"

Ihm war gerade noch ausreichend Zeit geblieben, sich wieder aufzurappeln und seinen entkommenen Ski wieder anzulegen, ehe sie ihm den Rücken zukehrte und Fahrt aufnahm, um während des gesamten restlichen Tages kein Wort mehr über seinen „Unfall" oder den Kuss zu verlieren.

Als er sie abends vor Walters Haustür (sie ließ nicht einmal seine Begleitung bis zur Wohnung zu) ablieferte, streckte sie ihm nicht unbedingt unnahbar, aber doch recht förmlich die Hand entgegen, bedankte sich für den schönen Tag und verabschiedete sich, ohne eine nächste Verabredung auch nur zu erwähnen. Ehe er sich versah, verschloss sich Walters Tür hinter ihr und ließ Hajo mitsamt seinen Fragen und Zweifeln einfach stehen.

Drei Tage waren seither vergangen, ohne dass er etwas von Esther gehört oder es gewagt hätte, sie anzurufen, aus Furcht, sie damit noch mehr einzuschüchtern oder unnötig zu bedrängen. Allerdings war er auch davon ausgegangen, dass er sie am heutigen Sonntag im Gottesdienst treffen würde, sodass sich Gelegenheit zu einer Entschuldigung seinerseits oder zumindest einer Aussprache ergeben hätte – aber wie es aussah, hatte seine Hoffnung ihn getrogen.

Nachdem Hajo sich drei Spiegeleier mit Schinken auf einem Butterbrot einverleibt hatte, griff er schlussendlich doch nach seinem Handy. So ungeklärt wollte er die Situation nicht länger lassen. Sein Telefon befand sich noch in der Jackentasche, zusammen mit einem Brief, den der Pastor ihm nach dem Gottesdienst ganz unerwartet zugesteckt hatte. Nachdenklich nahm Hajo diesen zur Hand, betrachtete den unverschlossenen Umschlag, und eine leise Furcht beschlich ihn: Esther würde ihrer aufkeimenden Beziehung doch nicht mittels eines anonymen Briefes und des Pastors als Überbringer ein Ende machen?

Nein, so schätzte er sie wirklich nicht ein. Vermutlich war der Brief auch gar nicht von ihr. Um ganz sicher zu gehen, würde er ihn dennoch lesen, ehe er mit ihr telefonierte. Hajo faltete den Bogen Papier mit einer typisch weiblichen Handschrift auseinander:

„*Das Volk, das im Dunkel lebt, sieht ein großes Licht ...*“, las er und ließ den Briefbogen erstaunt sinken. Was hatte das zu bedeuten? Von Esther stammte dieser Text mit Sicherheit nicht, er hatte auch nichts mit ihrer Beziehung zu tun, vielmehr handelte es sich um die Abschrift einer Bibelstelle. Auch ohne Quellenangabe war ihm das Zitat aus dem Propheten Jesaja bekannt. Üblicherweise wurden die Verse im Zusammenhang mit der Geburt Jesu zitiert, dem Kommen des Lichts in diese Welt. War das vielleicht der Grund, warum sie ihn heute, am ersten Sonntag nach Weihnachten, mittels eines absenderlosen Briefes erreichten?

Aber weshalb ihn, weshalb war der Umschlag ausgerechnet mit seinem Namen beschrieben? Was konnte ausgerechnet er mit diesen Worten anfangen?

Ratlos las Hajo noch einmal den gesamten Text. Er musste zugeben, dass er dem mittleren Teil dieser Verse noch nie viel Beachtung geschenkt hatte, und dennoch oder gerade deshalb war es genau diese Stelle, die ihm nun ins Auge sprang: „*Denn du hast ihr drückendes Joch, die Jochstange auf ihrer Schulter und den Stecken ihres Treibers zerbrochen ...*“ Ganz unabhängig von dem üblichen Zusammenhang mit der Weihnachtsbotschaft fühlte er sich plötzlich persönlich betroffen: Er war derjenige, der seit langer Zeit schon im Dunkeln tappte, der schon so lange die Last der Schuld seines Vaters auf seinen eigenen Schultern spürte, dass der Wunsch, sie loszuwerden, das Bedürfnis nach Vergebung und Wiedergutmachung, ihn vorantrieb wie der Stock des unbarmherzigsten Ochsentreibers. Dieses Bedürfnis hatte ihn dazu getrieben, den

Wohnort zu wechseln, es trieb ihn dazu, einen Großteil seiner Freizeit mit der Suche nach den Betroffenen zu verbringen, und die aus den fehlenden Erfolgen dieser Suche resultierende Traurigkeit verfolgte ihn des Öfteren bis hinein in seine Träume ...

Aber all das hatte weder der Pastor als Überbringer des Briefes noch der unbekannte Absender der Botschaft selbst wissen können, denn nicht einmal mit seiner Mutter, seinen jüngeren Geschwistern oder mit Esther, seiner engsten Freundin hier in der neuen Stadt, hatte er jemals darüber gesprochen. Diese Angelegenheit betraf allein seinen Vater, der sie ihm anvertraut hatte, ihn selbst und die Hinterbliebenen, und außer seinem Herrn im Himmel gedachte er auch keine andere Person jemals mit hineinzuziehen! Wie also kam eine ihm unbekannte Person – vermutlich ein Mitglied seiner neuen Gemeinde – dazu, ihm eine solche Botschaft zuzustecken?

Im Grunde gab es dafür nur eine Erklärung: Es war Gott selbst, der sich dieses rätselhaften Weges bediente, um zu ihm zu sprechen. Es war Jesus, der ihm versicherte, dass er Hajos bisher vergebliche Bemühungen sah, dass er wahrnahm, welche erdrückende Last auf Hajos Schultern lag – und dass er sie ihm abnehmen wollte. *Die Herrschaft ruht auf seiner Schulter*, was bedeutete das anderes, als dass er auch diese Situation vollkommen unter Kontrolle hatte, sie beherrschte? Mit einem Mal wurde Hajo bewusst, wie verkehrt er diese ganze Wiedergutmachungssache bisher angegangen war. Er hatte versucht, das Pferd von hinten aufzuzäumen: Ohne darum gebeten worden zu sein, hatte er das Joch der Schuld, das sein Vater so viele Jahre seines Lebens getragen hatte, einfach übernommen und auf seine Schultern geladen, hatte sich selbst von der Verpflichtung, die Betroffenen um Vergebung zu bitten, unbarmherzig vorantreiben lassen, bis ihm der Blick für das Eigentliche verlorengegangen war.

Nämlich der Blick dafür, dass Gott von seinen Kindern niemals verlangte, selbst die Lasten zu tragen, sondern im Gegenteil in der Gestalt Jesu gekommen war, um sie ihnen abzunehmen. Um den Stock des Treibers zu zerbrechen, und damit in Hajos Fall das Bedürfnis, für Vergebung und Wiedergutmachung zu sorgen. Es lag gar nicht in Hajos Verantwortung, sich darum zu kümmern! Das

Einzige, was er persönlich dazu beitragen konnte, war, seine ganze festgefahrene Suche an Gott abzugeben und sich darauf zu verlassen, dass er sich der Sache annahm.

Genau das tat Hajo nun: Er setzte sich an seinen Schreibtisch, öffnete am PC die Liste seiner Hinweise, legte daneben den Brief mit den wegweisenden Worten und übergab Gott die Lasten, die er viel zu lange selbst getragen hatte. Und um gar nicht erst in Versuchung zu kommen, alles wieder rückgängig zu machen, löschte er zum guten Schluss das komplette Dokument mit seiner Liste.

Jetzt war er frei, sich auf Esther zu konzentrieren, um sie im Lauf der Zeit von seiner Liebe zu überzeugen und für sich zu gewinnen. Noch einmal griff Hajo nach seinem Handy, um den klärenden Anruf zu tätigen.

Hartnäckig ignorierte Esther den ohnehin auf leise gestellten Klingelton ihres Handys, während sie die letzten Porzellanteile zurück in die Wohnzimmervitrine stellte. Unter Walter Argusaugen wagte sie es nicht, den Anruf entgegenzunehmen, ehe sie diese Arbeit abgeschlossen hatte, dazu hatte sie ihren Cousin schon zu sehr gegen sich aufgebracht. Das heißt, eigentlich war es Keiner Onkel gewesen, der Walters Zorn auf sich gezogen hatte, doch als Besitzerin des Papageis hatte der Ärger sich automatisch mit auf Esther übertragen.

Begonnen hatte die Misere bereits am vergangenen Nachmittag, als Esther bei der Arbeit, Walter zu einem Besuch auf dem Friedhof und Keiner Onkel somit allein im Haus gewesen war: Wie auch schon früher in Esthers Haus hatte er sich aus seinem Käfig befreit, einen Rundflug durch sämtliche offen stehenden Räume der Wohnung gemacht und dabei überall seine Spuren hinterlassen. Kleine weiße Vogelhäufchen auf der polierten Platte des großen Esstischs, Brotkrumen aus einer per Schnabel geöffneten Toastpackung quer über die Küche verteilt, mit den Krallen bearbeitete Papiere auf Walters Schreibtisch und zwei in Scherben gegangene Porzellantassen aus der – unglücklicherweise offen stehenden – Vitrine markierten die Schneise der Verwüstung.

Zu allem Überfluss war Walter noch vor Esther in die Wohnung zurückgekehrt und hatte somit das ganze Ausmaß des Verbrechens zu Gesicht bekommen. Esther mochte gar nicht daran denken, welche Schimpftirade sich über Keiner Onkel ergossen haben musste, auf jeden Fall enthielt die, die Walter bei ihrer Rückkehr für sie selbst parat hatte, etliche Ausdrücke, die sie dem Professor nicht zugetraut hätte. Stumm hatte sie Walters Ausbruch über sich ergehen lassen. Selbst wenn seine Empörung über das angerichtete Chaos, vor allem über die beschädigten Papiere auf seinem Schreibtisch, ein wenig übertrieben war; mit seiner Anschuldigung hatte er im Grunde recht: Esther *war* beim Verschließen des Käfigs nachlässig gewesen.

Und ihr selbst war auch durchaus bewusst, weshalb. Seit ihrem Skiausflug mit Hajo dachte sie an nichts anderes mehr als an diesen Kuss. Wie konnte sie die intensive Nähe und den Kuss eines Mannes, den sie gerade einmal zwei Monate kannte, derart genießen? Sie hatte sich doch nicht tatsächlich nach derart kurzer Zeit ernsthaft in ihn verliebt, nachdem sie so lange Jahre höchst selten einen Gedanken an eine neue Beziehung verschwendet hatte, und falls doch, wohin sollte das führen? Esther fühlte sich plötzlich von allen Seiten von offenen Fragen und Problemen überrollt: Als ob sie mit dem Zustand ihres Hauses, ihren Finanzen und Walter nicht genug um die Ohren hätte, bahnte sich hier eine neue, überaus verwirrende Entwicklung an ...

Um ihren ewig kreisenden Gedanken zu entkommen, ging sie seit dem Ausflug weder an ihr Handy, wenn das Display Hajos Nummer anzeigte, noch in den Gottesdienst, wo sie ihm mit großer Wahrscheinlichkeit begegnet wäre, sondern verschanzte sich hinter dem Vorwand, die Überbleibsel von Keiner Onkels Chaos beseitigen zu müssen.

Sorgfältig schloss sie gegen 14:00 Uhr den Vitrinenschrank und wandte sich an Walter: „Geschafft. Sämtliche Scherben und sonstigen Spuren von Keiner Onkels Ausflug sind beseitigt!"

„Nun, das hoffe ich!" Walter nahm kaum den Blick vom Fernsehbildschirm, auf den die offenbar überaus fesselnde Aufzeichnung einer Gerichtsshow flimmerte. „Darüber hinaus hoffe ich, dass ein solches Malheur nicht noch einmal vorkommt – ansonsten sehe ich mich gezwungen, den Vogel aus meiner Wohnung zu entfernen!“

„Das wird nicht nötig sein. Ich fahre jetzt nach Hause, um ein zusätzliches Schloss für Keiner Onkels Käfig zu holen!“, besänftigte Esther.

„Guter Gedanke, tu das! Wann etwa wirst du zurück sein?“ Für einen Augenblick nahm Walter den Blick vom Bildschirm.

„Rechtzeitig zum Abendessen!“ Mittlerweile kannte sie ihren Cousin gut genug, um zu wissen, was ihm wichtig war – obwohl sie bisweilen den Eindruck hatte, dass er auch ihre Gesellschaft allmählich zu schätzen begann. „Also bis später, Walter!“

Erleichtert, Walters ungnädiger Stimmung für ein paar Stunden zu entkommen, stieg Esther in ihren Corsa und machte sich auf den Weg durch die Innenstadt. So unwirtlich ihr Zuhause zurzeit auch war, konnte sie es doch kaum erwarten, es endlich zu erreichen. Es erschien ihr plötzlich wie der einzig sichere Hafen im Sturm ihrer Sorgen – eine eisige und dennoch schützende Höhle inmitten eines Gebirges aus Problemen. Vielleicht war es doch die bessere Lösung, wieder zurück nach Hause zu ziehen, um dort in Ruhe zu einer Entscheidung über die Zukunft zu kommen, statt sich zusätzlich mit Walters wechselnden Launen und seinem unstillbaren Appetit zu belasten. Irgendwie musste es doch möglich sein, sich vor der Kälte zu schützen, selbst wenn das bedeutete, dass sie sich bei geöffneter Klappe vor den laufenden Backofen setzen musste. Strom hatte sie ja immerhin noch zur Verfügung in ihrem Haus …

Die Ampel vor ihr sprang auf Grün. Esther legte den Gang ein, gab Gas – und fuhr erschrocken zusammen. Der Corsa dröhnte auf, knatterte und röhrte, der Sitz unter ihr erzitterte, eine Sekunde später ertönte von draußen ein metallisches Scheppern und sie hatte das Gefühl, der Unterboden wäre auf dem Asphalt gelandet. Instinktiv trat Esther auf die Bremse, nur um im nächsten Augenblick unsanft mit der Stirn gegen die Windschutzscheibe zu prallen, weil der nachfolgende Wagen auf sie aufgefahren war. Das Nächste, was sie wahrnahm, war das besorgte Gesicht einer älteren Dame, das durch die geöffnete Fahrertür schaute, und deren besorgte Frage: „Haben Sie sich verletzt, meine Liebe?“

„Ich – nein, ich glaube nicht, hab’ mir nur den Kopf gestoßen!“, murmelte Esther, tastete vorsichtig nach der wachsenden Beule auf ihrer Stirn und blickte verwirrt von der Ampel, vor der sie noch immer stand, zu der alten Dame und einem Grüppchen Schaulustiger, das sich am Straßenrand zu sammeln begann. „Was ist denn eigentlich geschehen?"

„Nun, als die Ampel auf Grün schaltete, sind Sie zuerst losgefahren, aber unmittelbar danach haben sie wieder gebremst, sodass ich Ihnen hinten auffuhr. Ich fürchte, Ihr Auto hat seinen Auspuff verloren!" Die Stimme der etwa Sechzigjährigen klang ein wenig unsicher, offenbar war sie nicht weniger erschrocken als Esther selbst.

„Also, so viel ich als Fußgänger vom Straßenrand aus gesehen habe", meldete sich ein Schaulustiger zu Wort, „verlor der Corsa zunächst seinen Auspuff, dann erst erfolgte die Bremsung und der Zusammenstoß! Die Schuld an dem Unfall liegt eindeutig bei der Corsafahrerin, die Lenkerin des hinteren Wagens konnte gar nichts dafür!" Dabei wedelte der Augenzeuge mit seiner behandschuhten Hand in Esthers Richtung. „Am besten wäre es, Sie beide rufen die Polizei, damit der Fall für die Versicherung aufgenommen wird!"

„Ist das wirklich nötig?", fragte Esther und lehnte sich gegen ihren Kotflügel. Ihre Knie zitterten dermaßen, dass sie Angst hatte, ohne Stütze einzuknicken, und der Gedanke an ihren mangelhaften Versicherungsschutz und die Reparaturkosten war genug, um sie vollends zu Fall zu bringen.

„Aber hundertprozentig!" Der Augenzeuge nickte wild, während Esthers Unfallgegnerin zeitgleich sagte: „Wenn es nach mir geht, ist das absolut unnötig! Sehen Sie doch, mein Auto hat nur einen leichten Kratzer an der Stoßstange davongetragen! Deswegen werde ich nicht einmal zur Werkstatt fahren, geschweige denn, die Versicherung in Anspruch nehmen!"

„Tatsächlich? Glauben Sie mir, das wäre mir sehr recht! Mein Leben ist momentan auch ohne Polizei und Versicherungskram und Ähnliches kompliziert – und teuer – genug ..." Esthers Seufzer malte eine Dampfwolke in die eisige Luft.

„Dann geben Sie mir einfach Ihre Anschrift, ich gebe Ihnen meine, und falls doch noch irgendetwas sein sollte, setzen wir uns miteinander in Verbindung!"

Die Dame legte Esther begütigend die Hand auf den Arm, ehe sie in ihrem Wagen nach Schreibzeug zu kramen begann, während der Augenzeuge abfällig etwas murmelte wie: „... mal wieder typisch Frau – können nicht fahren und handeln sich mit ihrer Gutgläubigkeit nichts als Ärger mit der Versicherung ein!" Dann tauschten die beiden Frauen Adressen aus, die kleine Ansammlung Schaulustiger löste sich auf und die Fahrerin des anderen Wagens machte sich wieder auf den Weg.

Unterdessen sammelte Esther die Überreste ihres Auspuffs ein – zwei unterschiedlich lange, vom Rost zerfressene Rohrstücke samt Auspufftopf sowie ein Blechteil, das tatsächlich vom Unterboden des Corsa oder irgendeiner Verkleidung zu stammen schien –, lud sie hinten in den Wagen und fuhr unter ohrenbetäubendem Geknatter sowie einem Stoßseufzer, dass sie unterwegs nicht noch mehr Blech verlieren würde, die kurze Strecke zurück zu Walters Wohnung. Und alles, was sie dabei denken konnte, war: *Auch das noch. Nicht einmal mein Auto bleibt mir. Wie viel Pech auf einmal soll ich denn noch ertragen, Herr?*

Auf Walters erstaunten Ausruf wegen ihrer unerwarteten Rückkehr antwortete sie lediglich mit einem müden Achselzucken und verkroch sich für den Rest des Tages frustriert in ihre angestammte Sofaecke.

Neujahr.

Abgesehen von ihrem ersten Neujahrstag nach Bernhards Abschied konnte Esther sich nicht daran erinnern, ein neues Jahr jemals derart perspektiv- und hoffnungslos begonnen zu haben: Juli und Emma ausgeflogen; ihr Haus und Garten auf unbestimmte Zeit kalt, verlassen und mit fraglicher Zukunft; sie selbst ratlos bei ihrem launischen Cousin und zudem ihres Fortbewegungsmittels beraubt (ihre Werkstatt war nicht vor dem Dreikönigstag wieder erreichbar und es war ohnehin zweifelhaft, ob sich eine Reparatur des Corsa noch lohnen würde), sodass sie nicht einmal zeitweise hätte flüchten können!

In ihrem Frust konnte Esther sich auch nicht dazu aufraffen, die Straßenbahn zu nehmen und den Neujahrsgottesdienst zu besuchen. Erstens bestand dort die Gefahr, auf Hajo zu treffen und mit ihm sprechen zu müssen, was nur neue Fragen zu ihrer Beziehung aufwerfen würde, und zweitens war ihr nicht danach zumute, Gott für das neue Jahr zu danken oder ihm auf irgendeine andere Weise zu begegnen. Welcher Grund zur Dankbarkeit war ihr denn geblieben? Enthielt Gott ihr im Moment nicht alles vor, was ihr bislang lieb und teuer gewesen war und was ihr Leben ausgemacht hatte? Esther nahm sich nicht einmal die Zeit, statt wie sonst zu Neujahr einen Rückblick auf das alte Jahr zu halten, in ihrem unregelmäßig geführten Tagebuch zu blättern und sich Wünsche, Vorsätze und Motivation für das kommende zu notieren. Es brachte ja doch nichts anderes als unangenehme Entscheidungen und Veränderungen, für die sie nicht im Geringsten bereit war.

Stattdessen blieb sie bis weit in den Vormittag auf dem Sofa liegen, ließ sich anschließend von Walter zu einem festlichen Mittagessen ausführen, verbrachte den Rest des Tages stumm vor sich hin brütend im Wohnzimmer und war einfach nur erleichtert, als es endlich Zeit wurde, wieder zu Bett zu gehen.

In einem Jogginganzug mit ausgebeulten Hosenbeinen und von diffuser grauer Farbe stand Esther vor Keiner Onkels Käfig, als Walter am folgenden Morgen seine Küche betrat. Wie ihm schien, hatte sie dem Federvieh seine Missetat längst vergeben und fütterte ihn mit kleinen Leckerbissen. Seine Cousine war einfach zu nachgiebig. Wenn es nach ihm gegangen wäre, hätte der Vogel zur Strafe ein paar Tage nur Wasser und höchstens ein paar trockene Körner bekommen! Der Anblick seiner zerfetzten Unterrichtsnotizen und sonstiger Papiere stand Walter noch zu deutlich vor Augen.

Nun, immerhin hatte Esther das Chaos in der Wohnung gewissenhaft beseitigt und würde in Zukunft sicherlich besser auf ihr Haustier achtgeben. Daher wollte er nicht nachtragend sein, sondern großzügig über das ganze Geschehen hinwegsehen.

„Guten Morgen!“, grüßte er aufgeräumt.

Esther fuhr ruckartig herum. „Oh, guten Morgen! Du bist schon auf? Es ist noch nicht mal sieben! Und ausgehfertig bist du auch bereits!“ Mit hochgezogenen Augenbrauen musterte sie seine tadellose Erscheinung in altmodischem Nadelstreifenanzug und blaugemusterter Krawatte.

„Richtig! Heute findet zwar noch keine Vorlesung statt, aber mir ist einfach danach, in meinem Büro ein paar Vorbereitungen für die nächsten Wochen zu treffen. Nach meiner langen Krankheitsphase habe ich doch immer noch einen gewissen Nachholbedarf!“ Unerwartet und ungewohnt registrierte Walter, dass seine Lippen sich zu einem Lächeln verzogen. Er konnte sich nicht daran erinnern, wann er sich das letzte Mal so auf seine Arbeit gefreut hatte. Wann er sich generell das letzte Mal derart energiegeladen gefühlt hatte und so positiv in die kommende Zeit geblickt hatte. Lag es daran, dass sein Leben mit Esther im Haus endlich wieder in geordneten Bahnen und nahezu familiär verlief, oder hatte er seine Arbeit mehr vermisst, als er gedacht hatte? Jedenfalls verspürte er seit den Weihnachtsfeiertagen eine deutlich zuversichtlichere Stimmung als seit Jahren.

Ganz im Gegensatz zu Esther offenbar, die seit dem Abend, als ihr Wagen seinen Auspuff verloren hatte, mit einer Miene herumlief, die die Milch im Kühlschrank sauer werden ließ. Auch jetzt murmelte sie nur ein undeutliches „Ach so“, ehe sie lustlos zur Küchentheke tappte und eine Kapsel in die Kaffeemaschine einlegte. „Latte Macchiato“, wie üblich, aber nicht einmal die Aussicht auf ihr Lieblingsgetränk schien Esther aufzumuntern. Und das, obwohl der Genuss dieser neumodischen Kaffeeversion sie kurz nach dem Kauf der Maschine in wahre Begeisterungsstürme hatte ausbrechen lassen! Irgendetwas war in der Tat faul bei Esther – irgendetwas hatte ihrer Euphorie während der Weihnachtstage einen gewaltigen Dämpfer verpasst, und vermutlich hatte das nicht ausschließlich mit ihrem defekten Wagen zu tun ...

Mal sehen, ob es ihm gelang, ihr die Ursache für ihre Verstimmung zu entlocken. „Und wie sieht es bei dir aus?“, fragte er beiläufig, während er den alten Wasserkocher einschaltete, um sich eine Thermoskanne mit Tee für unterwegs zuzubereiten. „Gehst du erst nachmittags zur Arbeit oder ist heute dein freier Tag?“

„Freier Tag!" Esther streute etwas Schokopulver über ihren Milchschaum. „Ich werde Lebensmittel einkaufen gehen und mir dabei gleich eine Fahrkarte besorgen, morgen muss ich schließlich mit dem Bus zur Arbeit fahren!"

„Ja, richtig! Aber du wirst deinen Wagen reparieren lassen, sobald die Werkstatt wieder öffnet, nicht? Der Auspuff dürfte doch sicher zu ersetzen sein!"

„Weiß nicht, ob sich das noch lohnt. Im April ist der Corsa fällig zum TÜV, und selbst mit einem neuen Auspuff bezweifle ich, dass er den bestehen würde. Außerdem, das Geld, du weißt schon ..." Sie lehnte sich gegen den Tisch und nahm den ersten Schluck Kaffee.

„Nun, mein Angebot mit dem zinslosen Darlehen besteht nach wie vor und ließe sich auch auf das Auto ausdehnen!" Während Walter mehrere Beutel Pfefferminze in die Teekanne hängte, beobachtete er aus dem Augenwinkel Esthers Reaktion. Beruhte ihre schlechte Laune demnach auf ihren Finanzen?

„Ich weiß, und ich finde das wirklich sehr lieb von dir, Walter, aber ..." Gedankenverloren tauchte Esther ihren Löffel in den Milchschaum und führte ihn zum Mund. „Ich kann mich einfach nicht zu einer Entscheidung durchringen, verstehst du? Zurzeit kommt so viel auf mich zu, eine Hiobsbotschaft nach der andern, und ich fürchte, ich kann schlicht nicht mehr klar denken!" Milchschaum mit Schokopulver tropfte auf den Küchenboden. Esther bemerkte es nicht, und auch Walter ging darüber hinweg.

„Wenn du möchtest, übernehme ich gern die Suche nach einem geeigneten Unternehmen für dein Heizungsproblem, einem Immobilienmakler oder–"

„Wie gesagt, lieb von dir, Walter, aber das möchte ich nicht!" Esthers Miene verfinsterte sich noch eine Nuance, ihre Stimme bebte. „Ich muss allein damit klarkommen – und das werde ich auch, sobald ich gedanklich soweit bin!"

„Gut, wie du meinst!" Walter bemühte sich, nicht allzu verschnupft zu klingen. Esther konnte wahrscheinlich nichts dafür, sie war eben eine Frau, und als solche mindestens so gefühlsbetont und empfindlich, wie Marianne es gelegentlich gewesen war. Ohne weiter nachzubohren befüllte er seine Thermoskanne.

„Ich bin gegen eins wieder zu Hause, Esther, auf Wiedersehen!" Damit verließ er die Küche.

Im Hinausgehen stahl sich erneut ein Lächeln auf sein Gesicht. Wer hätte gedacht, dass sich die Rollen in ihrer Zweckwohngemeinschaft so verändern würden, dass er zum Optimisten, Esther dagegen zum Pessimisten wurde?

Kapitel 13

Wenn ich auch falle, werde ich doch wieder
aufstehen. Ist um mich herum auch alles dunkel,
ist doch der Herr mein Licht …
Er wird mich wieder ins Licht hinausführen
und ich werde voller Freude seine Gerechtigkeit sehen.
(Micha 7,8–9; Neues Leben)

Als die Wohnungstür sich hinter Walter geschlossen hatte, seufzte Esther in ihren Kaffee. Was sollte sie nur mit diesem freien Tag anfangen? Öde und inhaltslos lagen die Stunden vor ihr, sodass ihre Gedanken vermutlich pausenlos um ihre Probleme kreisen würden. Marode Rohre, kaputte Heizung, defekter Auspuff, fehlende Finanzen und Zukunftsaussichten et cetera, et cetera.

Esthers Blick wanderte zur Wohnzimmertür. Noch vor Weihnachten hatte sie sich gewünscht, wieder einmal in Ruhe in Mariannes Buchladen zu schmökern, und nun bot sich ihr *die* Gelegenheit dazu! Gegen sinnlose Grübeleien gab es doch kein besseres Mittel, als sich in eine gute Geschichte zu vertiefen!

Gedacht, getan: Esther nahm einen letzten Schluck von ihrem Kaffee, schnappte sich den Haarnadeldietrich aus ihrem Kulturbeutel, zog sich eine Jacke über und quetschte sich hinter den Wandteppich. Voller Erwartung spazierte sie einige Minuten lang durch die Regalreihen, las hier und da halblaut einen Buchtitel ab und entschied sich schlussendlich für das erste Buch, das sie hier im Laden wiederentdeckt hatte. Es war immerhin möglich, dass ihr die altbekannte Romanlektüre genauso viel Freude bereiten würde wie damals als junge Mutter, als sie zum ersten Mal ein Buch der amerikanischen Autorin Janette Oke gelesen hatte.

So war es in der Tat: Wieder tauchte Esther völlig in den Roman aus der Siedlerzeit des amerikanischen Westens ein, durchlitt die Probleme der jungen Protagonistinnen, wobei sie in besonderer Weise mit den Witwen beziehungsweise alleinstehenden jungen Frauen fühlte, und vergaß dabei sogar ihre eigenen Sorgen.

Und so erging es Esther nicht nur an diesem ersten arbeitsfreien Werktag des neuen Jahres, sondern Morgen für Morgen: Wenn Walter das Haus verlassen hatte und sie selbst keine anderen Verpflichtungen hatte, stahl sie sich hinüber in den Buchladen, ließ sich in Mariannes altem Lesesessel nieder und fraß sich wie ein unersättlicher Bücherwurm durch die Reihen der Romane. Mit dem Resultat zwar, dass sie während der Arbeit im Drogeriemarkt und beim Zubereiten der Mahlzeiten gedanklich manchmal ein wenig abwesend war, aber zumindest rückten so auch ihre übrigen Probleme in nebelhafte Ferne und sie fühlte sich halbwegs mit ihrem derzeitigen Dasein ausgesöhnt.

Das Einzige, was Esther diese gestohlenen Stunden in Mariannes Bücherparadies wirklich madig zu machen vermochte, waren die unzuverlässigen alten Leuchtstoffröhren. In unregelmäßigen Abständen flackerten und zuckten die Lichter oder streikten komplett, sodass Esther im Halbdunkel nur mit Mühe die Buchstaben entziffern konnte. Auf Dauer half da weder die Beleuchtung ihres Handys noch die kleine Klemm-Leselampe, die sie zu Hilfe nahm.

Die naheliegendste Lösung des Problems, nämlich ihre jeweilige Lektüre mit hinüber in die Wohnung zu nehmen, erschien ihr zu riskant. Nicht auszudenken, was passieren würde, wenn sie das Buch einmal zurückzubringen vergaß! Ebenso wenig beabsichtigte sie, jedes Mal von neuem eine kleine Tischlampe in den Laden zu verfrachten. Es war mühsam genug, sich selbst jedes Mal durch den schmalen Spalt hinter dem Wandteppich bis zur Türöffnung zu drücken.

Ärgerlich blickte sie sich um, als bei einem ihrer Besuche im Laden ausgerechnet die Röhre über ihrem Lesesessel ausfiel. Jetzt blieb ihr tatsächlich nichts anderes übrig, als samt Sessel und Buch unter eine funktionierende Leuchte umzuziehen, und das bedeutete eine kurze Lesepause ausgerechnet an einer Stelle, an der das Schicksal ihrer Hauptfigur eine entscheidende Wende nahm, dazu das Risiko, dass auch die andere Lampe streikte! Aber Moment …

Esther musterte die geschlossenen Fensterläden auf der gegenüberliegenden Seite des Raumes. Vorausgesetzt, das Fenster selbst klemmte nicht, dürften die Läden doch von innen zu öffnen sein – wenigstens die vor einem der Fenster. Doch konnte sie nach all den Jahren wirklich das Risiko eingehen, dass ein zufällig vorbeilaufender Passant hindurchspähte und den Buchladen entdeckte? Immerhin handelte es sich hier nicht um gewöhnliche, mit Vorhängen versehene Wohnungsfenster, sondern um Schaufenster, die auch noch als solche dekoriert waren.

Bei diesen Überlegungen trat sie an das dem Lesesessel direkt gegenüber gelegene Fenster, jedoch nur um festzustellen, dass es nicht zu öffnen war. So kräftig sie auch am Fenstergriff rüttelte und in welcher Position der seitliche Hebel sich befand, das Fenster war und blieb geschlossen. Eigentlich kein Wunder, wenn man bedachte, dass es lediglich als Schaufenster gedacht war. Folglich waren die Fensterläden eben doch nur von außen und mit Hilfe eines Werkzeugs zu öffnen – was selbstverständlich nicht in Frage kam.

Damit war der Laden vor dem Kundeneingang zur Straße Esthers letzte Hoffnung. Sie nahm den Schlüssel aus einem Schubfach der Kassentheke, den sie bei ihrer ersten Inspektion entdeckt hatte, steckte ihn ins Schloss und konnte ihr Glück kaum fassen, als er sich tatsächlich drehte und die Tür sich öffnen ließ! Noch rasch den Hebel gelöst, der die beiden hölzernen Flügel zusammenhielt, beide kräftig nach außen gestoßen, und nichts stand ihrem Lesevergnügen mehr im Weg! Doch noch ehe die Läden komplett aufgeschwungen waren, hielt Esther entsetzt inne. Was tat sie da eigentlich? Stand sie tatsächlich im Begriff, Walters sorgsam gehütetes Geheimnis, jenen für ihn persönlich so schicksalhaften Ort, dem hellen Tageslicht auszusetzen?

Durch die Lücke zwischen den beiden hölzernen Flügeln starrte sie unschlüssig nach draußen. Von hellem Tageslicht konnte keine Rede sein, eher von einem diesigen, bedrückenden Nieselregengrau. Außerdem lag die Straße an diesem frühen Nachmittag wie ausgestorben vor ihr. Keine Menschenseele in Sicht. Soweit ihr Blick reichte nichts als parkende Autos am Straßenrand und ein paar vereinzelte Wagen, die über das Kopfsteinpflaster holperten. In dem Fall war es wohl kaum zu erwarten, dass ausgerechnet während der nächsten halben Stunde jemand des Weges kam und wahrhaftig registrierte, dass hier plötzlich eine jahrelang verbarrikadierte und in Vergessenheit geratene Tür offen stand!

Pochenden Herzens verdrängte Esther jeglichen Gedanken an Walter und fasste den Entschluss, dieses kleine Risiko einzugehen. Sie öffnete die Läden gerade eben so weit, dass genügend Licht in ihre Leseecke fiel, und vertiefte sich wieder in ihr Buch aus Pionierzeiten. Wie authentisch und schlicht damals das Leben noch gewesen war, so ganz ohne technische Errungenschaften, die ihren Inhabern schier unüberwindbare Probleme zu bereiten vermochten ...

Ein definitiv zu realistisches, lautes Klopfen drängte sich in Esthers nostalgische Gedanken, sodass sie erschrocken hochfuhr. Mit aufgefächerten Seiten polterte das Buch zu Boden, während sie sich der ehemaligen Buchladentür zuwandte. Eine zur Faust geballte Hand schlug gegen die Tür, dicht daneben presste sich ein nur unscharf zu erkennendes Gesicht gegen die seit Jahren nicht geputzte Glasscheibe. Starr vor Schreck erwiderte Esther den Blick aus einem Paar gespenstisch großer dunkler Augen.

Regen schlug gegen die Fenster und auf das Dach des Containers der Straßenbaugesellschaft, doch war sein Geprassel inmitten all der Maschinengeräusche von draußen kaum deutlicher auszumachen als das Summen von Hajos Handy. Ohne das zusätzliche Vibrieren in seiner Hemdtasche hätte Hajo es vermutlich nicht einmal bemerkt, nun aber stürzte er sich auf sein Telefon wie ein Ertrinkender auf den Strohhalm.

Esther! Nichts wünschte er sich mehr, als dass sie endlich auf die zahllosen Botschaften reagierte, die er ihr auf die Mailbox gesprochen hatte, und ihn zurückrief. Doch bereits der erste Blick auf das Display enttäuschte ihn. Schon wieder. Mit einem frustrierten Seufzer nahm Hajo den Anruf – eine arbeitstechnische Angelegenheit – entgegen, und ebenso frustriert pfefferte er das

Handy anschließend neben sich auf die Arbeitsfläche, wo es einen Papierstapel durcheinanderwirbelte und haarscharf neben seiner Kaffeetasse landete. Kaffee – und schon wieder waren seine Gedanken bei Esther.

„Na, Ärger mit der Angetrauten?", kommentierte der Sachverständige des Forstamtes, der Hajo zu einer Baubesprechung gegenübersaß.

„Glauben Sie mir, ich wünschte, es wäre so! Doch so weit sind wir noch lange nicht – vielmehr stellt sich die Frage, ob es jemals dazu kommt!" Hajo nahm einen Schluck Kaffee. Er war kalt. Angewidert verzog Hajo das Gesicht.

„Oh, das tut mir leid!" Nach einem prüfenden Blick in Hajos Gesicht fügte der ältere Mann hinzu: „Wirklich große Hoffnung scheinen Sie nicht mehr zu haben, wenn ich das so sagen darf!"

„Das ist wahr! Seit zwei Wochen kommt keinerlei Reaktion auf meine Nachrichten – und das waren gefühlt hundert!" Hajo erhob sich, öffnete die Tür des Containers und leerte die Tasse mit dem kalten Kaffee nach draußen, wie die Bauarbeiter es zu tun pflegten. Bei dem schlammigen, von zahllosen Füßen und Maschinen durchpflügten Untergrund auf der Baustelle machte das auch keinen Unterschied mehr.

„Mailbox, hm?" Hajos Gesprächspartner wies auf das Handy. „Versuchen Sie es doch einmal auf einem anderen Weg! Schicken Sie ihr Blumen, fragen Sie eine Freundin, wie Sie ihr eine Freude machen können, oder schreiben Sie ihr einen Brief. Damit liegen Sie bei einer Frau eigentlich nie verkehrt!"

„Einen Brief?" Hajo dachte an das Schreiben, das ihn selbst erst kürzlich erreicht hatte, und daran, welche Auswirkungen die mutmachende Botschaft auf ihn gehabt hatte. Seit er sich dafür entschieden hatte, seine ganze selbst auferlegte Last an Gott abzugeben und seine zermürbenden Nachforschungen bleiben zu lassen, raubte sie ihm nicht mehr den Schlaf. Er fühlte sich deutlich fitter und hätte am liebsten seine ganze Freizeit mit Esther verbracht – wenn sie es denn auch gewollt hätte! Die Idee des Forstsachverständigen erschien ihm plötzlich sehr vielversprechend.

„Sie haben recht, einen Versuch könnte das durchaus wert sein!", überlegte er laut.

Sein Ratgeber nickte zustimmend. „Auf in den Kampf, junger Freund, erobern Sie Ihre Liebste mit der Waffe des geschriebenen Wortes! Aber zuerst, meine ich, sollten wir unsere Geschäfte regeln!“

„Selbstverständlich – und vielen Dank für Ihren Rat!“ Hajo ordnete die in Unordnung gebrachten Papiere. „Wo waren wir stehen geblieben?“

Die beiden Männer brachten ihre Besprechung zu Ende, und als es Zeit für seine Mittagspause war, zog Hajo sich in eine verhältnismäßig ruhige Ecke des Containers zurück, nahm sein Tablet (das er gewöhnlich nicht für private Zwecke nutzte) und begann eine E-Mail an Esther. Je eher er diese Nachricht abschickte, desto rascher konnte er auch auf eine Reaktion hoffen!

Liebe Esther!
Zwei Wochen sind nun vergangen, seit wir gemeinsam in den Bergen waren, und seitdem habe ich nicht ein Wort von dir gehört ... weshalb ich mir allmählich echte Sorgen um dich mache! Hat unser Skiausflug deine eigentlich überstandene Erkältung wieder aufflammen lassen, sodass du auf Walters Sofa still und duldsam vor dich hin leidest, oder

Er unterbrach sich, las das Geschriebene noch einmal und begann noch während des Lesens alles wieder zu löschen. Seine Worte klangen viel zu sehr nach einem Vorwurf, und Vorwürfe waren das Letzte, womit er Esther konfrontieren wollte. Die Frage war nur: Wie sonst sollte er diese Mail beginnen, mit der er Esther davon überzeugen wollte, dass seine Absichten mit ihr alles andere als ein leichtfertiger, unbedeutender Flirt waren?

Liebe Esther, setzte er also ein zweites Mal an, *bitte nimm dir die Zeit, diese Mail zu lesen, selbst wenn du nicht die Absicht haben solltest, darauf zu antworten (auch wenn ich mir natürlich genau das Gegenteil erhoffe).*

Ja, das war schon bedeutend besser, klang weder vorwurfsvoll noch scherzhaft. Nun konnte er zur Sache kommen.

Es ist mir wirklich enorm wichtig, dir mein Vorpreschen am Tag unseres Skiausflugs zu erklären – denn ich fürchte, genau dieses ist es, was dich davon abhält, mich zurückzurufen! Dich dort am Berghang nach meinem Sturz zu küssen war das Unbedachteste, was ich seit langem (oder jemals?) getan habe, und gleichzeitig auch das Schönste. Ich habe es sehr genossen, dir so nahe zu sein. Vor allem aber geschah es weder leichtfertig noch aus einer augenblicklichen Laune heraus, denn ich meine es tatsächlich ernst mit dir.

Ich habe mich in dich verliebt, wahrscheinlich schon damals, als du mir die Rasierklingen verkauftest, spätestens aber beim Kauf meiner genialen Zahncreme. Bereits zu diesem Zeitpunkt begann ich zu beten, dass ich die Chance bekäme, dich näher kennenzulernen, falls du nicht bereits vergeben warst. Du kannst dir gar nicht vorstellen, wie groß meine Freude war, als wir erst einmal nebeneinander (und ohne Nebenbuhler in Sicht!) im Gottesdienst saßen, gemeinsam zu seinem Lob gesungen haben und ich spürte, dass wir in unserer Beziehung zu Gott auf derselben Wellenlänge sind! Dann kam der Tag unseres Skiausflugs und ich konnte nicht anders, als dir meine Gefühle zu zeigen. Dabei glaubte ich zu spüren (und das tue ich bis heute), dass auch ich dir nicht ganz gleichgültig bin.

Falls dir all das aber zu schnell geht, ich dir zu stürmisch war und du einfach mehr Zeit brauchst, möchte ich dir versichern: Ich bin bereit zu warten, bis du soweit bist. Zwar bin ich kein zweiter Jakob, denn sieben Jahre sind schon eine extrem lange Zeit, aber um dich zu gewinnen würde ich all meine Geduld zusammenkratzen und sieben Monate lang warten …

Nein, Scherz beiseite: Ich habe dich während unserer kurzen gemeinsamen Zeit bereits lieben gelernt, mit Haut und Haaren, und als Beweis meiner ernsthaften Absichten werde ich dir jetzt etwas anvertrauen, was ich bisher noch keiner Menschenseele erzählt habe:

Hajo hielt einen Moment inne, ehe er entschlossen weitertippte. Ja, er würde es wagen, Esther von seiner kürzlich gemachten

Erfahrung zu berichten. Seinem Vater konnte er nicht mehr schaden, und Esther würde diesen Einblick in sein Innerstes als Beweis seines Vertrauens mit Sicherheit zu schätzen wissen.

Einer der Gründe, weshalb ich vor etlichen Monaten nach A. zog, war ...

Beinahe körperlich erschöpft vom raschen Tippen sandte Hajo seine Mail ab, begleitet von einem Gebet, bevor er wieder einen Rückzieher machen konnte.

„Lassen Sie mich bitte rein?"

Erst als die helle Stimme durch die Glastür zu ihr drang, erwachte Esther aus ihrer Schockstarre, und plötzlich registrierte sie, wie klein die Faust war, die an die Scheibe klopfte, und dass die großen Augen zu einem Kindergesicht gehörten. Es war nicht etwa Walter, der verfrüht nach Hause gekommen war, den geöffneten Laden der Tür entdeckt hatte und nun vor Wut kochte, sondern lediglich ein kleiner Junge, der ihr gerade den Schreck ihres Lebens verpasst hatte.

Mit wackeligen Knien machte Esther die wenigen Schritte zur Ladentür und antwortete: „Tut mir leid, aber das geht nicht! Das Geschäft ist geschlossen, weißt du!"

„Echt? Aber hier auf der Scheibe steht *Bücher zum Leben* und darunter *Christlicher Buchladen, Öffnungszeiten von ...*" Er las langsam und betont wie jeder Grundschüler, und richtete seinen Blick dann vorwurfsvoll auf Esther. „Das bedeutet, dass das ein Geschäft ist und ich hier etwas kaufen kann!"

Dieser Logik konnte Esther sich schwerlich entziehen. „Damit hast du recht, aber die Aufschrift ist längst nicht mehr aktuell. Der Buchladen hat seit Jahren geschlossen!", erklärte sie.

„Wie bitte? Ich versteh' gar nicht, was Sie sagen!" Der Kleine legte seine Hand hinters Ohr, zeigte auf die Glasscheibe und fuhr mit erhobener Stimme fort: „Können Sie mir nicht einfach die Tür aufmachen, damit ich ein Geschenk für meine Mama kaufen kann? Sie hat morgen Geburtstag und ich kann nur jetzt auf dem Nachhauseweg von der Schule einkaufen gehen, ohne dass sie es merkt. Deshalb muss ich mich ja auch so beeilen! Wenn ich viel später als sonst heimkomme, macht sie sich doch Sorgen!"

Seine Erklärung rührte Esther, außerdem konnte sie seinen flehenden großen Augen unter dem Rand einer leicht ausgeleierten Beanie-Mütze nicht länger widerstehen. Sie öffnete die Tür gerade so weit, dass der Junge mit dem schreiend bunten Schulranzen auf dem Rücken hindurchschlüpfen konnte und drückte sie dann hastig wieder ins Schloss, aber nicht, ehe sie prüfend einmal die Straße entlang geblickt hatte. Glücklicherweise war weit und breit kein anderer Passant zu entdecken.

„Was ist denn los?", kommentierte der schätzungsweise Achtjährige verwundert ihr Verhalten. „Haben Sie etwa Angst vor jemandem?"

„So ähnlich", gab Esther zu, „aber das ist schwer zu erklären!" Für einen Augenblick erwog sie, dem Jungen die Angelegenheit mit dem seit Jahren „stillgelegten" Geschäft zu erklären, entschied sich dann jedoch dagegen. Wer wusste schon, welch wirre Geschichte der Kleine seiner Familie zu Hause weitergeben würde und welches Gerücht letztendlich dadurch entstehen und die Runde machen konnte? Also entschloss sie sich für eine einfachere Lösung: „Dann erzähl mir doch mal was über deine Mama: Liest sie gern und du möchtest sie mit einem schönen Buch überraschen?"

„Genau!" Der Junge strahlte erwartungsvoll. „Sie liest ganz viel, vor allem abends, wenn ich im Bett bin, und als ich da grade Ihr Geschäft entdeckt hab – normalerweise nehme ich einen anderen Weg nach Hause, wissen Sie, deshalb wusste ich gar nicht, dass es hier einen Buchladen gibt –, hab ich überlegt, ihr lieber ein Buch zu kaufen als was Süßes. Das wollte ich nämlich zuerst. Also, haben Sie etwas für meine Mama?"

„Ganz sicher!" Esther lächelte automatisch zurück. Der Kleine mit seinen Sommersprossen, den samtbraunen Augen und dem unübersehbaren Eifer, seine Mutter zu beschenken, war in der Tat unwiderstehlich, und nichts wollte sie lieber, als ihm eine Freude zu machen. „Vielleicht kannst du mir ja sagen, welche Art von Büchern sie am liebsten mag?"

„Die ganz dicken ohne Bilder!" Seine Antwort kam wie aus der Pistole geschossen.

Esthers Lächeln vertiefte sich. „Na, dann habe ich hier etwas für dich!" Sie entnahm dem Regal mit den Romanen einen dicken, historischen Schmöker und hielt ihn ihrem „Kunden" hin. „Meinst du, das wird ihr gefallen?"

„Ich denk' schon!" Bewundernd strich der Junge über den breiten Buchrücken und kurz darauf verließ er Mariannes Buchladen mit dem Geburtstagsgeschenk für seine Mutter im Schulranzen, der sich dadurch kaum noch schließen ließ.

Esther blickte ihm durch die geöffnete Tür hinterher, bis er um die nächste Straßenecke gebogen war, dann zog sie blitzartig die Läden vor der Eingangstür zu und drehte den Schlüssel im Türschloss gleich zwei Mal herum. So schön es auch gewesen war, dem Kleinen einen Gefallen zu tun, pochte ihr doch das Herz vor Aufregung. Sie lehnte sich von innen gegen die Tür und atmete etliche Male tief durch.

Gerade noch mal gut gegangen. Nicht auszudenken, wenn statt des Kleinen ein Erwachsener angeklopft und Einlass begehrt hätte, während sie ins Lesen vertieft war – selbst wenn es nicht Walter gewesen wäre! Nein, wenn überhaupt, würde sie diese Fensterläden so bald nicht wieder öffnen, da konnten die Leuchtröhren flackern, wie es ihnen beliebte! Mit diesem Entschluss löschte Esther das Licht und verließ den Buchladen. Die Aufregung hatte ihre Lust am Lesen zumindest für den Moment ein wenig gedämpft.

Zurück in Walters Wohnung wanderte sie ziellos von einem Raum in den anderen. Bis zu seiner Rückkehr lagen noch etliche freie Stunden vor ihr. Sie strich die Tischdecke glatt, wischte unsichtbare Krümel von der Küchenarbeitsplatte und überprüfte den Inhalt des Wäschekorbes, aber im Grunde gab es nichts zu tun. Rein gar nichts. Seufzend griff sie zu ihrem Handy und sah auf den ersten Blick: kein Anruf von Hajo, keine neue Nachricht, in der er inständig um ein Treffen und eine Aussprache bat.

Eigentlich sollte sie froh sein, wenn Hajo endlich bemerkte, wie aussichtslos seine Anrufe waren. Doch zu ihrem Erstaunen verspürte sie stattdessen eine gewisse Enttäuschung. Wenn Hajo nach zwei Wochen bereits aufgab, konnte seine Zuneigung zu ihr ja nicht allzu groß gewesen sein – und ihn als Freund zu verlieren schmerzte sie auf jeden Fall gewaltig. Sollte sie es einfach stillschweigend hinnehmen oder doch noch versuchen zu retten, was zu retten war?

Esther erhob sich und ging nervös auf und ab. Schon wieder eine Entscheidung, die sie zu treffen hatte! Nahm das denn nie ein Ende? Sie war der anstehenden Entscheidungen so überdrüssig, und mit jeder Stunde wurde die lange Bank, auf die sie die meisten von ihnen geschoben hatte, noch länger, wie ihr sehr wohl bewusst war ... zumindest in den Stunden, die sie nicht in ein Buch vertieft verbrachte. Nur fehlte ihr einfach die Kraft, etwas dagegen zu unternehmen.

Schlussendlich richtete sie ihre Aufmerksamkeit wieder auf ihr Handy und wechselte zu ihren E-Mails: Der Newsletter ihrer Gemeinde, Angebote eines Online-Versands, die übliche Werbung ... und ganz unten eine Mail von HJ-Kronberg.

Eine Mail von Hajo? Das war neu. Vielleicht vermutete er, dass sie ihre Mailbox nicht abhörte und deshalb nie zurückgerufen hatte. Mit leichtem Zögern öffnete sie die Nachricht, registrierte erstaunt deren Länge und begann zu lesen: *Liebe Esther, bitte nimm dir die Zeit ...*

Etliche Minuten später legte sie das Handy beiseite. In ihren Augen brannten mühsam zurückgehaltene Tränen, ihre Hände zitterten. So war das also: Hajo liebte sie. Er war kein leichtfertiger Herzensbrecher (für den sie ihn im tiefsten Innern auch nie gehalten hatte), der nach Lust und Laune Zärtlichkeiten austeilte, sondern meinte es tatsächlich ernst mit einer Beziehung zu ihr; so ernst nämlich, dass er ihr Geheimnisse anvertraute, die er noch mit keinem Menschen geteilt hatte. Mehr noch, er hatte ihr einen tiefen Einblick in sein Herz und in seine Beziehung zu Jesus gewährt. Jedoch war genau dieses Geständnis der Grund, weshalb Esther Wittmann und Hajo Kronberg letztendlich niemals zusammenkommen konnten, denn es gab kaum Zweifel daran: Das Geschäft, nach dem Hajo gesucht hatte, um Abbitte für den fatalen Raubüberfall seines Vaters zu leisten, war kein anderes als der Buchladen ihrer verstorbenen Cousine.

Die Übereinstimmung zwischen dem, was Hajo berichtete, der

Tatsache, dass er so lange Zeit vergeblich nach dem Laden gesucht hatte, und dem, was Esther über Mariannes Tod wusste beziehungsweise aus Walters Verhalten geschlossen hatte, war einfach zu groß, um ein Zufall zu sein. Was wiederum bedeutete: Esther war die Cousine der Frau, die Hajos Vater auf dem Gewissen hatte, und nicht einmal ein Mann wie Hajo würde den Rest seines Lebens mit einer Frau verbringen wollen, deren bloße Gegenwart ihn tagtäglich an die schreckliche Tat seines Vaters erinnerte.

Ihr persönlich würde es in dieser Lage jedenfalls so ergehen – oder etwa nicht? Könnte sie an Hajos Stelle diesen ganzen verstörenden Hintergrund, sämtliche unglückseligen Verknüpfungen von Vergangenheit und Gegenwart seiner Familie und ihrer einfach so vergessen, oder würden diese bei jeder Auseinandersetzung, jedem Streit im Unterbewussten lauern und im Lauf der Jahre bei aller Liebe eine Kluft zwischen ihnen schaffen?

Nein, es war einfach zu viel verlangt, sich jetzt auch noch über dieses Problem den Kopf zu zermartern. Ihr Leben war sowieso schon viel zu kompliziert. Punkt. Das Beste, was sie tun konnte, war, Hajo und sein breites Grinsen – ihren Ritter auf dem Stahlross – so schnell wie möglich und für immer aus ihrer Erinnerung zu verbannen. Und noch einmal: Punkt.

Esther warf sich aufs Sofa und weinte hemmungslos.

Zum letzten Mal öffnete Esther mit ihrer Haarnadel das Türschloss hinter dem Wandteppich, zum letzten Mal knipste sie das Licht in Mariannes Laden an. Die Freude an ihrem geheimen Refugium war vollkommen verflogen. Statt der Lust daran, sich in eine fremde Lebensgeschichte hineinzulesen verspürte sie beim Anblick der beiden Räume nur noch Bedauern. Trauer. Frustration. Dieser Ort war der Schauplatz eines Verbrechens, das ihre Cousine – ob mit Vorsatz oder auch nicht – das Leben gekostet und Walter das seine seitdem zur Qual gemacht hatte, und er stellte ein unüberwindliches Hindernis zwischen Hajo und ihr dar. Das Einzige, was Esther hier noch zu tun beabsichtigte, war, alles wieder in seinen ursprünglichen Zustand zurückzuversetzen.

Sie würde sämtliche Spuren beseitigen, die sie hinterlassen hatte, um nie mehr an diesen Ort zurückkehren zu müssen. Plötzlich verstand sie Walters Wunsch, den Buchladen für immer ins Meer der Vergessenheit zu versenken, und das Bewusstsein, dass sie so eigenmächtig und obendrein egoistisch gehandelt hatte, löschte auch den letzten Rest von Zuversicht aus, die sie jemals hier empfunden hatte.

Esther verstaute den Schlüssel wieder in dem Schubfach, stellte das zuletzt begonnene Buch zurück an seinen Platz im Regal und steckte die Postkarte, die ihr als Lesezeichen gedient hatte, an die entsprechende Stelle im Kartenständer.

„*Danket dem Herrn, denn er ist freundlich, und seine Güte währet ewiglich*", stand auf der Karte unter dem Bild eines Landhaus-Stilllebens: Ein weißes Sprossenfenster in der Wand eines braunen Holzschuppens, davor ein alter Stuhl, dekoriert mit einem Strohhut und einem Obstkorb und umgeben von Lavendel und weiteren bunt blühenden Pflanzen in Tontöpfen. *Eine Idylle, die es im wahren Leben so niemals gibt*, dachte Esther resigniert, und ein Grund zum Danken war für sie auch weit und breit nicht in Sicht.

Dennoch mochten die Ereignisse des gestrigen Tages ein Gutes haben: Noch in der Nacht hatte sie den Entschluss gefasst, ihr Haus am Waldrand zu verkaufen und irgendwo, vielleicht hier in der Stadtmitte in Walters Nähe, eine kleine, kuschelig-warme Singlewohnung mit nur zwei Zimmern zu mieten. Auf diese Weise wurde sie die Mehrheit ihrer Probleme auf einen Schlag los und konnte unbelastet von Schulden oder Ähnlichem einen neuen Lebensabschnitt beginnen. Ob sie ohne ihr Haus und ihren Garten glücklich werden konnte, das allerdings stand auf einem anderen Blatt ...

Während Esther voller Wehmut auf die einzige staubfreie Postkarte in dem Halter starrte, vernahm sie plötzlich Stimmen. Eine helle Kinderstimme und eine tiefe, männliche. Die beiden Passanten mussten unmittelbar vor der Eingangstür sein.

„Und du bist ganz sicher, dass es hier war?", fragte die Männerstimme, und „Hundert pro, Papa!" antwortete die hellere Stimme. „Nur war gestern eine Tür da, wo jetzt diese Holzbretter sind!"

Entsetzt sog Esther die Luft ein. Das durfte doch nicht wahr sein! Ihr kleiner „Kunde“ von gestern war zurückgekehrt, und zwar in Begleitung seines Vaters! Sie trat lautlos an die Tür und lauschte angespannt.

„Nun ja, die Anschrift stimmt mit der auf der Bucheinlage überein, von daher solltest du recht haben. Aber diese Tür und die Fenster daneben sind mit den Läden verschlossen, solange ich mich erinnern kann – schon als wir vor zehn Jahren in diesen Stadtteil gezogen sind, Timo!“

„Aber gestern nicht, Papa!“, beharrte der Junge. „Da war eine Glastür und eine Frau, die aufgemacht und mir das Buch für Mama gegeben hat. Und der Name auf der Tür war derselbe wie der auf dem Zettel im Buch!“ Allmählich wurde der Junge eindeutig ungeduldig mit seinem skeptischen Vater.

Esthers Gedanken arbeiteten fieberhaft: Bucheinlage, Zettel – wovon sprachen die beiden? Sie hatte dem Jungen nichts weiter mitgegeben als das Buch, und auch das erst, nachdem sie das uralte Preisschild aufs Sorgfältigste entfernt hatte. Doch ihr blieb keine Zeit zu überlegen.

„Ich mache es jetzt einfach wie gestern und klopfe so lange, bis die Frau wiederkommt und aufmacht, dann wirst du schon sehen!“, verkündete der Junge nun und setzte seine Worte sofort in die Tat um. Überlaut wie Donnerschläge hallten die Hiebe der Kinderfaust gegen den Fensterladen, doch sie verharrte wie festgenagelt an Ort und Stelle.

Das alles durfte einfach nicht wahr sein! Was sollte sie denn jetzt tun – die Tür erneut öffnen und alles erklären oder sich die Ohren zuhalten und aus dem Staub machen? „Hallo, sind Sie da? Machen Sie doch bitte die Tür auf. Ich bin es nochmal, der Junge mit dem Geschenk für seine Mama!“, drängte der Kleine inständig und schlug erneut gegen den hölzernen Laden.

Esther trat einen Schritt zurück, ihre Hände bewegten sich in Richtung ihrer Ohren.

„Bitte, mein Vater glaubt mir sonst nicht, dass es Sie wirklich gibt!“

Sie machte einen weiteren Schritt weg von der Tür, trotzdem glaubte sie, so etwas wie ein Schluchzen des Jungen zu hören.

„Lass gut sein, Timo, ich glaube dir ja, wenn du dir so sicher bist, das Buch hier bekommen zu haben. Mama freut sich über ihr Geschenk und ich finde schon noch heraus, was es mit dem Buchladen auf sich hat. Immerhin habe ich diesen Zettel als Hinweis!"

„Okay, Papa. Wenn du mir nur glaubst, ist alles gut!"

Die Schritte entfernten sich.

Esther sackte kraftlos in sich zusammen, in ihren Ohren erklang in Endlosschleife das Echo des väterlichen Versprechens: *Ich finde heraus, was es mit dem Buchladen auf sich hat … ich finde heraus, was es auf sich hat …*

Was hatte sie da nur losgetreten mit ihrem unbedachten, vollkommen bescheuerten Handeln?

Kapitel 14

Er hat mich gesandt, den Elenden frohe Botschaft zu bringen,
zu verbinden, die gebrochenen Herzens sind ...
auszurufen das Gnadenjahr des Herrn.
(aus Jesaja 61)

Zwei Tage, nachdem er die Mail an Esther geschrieben hatte, holte Hajo vor seinem Aufbruch ins Büro die Tageszeitung aus seinem Briefkasten. Für gewöhnlich nahm er sich nicht die Zeit, diese bereits am Morgen zu lesen, doch heute war er deutlich früher auf den Beinen als sonst. Er hatte derart schlecht geschlafen, dass es eine wahre Erlösung für ihn bedeutet hatte, endlich das Bett zu verlassen. Und das alles, weil er sich in einem fort den Kopf darüber zermarterte, warum Esther seine Mail nicht beantwortete, ja, nicht mal *ein* Lebenszeichen von sich gab. Hatte er mit seinem Vertrauensbeweis genau das Gegenteil seiner Absicht erreicht, nämlich, dass sie nach seinem Geständnis erst recht nichts mehr mit ihm zu tun haben wollte? Wenn er das Ganze doch nur richtig einordnen könnte ...

Geistesabwesend blätterte Hajo durch die Zeitung, bis er den Lokalteil erreichte; im Grunde das Einzige, was ihn daran wirklich interessierte. Über Nachrichten aus dem Sport und aller Welt wurde man auf allen möglichen anderen Kanälen zur Genüge auf dem Laufenden gehalten.

Eine Überschrift ganz oben auf der zweiten Seite stach ihm trotz aller Ablenkung ins Auge: *Spuk in der Innenstadt – oder: Ein Gruß aus der Vergangenheit.* Unter der Titelzeile befand sich ein Foto einer Hausfront mit altmodischen, verschlossenen Fensterläden sowie ein weiteres von einem Schriftstück neben einem dicken Schmöker. Achtlos wollte Hajo über diesen verdächtig nach Klatsch aussehenden Artikel hinweggehen, als er plötzlich stutzte. Hatte er diese Hausfront nicht schon einmal gesehen? Hajo nahm seine Brille ab, betrachtete das Bild genauer und las:

Ist es möglich, dass es dieser Tage in unserer Innenstadt spukt, oder gibt es eine ganz natürliche Erklärung für das geheimnisvolle Auftauchen dieses Reliktes aus der Vergangenheit (siehe Abbildung rechts)?
48 Stunden ist es her, dass ein Achtjähriger auf der Suche nach einem Geburtstagsgeschenk für seine Mutter einen Buchladen betrat und einen im Jahr 1988 erschienenen historischen Roman erstand. Nicht weiter ungewöhnlich, sollte man meinen, hätte nicht dieser Buchladen in der Frauentorstraße vor bald 27 Jahren seine Pforten für immer geschlossen.
Am 23. März 1989 war „Bücher zum Leben", ein christlicher Buchladen, zum Schauplatz eines Raubüberfalls geworden. Ein mit einem Fleischermesser bewaffneter maskierter Täter leerte die Kasse und stach die Ladeninhaberin Marianne U., Ehefrau von Prof. Dr. W. U. nieder, die später im Krankenhaus ihren Verletzungen erlag. Trotz aller Bemühungen der Kriminalpolizei wurde der Täter niemals aufgespürt, der Laden wurde noch am Tag des Überfalls für immer geschlossen (Abbildung oben links) und der Fall gehört bis heute zu den rätselhaftesten ungeklärten Raubüberfällen unserer Stadt. Ebenso rätselhaft wie der Kauf des oben genannten Buches vor zwei Tagen, das der Junge laut eigener Aussage von einer Frau erwarb, die auf sein Klopfen hin die Tür des jahrzehntelang verrammelten Buchladens geöffnet und ihn beraten hatte.
Hirngespinst eines Grundschülers, Spuk oder doch Realität – das ist hier die Frage! Wobei der Fund des Einlageblattes in dem Buch, das für künftige Einkäufe sowohl mit der Adresse des Ladens als auch mit einer Liste weiterer lesenswerter Neuerscheinungen aus dem Jahr 1988 und mit Preisauszeichnungen in D-Mark versehen ist, durchaus als Beweis für die Realität gelten dürfte ...

Die Zeitung glitt Hajo aus den Händen und fiel zu Boden. Er konnte nicht einmal sagen, was das Schlimmste an dieser Angelegenheit war: Jetzt, wo er seine Last abgelegt hatte, doch noch auf diese Spur zu stoßen, das Verbrechen seines Vaters auf solche Weise aufgedeckt und Schwarz auf Weiß vor sich zu sehen, oder aber die Erkenntnis, dass es sich bei der Anschrift des Ladens um Esthers derzeitigen Wohnort handelte.

Letzteres beantwortete seine Frage nach Esthers Abtauchen auf eine Art, die er in sich in seinen schlimmsten Träumen nicht hätte ausmalen können. Sie wollte schlicht und einfach nichts mit dem Sohn des Mörders ihrer Cousine zu tun haben ... Mit einem gezielten Tritt beförderte Hajo die Zeitung unter seinen Sessel und griff sich stöhnend an die Stirn: „Warum sie, Herr, weshalb unter den Millionen Menschen in dieser Stadt ausgerechnet sie?"

Walter stellte seine Aktentasche auf den Sitz neben sich und zupfte unbehaglich an seinen Lederhandschuhen. Es war nicht unbedingt seine Art, einem anderen Fahrgast auf diese Weise den Sitzplatz zu nehmen, schon gar nicht um diese morgendliche Zeit, wenn die Straßenbahn voll besetzt war, doch andererseits konnte er seine Tasche voll feuchtigkeitsempfindlicher Papiere auch nicht dem auf dem Boden dahinschmelzenden Schneematsch aussetzen. Daher blieb ihm tatsächlich nichts anderes übrig, als die Tasche auf den Sitz zu stellen und eventuelle Anfragen durch eine finstere Miene von vornherein abzublocken. Womit er bis jetzt recht erfolgreich gewesen war.

Dabei war ihm an diesem Morgen ausgesprochen leicht ums Herz: Esther hatte sich endlich zu einer Entscheidung durchgerungen! Wenige Minuten bevor er gestern die Wohnung verlassen hatte, hatte sie ihm mitgeteilt, dass sie ihr Haus verkaufen und sich stattdessen nach einer Wohnung hier in der Stadtmitte umsehen wollte. Das hieß, genau genommen hatte sie mit dem „Umsehen" bereits begonnen, nachdem sie am Vortag ihre Entscheidung getroffen hatte, allerdings gab es noch nichts Konkretes vorzuweisen.

Selbstverständlich hatte Walter sich nicht anmerken lassen, wie erleichtert er darüber war, dass sie sich endlich zu einem

Entschluss aufgerafft hatte, nachdem ihr wochenlanges Zaudern ihm zunehmend auf den Magen geschlagen war. Ein gewisses Maß an Unentschlossenheit musste man einer emotionalen Frau wie seiner Cousine zwar zugestehen, doch Esther schien ihm etwas darüber hinausgegangen zu sein. War sie ihm seit Neujahr zunehmend bedrückt erschienen, so wirkte sie in den letzten Tagen nahezu lethargisch, doch um des lieben Friedens willen hatte er sie nicht weiter bedrängt, sondern lediglich versucht, sie aufzumuntern – und nun erhielt er die Belohnung dafür: Esther suchte nach einer Wohnung in seiner näheren Umgebung, sodass sie ihm weiterhin im Haushalt zur Seite stehen konnte. Wahrlich erfreuliche Nachrichten, wie Walter auch 24 Stunden später noch fand.

„'tschuldigen Sie, aber Sie nehmen das Ding da besser auf Ihren Schoß! Nicht, dass ich mich am Ende auf wichtigen Dokumenten niederlasse!" Ein junger Mann, offenbar immun gegen Walters betont mürrischen Gesichtsausdruck, ließ sich auf den Sitz neben Walter fallen, während er ihm zeitgleich seine Aktentasche in den Arm drückte.

Sprachlos starrte Walter auf seinen unerwünschten Sitznachbarn mit dem schwarzen Bart und einem kumpelhaften Lächeln auf den Lippen. Der Kerl mit dem terroristischen Äußeren besaß offensichtlich nicht das kleinste bisschen Respekt für den Wunsch nach Privatsphäre oder sonstige Anliegen eines älteren Herrn. Walter holte tief Luft in der Absicht, seinem Unmut deutlich Ausdruck zu verleihen, als der Klingelton eines Handys ihn ablenkte. Der Klingelton *seines* Handys, wie er erstaunt registrierte. Außer seinen Arbeitskollegen und neuerdings Esther gab es nicht viele Menschen, denen er seine Handynummer anvertraut hatte.

Mühsam kramte er den selten genutzten Apparat aus einer Seitentasche des Aktenkoffers, stieß dabei seinem Sitznachbarn den Ellbogen in die Rippen (was dieser ungerührt ignorierte) und nahm den Anruf mit einem knappen „Hier Ulrich!" entgegen.

„Wie gut, dass ich Sie erreiche, Herr Professor, ich fürchtete schon, Sie würden meinen Anruf gar nicht annehmen, aber offenbar ..."

Es dauerte einen Augenblick, bis Walter die weibliche Stimme als die von Frau Kempinski erkannte, und noch einen Augenblick länger, bis er dem Geplapper seiner ehemaligen Haushaltshilfe tatsächlich zu folgen vermochte.

„Also wollte ich Ihnen nur versichern, Herr Professor, dass ich daran nicht im Geringsten beteiligt bin. Bei allem, was mir heilig ist, habe ich Ihr Geheimnis bis zum heutigen Tag für mich behalten, das wollte ich nur betonen. Nicht, dass Sie denken, ich wäre aus Rache für Ihr gemeines Verhalten letzten Herbst zur Zeitung marschiert und hätte irgendetwas ausgeplaudert, sodass die ganze Geschichte ans Licht kam und ..."

„Einen Moment, Frau Kempinski!", unterbrach Walter vollkommen irritiert. „Ich kann Ihnen nicht folgen. Wovon, bitte schön, sprechen Sie? Ich verstehe nur immer *Rache* und *Geheimnis*!?"

„Na, von dem Zeitungsartikel!" Frau Kempinskis aufgeregtes Schnaufen quälte Walters Ohr, sodass er das Handy etliche Zentimeter davon weghielt.

„Sagen Sie bloß, den haben Sie noch gar nicht gelesen!", vernahm er trotzdem deutlich. „So auffällig, wie der war!"

„Nein, das habe ich tatsächlich nicht, denn falls Sie sich erinnern, Frau Kempinski, abonniere ich schon seit Jahren keine Zeitung mehr! Deshalb noch einmal: Wovon reden Sie?"

„Von dem Artikel heute in der Zeitung über Ihren Laden, den Überfall, den Tod Ihrer Frau ... Oh, Herr Professor, es tut mir ja so leid – es steht alles drin, sogar mit Fotos! Der Laden ist ganz deutlich darauf zu erkennen, und auch die Adresse ..." Ein Schluchzer erstickte ihre Stimme, während Walter resolut entgegnete: „Das ist unmöglich, Frau Kempinski. Sie irren sich. Weshalb sollte die Zeitung heute darüber berichten, wenn ich es damals verhindern konnte und auch Sie bis heute geschwiegen haben?"

„Nun, weil irgendjemand neulich ein Buch aus dem Laden in die Finger gekriegt hat – weil irgendjemand tatsächlich in dem Laden gewesen sein muss! Aber wenn Sie mir nicht glauben wollen, bitte schön! Ich habe Sie jedenfalls informiert – und das habe ich nur gut gemeint!" Frau Kempinskis Stimme verstummte beleidigt. Sie hatte das Gespräch beendet.

Walters Hand jedoch umklammerte weiterhin krampfhaft sein Telefon. Satzfetzen wie *Überfall, Tod Ihrer Frau, alles in der Zeitung, jemand war im Laden* rotierten in seinem Verstand wie ein aufgestörter Bienenschwarm und kalte Furcht griff nach seinem Herzen. Was, wenn Frau Kempinski tatsächlich richtig gelesen hatte – wenn ihre Behauptungen entgegen aller Wahrscheinlichkeit doch der Wahrheit entsprachen?

Walter sprang auf, rammte sein Handy in die Manteltasche und seinem Sitznachbarn die Aktentasche ins Gesicht, stolperte auf seinem Weg zur Straßenbahntür zusätzlich über dessen Füße und drückte schließlich den Halteknopf, als hinge sein Leben davon ab.

Noch ehe sich die Tür ganz geöffnet hatte, drängte er sich durch den Spalt, sprang auf den Gehsteig und eilte mit weit ausgreifenden Schritten zurück nach Hause. Schneeregen und Wind peitschten ihm ins Gesicht, ohne dass er seinen Schirm aufspannte oder diesen Unannehmlichkeiten anderweitig Beachtung schenkte, denn er hatte nur das eine Ziel vor Augen: sich auf der Stelle Gewissheit zu verschaffen.

Esther stocherte in dem Türschloss, als benutze sie ihr Haarnadelwerkzeug zum ersten Mal. Wenn sie den Bus um kurz vor 8:00 Uhr erwischen wollte, um rechtzeitig zur Arbeit zu kommen, blieben ihr nur noch wenige Minuten, und der Gedanke daran machte sie nervös. Als Filialleiterin konnte sie es sich nicht leisten ausgerechnet heute, da der Bezirksleiter des Drogeriemarkts seinen Besuch angekündigt hatte, zu spät zu erscheinen, nur weil sie ihr Handy verlegt hatte!

Am vergangenen Morgen, als sie es zum ersten Mal vermisst hatte, da sie mit Juli telefonieren wollte, hatte sie noch vermutet, dass sie es am Vortag im Markt vergessen hatte, doch wie sich gestern herausgestellt hatte, war das nicht der Fall. Weder in ihrem Spind noch in der Tasche ihrer Arbeitsschürze hatte sie es gefunden; ebenso wenig später in Walters Wohnung, wo sie einen guten Teil des Abends auf die Suche verwendet hatte. Folglich gab es nur noch eine Möglichkeit: Sie hatte es im Buchladen liegen lassen, nachdem sie das Vater-Sohn-Gespräch vor der Ladentür belauscht hatte. Kein Wunder, nachdem ihr die letzten Worte des Vaters einen solchen Schock versetzt hatten! Jedenfalls blieb ihr nun keine andere Wahl, als entgegen aller Vorsätze den Laden noch einmal zu betreten.

Außerdem konnte sie bei der ganzen vertrackten Geschichte noch von Glück reden, dass ihr Handy nicht abends zu klingeln begonnen hatte, als sie mit Walter im Wohnzimmer saß, und möglicherweise hinter dem Wandteppich zu hören gewesen wäre!

Da, endlich ertönte das vertraute Klicken des Türschlosses. Esther stieß die Tür auf, drückte den Lichtschalter, die Leuchtstoffröhren flackerten – einmal, zweimal, dann lagen beide Räume in hellem Licht.

Natürlich: Jetzt, wo sie sie nicht mehr benötigte, funktionierten die Dinger einwandfrei. Seufzend durchquerte Esther den vorderen Raum, wobei sie zum ersten Mal so recht registrierte, wie viele Spuren sie bei ihren bisherigen Aufenthalten in der dicken Staubschicht auf Boden und Bücherwänden hinterlassen hatte: Ein richtiger Trampelpfad zog sich vor den Regalreihen entlang, die Reihen der Bücher waren von zahllosen Fingerabdrücken verunziert.

Esther ging in den zweiten Raum mit der Leseecke und der Kassentheke, und in der Tat lag ihr Handy auf dem Boden unmittelbar vor der Tür, wo es ihr aus der Tasche geglitten sein musste. Erleichtert steckte sie es wieder ein, als ein Geräusch aus dem anderen Teil des Ladens sie aufschreckte.

War das Keiner Onkel, der wie so oft Alltagsgeräusche nachahmte, oder hatte da jemand drüben in der Wohnung die Tür zwischen Gang und Wohnzimmer geöffnet, die Esther wie stets sorgfältig verschlossen hatte? Nein, unmöglich. Walter war vor einer ganzen Weile zur Arbeit aufgebrochen und würde vor dem Nachmittag nicht zurückkehren, und niemand sonst konnte diese Wohnung betreten, beruhigte sich Esther.

Dennoch hielt sie inne und lauschte angestrengt. Tatsächlich: Schritte. Schritte im Wohnzimmer – und wenn sie sich nicht täuschte, näherten diese sich langsam, aber sicher dem Wandteppich!

Mit zitternden Knien und dennoch bewegungsunfähig wie ein

Kaninchen im Angesicht der Schlange harrte sie der Dinge, die da kommen würden.

Walter traute seinen Augen nicht, als er, noch in Mantel und Schuhen, in vollem Lauf in sein Wohnzimmer stürmte: Auf eine unübersehbar unnatürliche Art und Weise wölbte sich der Wandteppich nach vorn, und ein heller Lichtstreifen drang dahinter hervor. Wenn er vorher noch an Frau Kempinskis Behauptung gezweifelt hatte (und diese Zweifel hatten proportional zur Entfernung zwischen der Straßenbahnhaltestelle und seiner Wohnung beständig abgenommen), war es nun eindeutig erwiesen: Jemand hatte sich unbefugt Zutritt zu Mariannes Laden verschafft, und dieser Jemand konnte niemand anderes sein als–

„Esther!!!", brüllte er in einer Lautstärke, zu der er sich gar nicht für fähig gehalten hatte, während er den Wandteppich aus seiner Halterung riss und mit Riesenschritten den ersten Raum durchquerte. In einer wohnzimmerfüllenden Staubwolke ging hinter ihm der Wandteppich zu Boden, seine ganze Konzentration jedoch galt seiner Verdächtigen: Auf die Kassentheke gestützt, in der Hand ihr Telefon und in ihren Augen eindeutig der Ausdruck eines schlechten Gewissens, blickte sie ihm entgegen.

Tausend zornige Vorwürfe, weil sie sein absolutes Zutrittsverbot für den Buchladen missachtet hatte, lagen Walter auf der Zunge. Tausend bittere Beschuldigungen, weil sie auf irgendeine rätselhafte Weise den Zeitungsartikel hervorgerufen und damit seine Vergangenheit ins Bewusstsein der Öffentlichkeit, seiner Arbeitskollegen, Nachbarn und sämtlicher Stadtbewohner gerückt hatte. Tausend wohlbegründete Anklagen wegen des Ausnutzens seiner Gutgläubigkeit, seines Vertrauens. Doch alles, was er herausbrachte, war ein schwaches, geflüstertes: „Warum, Esther? Weshalb tust du mir das an? Konntest du nicht einfach diesen einen Wunsch respektieren?"

„Deinen Wunsch, die Vergangenheit für Zeit und Ewigkeit hinter einen Wandteppich und hölzerne Fensterläden zu verbannen, um sich nicht mehr mit all den damit verbundenen Gefühlen auseinanderzusetzen, meinst du, ja?" Wo Walter eben noch ein schlechtes Gewissen gesehen zu haben glaubte, machte sich plötzlich Wut breit, dieselbe Art wutentbrannter Ohnmacht, ja Resignation, die er selbst bei Esthers Anblick vor Mariannes Theke verspürte.

„Tut mir leid, Walter, dir diese Neuigkeit überbringen zu müssen, aber das geht nicht! Dieses Vorgehen funktioniert ebenso wenig wie meine Idee, mein Haus und damit mein ganzes bisheriges Leben, ja ein Stück meiner Seele zu verkaufen in der Hoffnung, damit künftig allen Problemen und emotionalen Verwicklungen aus dem Weg zu gehen! Es – funk – tio – niert – nicht!" Die letzten Worte stieß sie mit einer Heftigkeit hervor, die Walter der sanftmütigen Esther gar nicht zugetraut hätte. Kaum waren sie jedoch aus ihrem Mund, krümmte sie sich zusammen und brach in krampfartiges Schluchzen aus.

Wann hatte sich diese Härte, diese Bitterkeit in das Leben seiner Cousine geschlichen? Er hatte ja keine Ahnung davon gehabt ... Rat- und hilflos stand Walter vor ihr und fühlte sich, als blicke er in einen Spiegel, in dem nur allzu deutlich sein Verhalten der letzten Jahre reflektiert wurde – mit dem einzigen Unterschied, dass er seiner Bitterkeit niemals mittels Tränen Raum gegeben, sondern sie im Innersten seiner Seele eingesperrt hatte.

Tiefstes Schweigen, unterbrochen nur durch Esthers heftiges Schluchzen und das leise Tropfen des geschmolzenen Schnees, der aus Walters durchnässtem Haar auf den Dielenboden fiel, legte sich über den Raum mit den beiden gebrochenen Menschen.

Hajo schaltete in einen höheren Gang und trat mit einer Wucht in die Pedale, wie er es noch selten getan hatte. Grauer Schneematsch schleuderte von seinen rotierenden Reifen und bespritzte etliche Fußgänger am Straßenrand, die daraufhin in empörtes Schelten ausbrachen, ohne dass Hajo es registrierte. Selbst wenn er es getan hätte – bei der Dringlichkeit seines Anliegens mussten derlei Nebenwirkungen in Kauf genommen werden.

Trotz des beißenden Windes und des Schneeregens stand ihm

der Schweiß auf der Stirn, während er eine haltende Straßenbahn passierte, dennoch war er froh, sein Bike genommen zu haben, um den Schauplatz des Geschehens möglichst rasch zu erreichen.

Eines nämlich war ihm klar geworden, sobald er seinen ersten Schock über den Zeitungsartikel überwunden hatte: Er durfte sich nicht einfach geschlagen geben, sondern musste sich mit eigenen Augen und vor Ort ein Bild von allem machen – nicht, um die Schuld seines Vaters wiedergutzumachen, wie es früher der Fall gewesen wäre, sondern hauptsächlich Esthers wegen. Esther war ihm zu wichtig, als dass er sie wegen eines bloßen Zeitungsartikels ziehen lassen würde. Er musste aus erster Hand, möglichst aus ihrem Mund erfahren, ob sie wirklich die Cousine des damaligen Opfers war. Und selbst wenn dies tatsächlich zutraf: War sie, und eventuell sogar Professor Ulrich, bereit, mit ihm über diese Angelegenheit zu sprechen und sich seine stellvertretende Bitte um Vergebung, so absurd dieses Ansinnen auch war, zumindest anzuhören?

Die Augen stur geradeaus gerichtet, kämpfte Hajo sich voran, während Herz und Lippen um eine Gelegenheit flehten, Esther zu sehen und mit ihr zu sprechen. Schließlich stand er vor der Hausfront, die in der Zeitung abgebildet war, stellte sein Bike neben einem der verschlossenen Läden ab und näherte sich Walters Haustür.

Zu seiner Verwunderung stand diese weit offen, ebenso die Tür zu seiner Wohnung am ersten Treppenabsatz. Alarmiert eilte Hajo durch die Tür, hinter der ihm eine gewaltige Rauchwolke entgegenschlug. Panik wollte sich in ihm breitmachen, sein einziger Gedanke war: *Esther!* Sie befand sich in Gefahr, vielleicht sogar in Lebensgefahr!

Trotz aller Furcht zwang er sich, überlegt vorzugehen: Mund und Nase mit seinem Schal überdeckt und dennoch hustend suchte er sich einen Weg durch die weiße Wolke zu der nächsten offen stehenden Tür, hinter der sich – der Dichte des Qualms nach – dessen Quelle befinden musste, obwohl die Temperatur nicht im Geringsten zunahm.

„Esther! Wo steckst du?" Sein Ruf erstickte in einem erneuten Hustenanfall, als er über ein seltsam ungleichmäßiges Hindernis auf dem Boden stolperte, sich wieder aufrappelte und auf eine weitere Öffnung in der Wand zu tastete, hinter der es deutlich heller war als im Rest des Raumes. Auch der Rauch schien hier weniger zu werden, verwandelte sich in einen leicht staubgeschwängerten Dunst, und Hajos Sicht verbesserte sich deutlich.

Anhand der Regalreihen war es nicht schwer zu erraten, dass er sich bereits in dem besagten Buchladen befand, und Sekundenbruchteile später gewahrte er auch Esther, über einen halbhohen Tresen gebeugt, unmittelbar vor ihr der Rücken eines hochgewachsenen Mannes. Bedrohte dieser Kerl etwa Esther?

Wie eine Welle kehrte die Panik zurück und überrollte Hajo, sodass er allein seinem Beschützerinstinkt folgte: Mit einem Satz warf er sich auf Esthers vermeintlichen Angreifer und riss ihn zu Boden.

Noch im Fallen wandte Walter den Kopf, um seinem Angreifer ins Gesicht zu blicken. Er erkannte es auf der Stelle, und zwar nicht nur als das Gesicht des Mannes, der mit Esther ausgegangen war … diese panisch aufgerissenen graublauen Augen mit den vielen Fältchen drumherum, den breiten Mund mit den kräftigen, großen Vorderzähnen, umgeben von einem dunkelblonden Bart, hatte er schon früher einmal gesehen. Zu einem Zeitpunkt seines Lebens, um den er selbst in seinen Gedanken stets einen weiten Umweg einschlug. Auch damals war er hier, an nahezu derselben Stelle, als Opfer eines Überraschungsangriffs zu Boden gegangen …

Marianne war an diesem Morgen besonders guter Laune gewesen. Walter und sie waren am Vorabend beim Gynäkologen gewesen und hatten zum ersten Mal ihr Kind gesehen. Das Kind, auf das insbesondere Marianne seit 17 Ehejahren so sehnsüchtig wartete! Natürlich war im dritten Schwangerschaftsmonat auf dem Ultraschallbild nicht viel mehr zu sehen als ein kleiner heller Punkt auf dunklem Hintergrund, und doch konnte Marianne kaum ihren verzückten Blick davon abwenden. Beim gemeinsamen Frühstück lag das Bild vor ihnen auf dem Tisch, und als Walter sich zur Universität aufmachte und Marianne hinüber in ihren Buchladen ging, steckte sie es in die Tasche ihrer geblümten Bluse, um es im Lauf des Tages immer wieder betrachten zu können. Sie verabschiedeten sich wie jeden Tag mit einem Kuss, wie jeden Tag kehrte Walter nach Hause zurück, als Marianne den Buchladen nach ihrer Mittagspause wieder öffnete, und wie jeden Nachmittag öffnete Walter auch die Zwischentür zum Wohnzimmer einen Spalt, sodass er sich mit Marianne unterhalten konnte, wenn gerade kein Kunde im Laden war. Während der übrigen Zeit lauschte er gelegentlich ihren Kundengesprächen, beschäftigte sich meist aber mit seinen eigenen Unterlagen.

Genau diese intensive Beschäftigung war der Grund, weshalb er viel zu spät bemerkte, was sich an diesem Nachmittag nur wenige Meter entfernt von ihm abspielte. Kein Laut war aus dem Laden zu hören, weshalb er annahm, dass Marianne mit Bestellungen oder Papierkram beschäftigt war. Plötzlich aber durchbrach ein Ausruf die Stille, seltsam gedämpft und doch höchst alarmierend. Walters Unterrichtsmaterial polterte zu Boden, er hastete durch die Zwischentür und quer durch den ersten Ladenraum hinüber in den Kassenbereich – und dann sah er sie: Den Maskierten, der soeben die Kasse plünderte, mit der linken Hand hektisch Geldscheine und Münzen in einen Beutel schaufelte, während er mit dem langen Fleischermesser in seiner Rechten Marianne in Schach hielt. Mariannes Augen waren riesig und fast schwarz vor Furcht, das Messer lag unmittelbar an ihrer Kehle. Eine einzige kleine Bewegung und sie würde–

„Nein!“, brüllte Walter, und wie von Sinnen stürmte er auf den Maskierten los, der tatsächlich überrumpelt das Messer sinken ließ und einen Schritt zurückwich, seine Fassung aber sofort zurückgewann und hinter dem Tresen in Deckung ging, ehe Walter ihn erreichte. Marianne zog der Angreifer mit sich zu Boden. Ob er sie bereits dabei mit der Messerklinge verletzte oder erst in dem Handgemenge, in dem Walter versuchte, den Maskierten zu entwaffnen, war später nicht mehr festzustellen. Tatsache war: Es gelang Walter zwar, dem Angreifer die Maske vom Kopf zu zerren und einen Blick auf dessen panisch verzerrtes Gesicht zu werfen, doch dann entwand er sich ihm, raffte Maske, Geld und Messer zusammen und ergriff die Flucht, während Walter und Marianne, die aus einer Bauchwunde blutete, am Boden liegend zurückblieben. Halb gelähmt vor Angst um seine Frau drückte Walter seine Hand auf die Wunde, um die Blutung einzudämmen, während ein Passant den Notarzt rief. Und später im Krankenhaus musste Walter ohnmächtig mit ansehen, wie Atemzug um Atemzug das Leben aus Marianne wich, in dem qualvollen Wissen, dass ihr Kind bereits verloren war ...

Und nun, nach fast 27 Jahren, blickte Walter erneut aus allernächster Nähe in die Augen dieses Angreifers. Sämtliche Fantasien, die er nach dem Überfall durchlebt und in denen er den Mord an Marianne heldenhaft gerächt hatte – denn nichts anderes als Mord war es gewesen, auch wenn die Ärzte behauptet hatten, die Verletzung an sich wäre nicht tödlich gewesen, wenn Marianne nur noch genügend Lebenswillen besessen hätte –, stiegen wieder in ihm hoch, und doch hatte er nicht einmal die nötige Energie, um sich gebührend zu wehren. Ganz zu schweigen davon, diesem Mörder das zu geben, was er verdiente.

Denn eine eiserne Faust schloss sich um seinen Brustkorb, enger und enger, bis der Druck nicht mehr auszuhalten war. Jeder Atemzug war ein Kampf, jedes Luftholen kostete ihn unsägliche Kraft, die sein Körper einfach nicht mehr besaß. Er blickte in ein Augenpaar, das in verzweifeltem Flehen auf ihn gerichtet war (Mariannes Augen?), hörte das eindringliche Flüstern „Nicht aufgeben, Walter, bitte gib nicht auf!“, und verspürte doch nichts als Schwäche und Schmerz. Walter gab auf.

Widerstandslos sanken seine Arme seitlich des Körpers zu Boden, seine Augen schlossen sich, und endlich umgab ihn wohltuende Ruhe.

Kapitel 15

Ein starker Held wird euch vorangehen und
ihr werdet hinter ihm her in die Freiheit ziehen.
Und ich selbst werde als der König an der Spitze vorangehen.
(Micha 2,17 NL)

Kleiner und kleiner wurde Hajos Gestalt am Straßenrand, während der Rettungswagen an Geschwindigkeit zulegte; das Sirenengeräusch und die Spiegelung des Blaulichts in den Wasserpfützen auf der Fahrbahn drangen nebelhaft in Esthers Bewusstsein. Wie ein Häuflein Elend kauerte sie in einer Ecke des Sitzes vor der dünnen Trennwand, hinter der sie ihren Cousin wusste.

Walter, mit der Sauerstoffmaske über dem totenblassen Gesicht, in allerhöchster Eile angeschlossen an ein EKG und andere ihr unbekannte Gerätschaften, die seine Körperfunktionen messen und sein Leben bewahren sollten. Noch konnte Esther nicht begreifen, was eigentlich geschehen war zwischen dem Augenblick, in dem Hajo aus der vom Wandteppich gelösten Staubwolke aufgetaucht war und sich wie ein Rachegeist auf Walter geworfen hatte, und dem Moment, da man Walter auf die Trage gehoben hatte. Klar war ihr nur das Eine: Jetzt und hier rang Walter mit dem Tod, und Schuld daran hatte nicht in erster Linie Hajo mit seinem rätselhaften Überfall, sondern sie selbst.

Sie hatte diesen Stein ins Rollen gebracht durch ihre heimlichen Aufenthalte im Buchladen, *sie* war der Auslöser der Lawine von Ereignissen, die Walter nun mit sich in die Tiefe zu reißen drohten. Schuldbewusstsein, Scham, Reue, Verzweiflung und die nackte Angst um Walters Leben breiteten sich in Esther aus, ergriffen Besitz von ihrem ganzen Denken, während der Rettungswagen mit quietschenden Reifen die letzte Kurve vor der Notaufnahme des Klinikums nahm und schließlich abrupt zum Halten kam.

Eine Hand streckte sich Esther entgegen und half ihr aus dem Wagen, als Walter auf seiner Liege bereits an ihr vorbei ins Gebäude geschoben wurde, und die zu der Hand gehörige Person erklärte: „Wir bringen Ihren Vater jetzt in den OP, Frau Wittmann. Falls Sie so lange hier bleiben wollen, können Sie gern drinnen im Warteraum Platz nehmen und wir werden Sie sofort informieren, wenn Sie ihn sehen können. Einverstanden?"

Esther nickte stumm, willenlos ging sie in die Richtung, welche die Hand ihr wies, und fand sich schließlich auf einem Stuhl im Wartebereich der Notaufnahme wieder. Die Bahre mit Walter darauf war längst außer Sicht und Esther allein mit ihren quälenden Gedanken, die sich allmählich in dem Maß, in dem die Betäubung des Schocks wich, zu zwei schlichten, aus tiefstem Herzen kommenden Bitten formten: „Herr, vergib" und „Herr, hilf!"

An wen sonst sollte sie sich in ihrer Not wenden, wenn nicht an den, der ohnehin längst alles wusste und ihr dennoch seine Hand entgegenstreckte? Von den Umständen und Ängsten überfordert hatte sie die Flucht in fiktive Welten ergriffen und schlussendlich aus reiner Frustration eine Entscheidung getroffen, statt ihre Sorgen von Beginn an an Gott abzugeben, ihn um Hilfe zu bitten und zu fragen, wohin ihr Weg führen sollte. In dem Augenblick, als Walter sie in flagranti im Buchladen ertappt hatte, war ihr diese Tatsache so klar geworden, als hätte eine göttliche Hand Esther Wittmanns persönliches „mene tekel" an die Wand geschrieben. Und das nach allem, was sie früher schon mit Gott erlebt hatte, nach all seiner Hilfe bei der Bewältigung ihrer Scheidung, der Erziehung ihrer Töchter ...

Wie gut, dass Gottes Erbarmen größer war als ihre Schuld, dass er seine Gegenwart und Hilfe nicht von Leistung abhängig machte, sondern freiwillig schenkte! Dankbar nahm sie sein Geschenk in dieser Minute an, ohne die Tränen zu beachten, die ihr dabei über die Wangen liefen. Auch wenn sie sich danach nicht wirklich unbeschwerter fühlte, wusste sie doch, sie hatte das einzig Richtige getan.

„Esther?"

Sie hob den Kopf. Vor ihr stand Hajo mit knallroten, erhitzten Wangen, zerzaustem Haar und den Fahrradhelm verlegen von einer Hand in die andere schiebend.

„Walter!", keuchte er vollkommen außer Atem. „Was ist mit ihm?"

„Er ist im OP! Ich warte hier, bis ich zu ihm darf!"

„Hättest du was dagegen, wenn ich dir dabei Gesellschaft leiste?"

„Wenn du willst ..." Esther war, gelinde gesagt, überrascht von Hajos plötzlichem Erscheinen. In all dem Chaos war sie noch nicht weiter als bis zu der Frage gekommen, warum Hajo so plötzlich im Laden aufgetaucht war und Walter angegriffen hatte.

„Ich muss dir wohl einiges erklären!" Er schälte sich aus seiner dicken Jacke, schob Fahrradhelm, Jacke und Handschuhe unter den Stuhl neben Esther und setzte sich dann hin.

„Du brauchst mir nichts zu erklären, ebenso wenig, wie du dir um Walter Sorgen machen musst!", erwiderte sie abwehrend. „Ich würde es verstehen, wenn du lieber auf Abstand gehen willst, da du ja zu wissen scheinst, dass wir ... dass der Laden, den dein Vater ..."

Hajos Hand auf ihrem Unterarm unterbrach ihr Gestammel. „Bitte lass mich einfach reden! Vielleicht verhält sich doch alles ganz anders, als du es dir zusammengereimt hast – du musst ja annehmen, dass ich Walter angreifen wollte!"

„Wolltest du das denn? Ich kann mir zwar nicht vorstellen, aus welchem Grund, nachdem die Tat deines Vaters dir solche Schuldgefühle bereitet hat ..." Ratlos runzelte Esther ihre Stirn und zog ihren Arm unter Hajos Hand hervor.

„Selbstverständlich nicht! Das heißt, ich habe ihn gar nicht erkannt, sondern wollte dich lediglich vor diesem Kerl beschützen, der da über dich herzufallen schien! Die ganze Situation wirkte für mich brandgefährlich – überall dieser Rauch oder was immer das war; du, wie du über diesem Tresen hingst und der Mann, der sich über dich beugte – verstehst du?"

Sie nickte. *„Ich wollte dich beschützen"* – bedeutete das, dass Hajo trotz allem noch etwas für sie – aber nein, das war jetzt Nebensache! „Soweit ja", kehrte sie zum Wesentlichen zurück. „Ihr gingt beide zu Boden. Doch was war dann plötzlich mit Walter los? Dein vermeintlicher Rauch kann es nicht gewesen sein, der ihn außer Gefecht setzte, denn das war lediglich eine Staubwolke."

„Keine Ahnung!", gestand Hajo. „Ich habe ihn jedenfalls nicht verletzt, nicht einmal mehr berührt, als wir da lagen. Er starrte mich einfach nur an und bekam keine Luft mehr. Es muss ein Herzinfarkt gewesen sein, wie auch der Notarzt vermutete. Oder kann es sein, dass es eine allergische Reaktion auf diese Staubwolke war?"

„Glaube ich kaum, denn weder hat er jemals etwas von einer Allergie erwähnt, noch würde ein Allergiker sich freiwillig so ein Teppichungeheuer an die Wand hängen! Da vermute ich noch eher einen starken Schock! Vielleicht hat dein plötzlicher Angriff ihn einfach zu sehr an den Überfall damals erinnert, als Marianne ... Ich bin mir zwar nicht sicher, ob er tatsächlich dabei war, aber möglich wäre es!"

„Es wäre auch eine Erklärung für das pure Grauen, mit dem er mich anstarrte – zumindest habe ich seinen Blick so gedeutet!", überlegte Hajo.

„Das würde also bedeuten", folgerte Esther, „er erlitt einen Herzstillstand durch Schock oder etwas in der Art?"

„Die Ärzte werden dir sicherlich bald Genaueres sagen können."

„Das hoffe ich, obwohl mir die Diagnose letztendlich egal ist, solange er nur überlebt! Aber eine letzte Frage habe ich noch, Hajo: Weshalb bist du so plötzlich im Buchladen aufgetaucht, und zwar fast zeitgleich mit Walter? Das schien mir doch mehr als Zufall zu sein!" So misstrauisch das in Hajos Ohren klingen mochte, Esther musste sich Klarheit über seine Motive verschaffen. „In deiner Mail hast du doch erklärt, dass du die Suche aufgegeben und die ganze Angelegenheit an Gott abgegeben hast!"

„Das habe ich auch, Esther, das habe ich. Doch der Zeitungsartikel über den Laden heute Morgen – ich musste mich einfach vergewissern, dass er der Wahrheit entspricht, und versuchen, mit dir und auch deinem Cousin über alles zu reden!"

„Ein Zeitungsartikel? Davon weiß ich gar nichts, und überhaupt: Weshalb sollte nach all den Jahren jetzt noch ein Zeitungsartikel darüber erschei–" Esther unterbrach sich. Eine entsetzliche

Ahnung überkam sie: Der Vater des kleinen Jungen mit seiner Versicherung, er würde herausfinden, was es mit dem Laden auf sich hatte ...

Hajos nächste Worte ließen ihre Ahnung zur Gewissheit werden: „Offenbar ist plötzlich ein Buch, also Neuware, aus dem Laden aufgetaucht, und zwar auf recht mysteriöse Weise!“

„Nein!“ Esther schlug die Hände vors Gesicht, zum zweiten Mal an diesem Morgen überwältigt von Scham. Ihre Schuld war tatsächlich noch weitreichender, als sie bisher angenommen hatte – sie hatte Walters angstvoll gehütetes Geheimnis nicht nur gewaltsam ans Tageslicht gezerrt, sondern gleichzeitig sein ganzes Schicksal dem Urteil und Klatsch der Öffentlichkeit ausgesetzt. Ob Walter ihr das – wenn er überlebte –, jemals verzeihen würde?

„Es ist alles meine Schuld, Hajo, einzig und allein meine Schuld!“, flüsterte sie in dem verzweifelten Bedürfnis, sich jemandem anzuvertrauen. Und dann brach alles aus ihr heraus, was seit Walters Zusammenbruch in ihr rumorte.

Hajo war ein geduldiger Zuhörer. Er ließ Esther reden – rasch, verzweifelt und dadurch manchmal ein wenig unverständlich – reichte ihr ein Taschentuch, um die Tränen abzuwischen, und nahm schlussendlich ihre beiden Hände in seine.

„Ich verstehe nur zu gut, dass du dir Vorwürfe machst, Esther. Du hast falsch gehandelt – nicht ganz so dramatisch wie mein Vater damals und wie auch ich, indem ich die Schuld meines Vaters selbst tragen wollte –, aber wir können das Geschehene nicht rückgängig machen. Sämtliche Selbstvorwürfe sind jetzt vergebens. Das Einzige, was wir im Nachhinein tun können, ist reuevoll Gottes Vergebung dafür anzunehmen und die Menschen, die unter unserem Tun gelitten haben, ebenfalls um Vergebung zu bitten. Was sie dann tun, liegt letztlich nicht in unserer Hand, das weißt du so gut wie ich. Nur beten können wir für sie und Gott das Resultat unserer Bitte anvertrauen! Wie wäre es, wenn wir jetzt gleich gemeinsam damit beginnen? Schließlich ist das auch die einzige Art und Weise, wie wir deinem Cousin im Moment beistehen können!“

„Einverstanden!“ Esther wischte sich die Tränen ab, auch wenn sie wusste, dass während des Betens neue fließen würden, und legte dann ihre Hände wieder in Hajos. „Willst du anfangen?“

Unter den verständnislosen Blicken einer älteren Dame, die mit ihnen im Wartezimmer saß, brachten Esther und Hajo leise ihr Anliegen vor Gott.

In großen, fedrigen Flocken tanzte der Schnee hinter der Fensterscheibe vorbei, so dicht, dass die Bäume draußen kaum mehr zu erkennen waren. Einzelne Flocken setzten sich auf das Glas, liefen als Wassertropfen daran herab und tropften auf das blecherne Fenstersims. Walter glaubte sogar, den Aufprall jedes einzelnen Tropfens auf dem Blech zu hören, aber das war vermutlich Einbildung, nachdem man ihn von der Intensivstation mit ihren ständig piepsenden, hupenden, klopfenden, blubbernden Apparaten hierher auf die Normalstation verlegt hatte. Im Grunde war es angenehm still um ihn herum.

Abgesehen von den Pflegekräften, die ihn in regelmäßigen Abständen aufsuchten, um seine Vitalfunktionen zu kontrollieren, und dem Chefarzt, der direkt nach seiner Verlegung kurz mit ihm gesprochen hatte, hatte er heute in seinem Einzelzimmer für Privatversicherte noch niemanden zu sehen bekommen.

Reichlich verschwommen erinnerte er sich daran, dass Esther an seinem Bett gesessen hatte: Gespenstisch blass, die Augen voller Tränen und dennoch um Fassung bemüht hatte sie seine Hand gehalten und ihm flüsternd Mut zugesprochen, aber das war noch in der Notaufnahme gewesen. Dort, wo die Angehörigen sich hinter einem Vorhang um ein raffiniert ausgestattetes Krankenhausbett und einen verkabelten Patienten versammelten, um diesen ein letztes Mal zu sehen und ihm Lebewohl zu sagen. An demselben Ort, an dem er auch bei Marianne ausgeharrt und mit betäubtem Sinn und blutendem Herzen ihren letzten Atemzügen gelauscht hatte …

Walter schüttelte sich, was mit dem Sauerstoffschlauch in seiner Nase nicht sehr angenehm war. Doch der Schmerz in seiner Nase bekümmerte ihn nicht übermäßig. Er verstand selbst nicht, warum er so erleichtert war, der Intensivstation und damit der unmittelbaren Lebensgefahr entkommen zu sein. Hätte er nicht glücklich darüber sein müssen, sein einsames Leben, das Leben ohne Marianne, hinter sich zu lassen und den Schritt hinüber in jene andere Welt zu tun, wo er hoffentlich wieder mit seiner Frau vereint sein würde? Tatsache jedoch war, dass er sich freute, noch am Leben zu sein, und dass er es kaum erwarten konnte, Esther wiederzusehen, die ihm versprochen hatte, am Abend wiederzukommen und über alles zu reden, was zu dem verhängnisvollen Zeitungsartikel geführt hatte.

Walter wälzte sich auf die andere Seite, um die Zimmertür statt des Fensters im Blick zu haben, überlegte es sich aber wieder anders und verstellte stattdessen mittels Fernbedienung das Kopfteil seines Bettes, sodass er seine Besucherin in halbwegs sitzender Position empfangen konnte. Eine letzte Vergewisserung, dass das blau-weiße Krankenhausnachthemd seinen Körper ausreichend bedeckte, und er war bereit.

Er brauchte nicht mehr lange zu warten: Nach einem zaghaften Klopfen öffnete sich die Tür und Esther trat an sein Bett. Allerdings war sie nicht allein. In ihrer Begleitung befand sich der vollbärtige Mann, der mit ihr beim Skifahren gewesen war – der Mann, den er in jenem denkwürdigen Augenblick im Laden für Mariannes Mörder gehalten hatte. Dass das ein Irrtum gewesen war, hatte Walter sich mittlerweile klargemacht, denn der Mörder war bereits damals in den Vierzigern gewesen, sodass die Ähnlichkeit mit Esthers Begleiter rein zufällig sein musste. Dennoch war er nicht sonderlich erfreut, den Mann schon wieder an Esthers Seite zu sehen.

„Hallo, Walter!“ Er spürte Esthers kalte Hand um seine. „Ich hoffe, du hast nichts dagegen, dass ich Hajo mitgebracht habe! Er wollte dich ebenfalls gern sehen – wenn das nicht zu anstrengend für dich ist. Wie geht's dir denn, bekommst du wieder ausreichend Luft?“

„Ja, das tue ich tatsächlich. Dieser Schlauch da“, er wies auf seine Sauerstoffversorgung, „ist nur noch zur Sicherheit, sagen die Ärzte, denn mein Zustand ist stabil!“

„Das freut mich!“ Esther strahlte, während auch Hajo den Kranken mit einem Händedruck begrüßte. Für einen Augenblick entstand verlegenes Schweigen.

„Weißt du eigentlich, dass du dein Überleben unter anderem Hajos raschem Eingreifen verdankst?“, brach Esther dieses schließlich. „Er war es, der dich mit Herzdruckmassage am Leben erhielt, bis der Notarzt eintraf. Ansonsten, meinte der Arzt zu mir, hätte der Herzstillstand bereits zu lange angedauert, um dich zu retten!“

„Ja, das habe ich gehört. Allerdings wusste ich nicht, dass Sie das waren, junger Mann! Ich danke Ihnen!“ Walter bemühte sich, herzlich zu klingen, sosehr ihm der Blick auch missfiel, mit dem Hajo Kronberg seine Cousine betrachtete.

„Das war doch selbstverständlich, Professor Ulrich!“, wehrte dieser lächelnd ab. „Vor allem, weil offenbar ich es war, der den verhängnisvollen Schock bei Ihnen auslöste! Außerdem“, sein offenes Lächeln wich einem ernsten Gesichtsausdruck, „möchte ich gern ein Geständnis ablegen. Selbstverständlich nur, falls Sie sich heute schon stark genug fühlen, noch ein letztes Mal der Vergangenheit ins Auge zu blicken. Ansonsten finde ich hoffentlich später Gelegenheit dazu.“

„Was soll das heißen – der Vergangenheit ins Auge blicken?“ Verständnislos blickte Walter zu Esther, die ihm ermutigend zunickte.

„Hajo hat dir etwas zu sagen, was mit dem Buchladen zusammenhängt, mit ... mit Marianne. Aber nur, wenn du dich wirklich stark genug fühlst, Walter! Ich möchte auf keinen Fall einen Rückfall riskieren!“

Sie furchte bekümmert ihre Stirn, ihre Stimme zitterte hörbar, und genau diese Sorge um ihn war es, die Walter die Kraft verlieh zu sagen: „Nun gut, Kronberg, dann heraus mit der Sprache, was immer Sie mir zu sagen haben! Ich bin bereit.“

„Vielen Dank, Professor! Also, es ist so ...“

Sein Gesicht verzerrte sich schmerzlich, er nahm die Brille ab und putzte umständlich deren Gläser, dann erst fuhr er fort: „Ich weiß, was sich an jenem 23. März 1989 abspielte, und zwar von meinem Vater, der ...“

Sprachlos lauschte Walter Hajos Schilderung, und Sprachlosigkeit erfüllte den Raum auch noch eine ganze Weile danach.

„Bitte gehen Sie, Kronberg, gehen Sie mir aus den Augen!“,

sagte Walter endlich kaum hörbar. „Und du auch, Esther! Ich … brauche jetzt Zeit für mich allein …“ Ermattet schloss er die Augen.

„Bist du sicher, Walter? Nicht, dass du –“, setzte Esther an, doch er winkte ungeduldig und mit weiterhin geschlossenen Augen ab.

„Keine Angst, ich brauche einfach Ruhe! Also geht, und zwar sofort!“

Das Geräusch der zufallenden Tür und sich entfernender Schritte sagte Walter, dass er allein war. Endlich. Endlich konnte er seinen Gefühlen freien Lauf lassen. Er sank zurück in seine Kissen, atmete ein und aus, so tief es ihm möglich war, und wartete darauf, dass der Zorn sich einen Weg nach draußen bahnte – der Zorn auf den Mann, der Marianne auf dem Gewissen hatte und nie dafür zur Rechenschaft gezogen worden war oder jemals werden würde. Und auf dessen Sohn, der die Unverfrorenheit besessen hatte, Walter um Vergebung zu bitten.

Seltsamerweise wartete er umsonst. All der Groll wegen der damaligen Ereignisse, alle Selbstvorwürfe, weil er nicht rechtzeitig an Mariannes Seite gewesen war, sein brennender Hass auf den Täter – Gefühle, die er all die Jahre lang mit sich herumgetragen hatte –, hatten sich mit Kronbergs Geständnis in Luft aufgelöst. Zurückgelassen hatten sie nichts als einen diffusen, dumpfen Schmerz angesichts der Erinnerung an seine Frau – und eine weitere Erinnerung: *„Aber eines tue ich – danach verlangt es mich: Ich vergesse, was hinten ist, und strecke mich aus nach dem, was vorne ist! Du kannst die Enttäuschung, das Leid, die bittere Niederlage von gestern hinter dir lassen und Gott eine Chance geben, heute etwas Neues, Wunderbares für dich zu tun!“*

War es das? War dies seine Chance, das Leid der Vergangenheit hinter sich zu lassen und nach vorn zu blicken, indem er Kronbergs verstorbenem Vater verzieh – was eigentlich seinem gesamten bisherigen Rechtsverständnis widersprach?

Walter gab es auf, noch länger auf einen Wutausbruch zu warten, stattdessen legte er sich im Bett zurück, richtete seine Augen auf die Schneeflocken vor dem Fenster, die mittlerweile nur noch spärlich und wie in Zeitlupe herabfielen, und ein lange nicht mehr verspürter, unaufdringlicher, stiller Frieden erfüllte ihn, während er sich die restlichen Worte des Briefes und auch die der leidenden Sprecherin im Weihnachtsgottesdienst in Erinnerung rief.

Esther biss sich auf die Unterlippe. Hätte sie doch nur auf ihr Gefühl gehört und Hajo nicht bereits heute mit zu Walter genommen! Einen Tag nach seinem vermeintlichen Herzinfarkt, der sich letztendlich doch lediglich als starker Schock erwiesen hatte, das war viel zu früh gewesen, um ihn bereits mit der Geschichte von Hajos Vater zu konfrontieren. Sie hätte ein paar Tage – besser sogar noch Wochen – damit warten und zumindest erst einmal selbst Walter um Verzeihung für ihr Verhalten bitten müssen.

„Lief doch ganz gut!", unterbrach Hajo ihre Gedanken, als sie nach ihrem Besuch an der Stationstür angelangt waren.

„Das ist nicht dein Ernst, oder?" Entgeistert schaute sie ihren Begleiter an, doch er machte nicht den Eindruck zu scherzen, hielt ihr nur höflich die Tür auf.

„Aber sicher! Er machte einen recht gelassenen Eindruck, hörte mich bis zum Ende an, statt mich sofort davonzujagen, wie ich es mir durchaus hätte vorstellen können ... Und dass er jetzt erst einmal Zeit und Ruhe braucht, um alles zu verdauen, finde ich absolut nachvollziehbar. Mir an seiner Stelle erginge es jedenfalls nicht anders!"

„Du denkst also nicht, dass er ab sofort nichts mehr mit uns zu tun haben will?" Esther betrat den Aufzug und drückte den Knopf fürs Erdgeschoss.

„Ganz und gar nicht. Wie gesagt: Er hat nicht heftiger reagiert, als ich es an seiner Stelle wohl getan hätte!" Als sie den Aufzug verlassen hatten und nebeneinander in Richtung Ausgang schritten, fuhr er fort: „Und im Falle des Falles wäre ich wohl der Einzige, mit dem er nichts mehr zu tun haben wollte, Esther! Ich glaube, dein Cousin mag dich sehr."

Esther machte so abrupt Halt, dass ein anderer Krankenhausbesucher, der soeben mit ihnen durch die Drehtür ins Freie ging, gegen sie prallte. „Verzeihung!", murmelte sie in dessen Richtung, den Blick jedoch entsetzt auf Hajo gerichtet. „Du meinst – *zu* sehr?"

„Möglicherweise. Dem bösen Blick nach zumindest, den er mir bei der Begrüßung zuwarf!"

„Ach was, da täuschst du dich. Wir sind doch mehr oder weniger verwandt. Außerdem ist er noch nicht über Marianne hinweg!", beruhigte Esther in erster Linie sich selbst.

„Da hast du wohl recht, und niemand ist glücklicher als ich, wenn ich mit meiner Vermutung daneben liege, glaub mir! Ehrlich gesagt denke ich aber auch, dass sich seine Gefühle in Bezug auf Marianne schon bald ändern könnten. Er hat nun ein reales Bild vor Augen von dem Mann, der schuld ist am Tod seiner Frau, und das könnte ihm helfen, die Vergangenheit samt ihrem Schmerz endlich hinter sich zu lassen."

„Tatsächlich? Das wäre jedenfalls das Beste, was ihm passieren könnte. Ich wünsche Walter so sehr, dass er Frieden findet – für sich selbst und mit Gott!"

„Das wird er, Esther, da bin ich sehr zuversichtlich!"

Mittlerweile hatten die beiden das schützende Dach vor dem Klinikeingang verlassen und traten hinaus auf den von hohen, schneebedeckten Bäumen und Laternen gesäumten Weg zu den Parkplätzen. Es dämmerte bereits, die Laternen auf ihren schmiedeeisernen Pfosten warfen helle Lichtkreise auf den verschneiten Boden und beleuchteten den verspielten Tanz der Schneeflocken. Nur noch vereinzelt fielen diese jetzt vom Himmel, trudelten müßig wie Spaziergänger an einem faulen Sonntagnachmittag herab, legten sich zart, weiß und federleicht auf alle Oberflächen, von dicken Ästen über bemützte Menschenköpfe bis hinunter zu den Dächern der Autos und dem Boden.

Bewundernd hielt Esther einen Augenblick lang inne. „Ist das nicht herrlich? Das reinste Winterwunderland! Und so typisch für unseren Gott: Hinter diesen Klinikmauern verbirgt sich so viel Schmerz, körperliches und seelisches Leid und sogar der Tod, und dennoch bleibt er immer derselbe, wie der Schnee. Mal heftig, stürmisch, alles vor uns verbergend unter einer schier undurchdringlichen Decke, und dann wieder so sanft, liebkosend und verzaubernd, dass man am liebsten singen und tanzen möchte!"

„Das ist wundervoll ausgedrückt, Esther, und so wahr! Also nur zu: Lass dich nicht davon abhalten!"

„Abhalten – wovon abhalten?“

„Nun, vom Tanzen!“

„Ach, du!“ Esther schubste Hajo spielerisch. „Ich spreche von den Schneeflocken, das ist doch klar!“

„Klar!“, gab Hajo zurück. „In dem Fall singt der Schneeflockenchor heute aber ziemlich leise, denn ich höre überhaupt nichts! Aber Spaß beiseite: Was hältst du davon, noch eine Runde durch den Park zu spazieren, um das Winterwunderland richtig zu genießen?“

„Gern!“ Esther lächelte noch immer. Es tat so gut, mit Hajo zu scherzen und zu lachen, sogar und gerade im Angesicht von Walters Leid und ihren eigenen Problemen. Und dennoch stand noch immer so viel Unausgesprochenes zwischen ihnen, viel mehr als nur der Kuss auf der Skipiste. So konnte es nicht länger weitergehen – jedenfalls nicht, wenn aus ihnen beiden mehr werden sollte. Gestärkt durch ihr gemeinsames Gebet am Vortag beschloss sie, die Sache entschlossen anzugehen, statt den Dingen wie bisher einfach ihren Lauf zu lassen.

„Auch wenn ich vorhin kurzfristig Bedenken hatte, dass wir Walter in seinem Zustand zu viel zugemutet haben, bin ich doch froh, dass du mich heute begleitet hast, Hajo. Und dass du zu uns gekommen bist, nachdem gestern der Zeitungsartikel erschien!“, erklärte sie, als sie eine Weggabelung des ausgedehnten Klinikparks passiert und keine möglichen Zuhörer mehr hatten. „Wenn es nach mir gegangen wäre, hätte ich den Kontakt zu dir einfach vollständig abreißen lassen – also nach der Mail mit deinem Geständnis. Das Wissen um diese ganzen Hintergründe und Verstrickungen – es hat mir einfach den Rest gegeben nach allem, was bis dahin schon los war. Am liebsten wollte ich gar nichts mehr hören, sehen und denken – nicht von dir, nicht von meinem Haus und den ganzen übrigen Sorgen. Ich habe, auf gut Deutsch, einfach meinen Kopf in den Sand gesteckt.“

„Und damit ganz ähnlich gehandelt wie Walter, der den Ort des Geschehens vor aller Augen einschließlich seiner eigenen versteckt hat, nicht?“

„So habe ich das noch gar nicht gesehen, aber ja, du hast recht!“, stellte Esther erstaunt fest. „Meine ständige Flucht in den

Buchladen war exakt dieselbe Vogel-Strauß-Taktik, die Walter praktiziert hat!"

Hajo legte eine gedankenvolle Pause ein. „Und jetzt", fuhr er dann gedehnt fort, „wie sieht es nach dieser Erkenntnis damit aus? Möchtest du mich immer noch am liebsten aus deinen Gedanken und deinem Leben ausklammern oder können wir nach dem, was wir in den letzten Tagen gemeinsam durchgestanden haben, noch einmal neu anfangen?"

„Wenn es das ist, was du auch willst, würde ich sehr gerne neu anfangen!", entschied Esther, ohne lange zu überlegen.

Sie hielt inne und blickte zu Hajo auf. Während ihres Wortwechsels hatten sie das Ufer des Ententeichs im hintersten Winkel des Parks erreicht, und das Licht einer Laterne am Teichufer fiel von oben auf Hajos Gesicht.

„Allerdings will ich das!", bekräftigte er, blieb ebenfalls stehen und wandte sich ihr zu. Eine Schneeflocke ließ sich auf seinem rechten Brillenglas nieder, als wollte sie Esther den Blickkontakt zu ihm verwehren, doch er wischte sie ungeduldig beiseite, nahm dann seine Brille komplett ab und machte einen Schritt auf Esther zu.

„Und weißt du, was ich mir mehr wünsche als alles andere?"

Die Brille wanderte in seine Jackentasche und Hajo streckte beide Hände aus, Esther entgegen. Seine Stimme war so weich, dass Esther meinte, die Schneeflocke zu hören, die sich auf seinen Handrücken setzte; in seinen Augen spiegelte sich der Lichtkreis, den die Laterne auf den nachtschwarzen Ententeich warf. „Dass du es wagst, diesen Neuanfang mit mir gemeinsam zu machen! Wie ich dir bereits schrieb, Esther, ich spiele nicht mir dir, sondern meine es vollkommen ernst: Ich liebe dich! Ich liebe dich so sehr, dass ich dich jeden Tag meines restlichen Lebens um mich haben, dich sehen und berühren und alles, was mir am Herzen liegt, mit dir teilen möchte! Kannst du dir vorstellen, dass wir beide ..."

„Ich kann!", unterbrach Esther, ergriff seine Hände und zog ihn so fest an sich, dass nicht einmal für eine einzelne Schneeflocke mehr Raum zwischen ihnen blieb. Sie erkannte sich selbst kaum wieder, wusste nur das Eine: Sie hatte ihren Kopf lange genug in den Sand gesteckt – es war Zeit aufzuschauen, dankbar wahrzunehmen, was Gott ihr vor die Füße legte, und es zu ergreifen.

Wie herrlich das sein konnte, spürte sie, als Hajos Lippen sich auf ihre senkten, um diese mehr als nur einige Herzschläge lang nicht wieder davon zu lösen.

„Juli!"

Esther drückte ihre Tochter stürmisch an sich. „Wie schön, dich wiederzusehen! Die letzten drei Wochen kamen mir vor wie eine Ewigkeit – ich hab' dich so vermisst!"

„Ehrlich?" Juli machte sich los und blickte verschmitzt von ihrer Mutter zu Hajo und wieder zurück, dann legte sie noch einmal die Arme um Esther und flüsterte ihr ins Ohr: „Ich freu mich sehr für dich, Mum. Du siehst so glücklich aus wie schon seit Urzeiten nicht mehr! Ich glaube, er tut dir gut!"

„Da könntest du durchaus recht haben, Schatz!" Esther kicherte wie ein Schulmädchen und gratulierte sich im Stillen dazu, dass sie Juli bereits bei ihrem letzten Anruf vor zwei Tagen von Hajo und sich erzählt hatte. Das ersparte es ihr, dieses Thema hier in Walters Gegenwart noch einmal aufzugreifen. In der Tat hatte ihr Cousin nämlich, als sie ihn beim zweiten Mal allein im Krankenhaus besuchte und eine entsprechende Andeutung machte, recht betroffen gewirkt, und sie wollte ihm die Freude seiner heutigen Heimkehr nicht trüben.

„Hallo, Hajo, wie geht's?", begrüßte Juli den Mann, der soeben dem Professor aus seinem Mazda half, mit dem Esther und er ihn abgeholt hatten, dann trat sie vor und reichte Walter die Hand. „Tag, Professor Ulrich. Ich freue mich, dass es Ihnen wieder so gut geht, dass Sie nach Hause durften!"

„Danke! Deine Mutter hat dir bereits alles haarklein berichtet, wie mir scheint", entgegnete er trocken. „Übrigens kannst du den Professor in Zukunft außen vor lassen – ich bin Walter!"

„Oh – okay!" Lächelnd bemerkte Esther, wie Juli ihre Überraschung hinunterschluckte. „Danke, das ist sehr nett von dir – Walter!"

„Gern! Und nun lasst uns sehen, dass wir ins Haus kommen, hier draußen ist es mir deutlich zu kühl!“, ordnete Walter an und schlug seinen Mantelkragen noch ein Stück höher.

Während Esther mit dem Schlüssel in der Hand voranschritt, nahm Hajo Walters Reisetasche aus dem Kofferraum und reichte sie an Juli weiter. „Würdest du die bitte für den Professor in die Wohnung bringen, sodass ich–“

„Moment!“, fiel Walter ihm ins Wort. „Ich dachte, Sie kommen noch mit uns rein, Kronberg – oder haben Sie etwas Besseres vor und wollen sich für heute schon von meiner Cousine verabschieden?“

„Äh, nein!“, stammelte Hajo verdutzt. Dass Esther Walter bereits in ihren Beziehungsstatus eingeweiht hatte, war ihm neu, dennoch gab er offen zu: „Ich wollte Sie alle lediglich in Ruhe daheim ankommen lassen, um mich dann später mit Esther zu treffen!“

„Papperlapapp, Sie kommen erst mal mit!“ Walters Worte waren kaum verklungen, als ihnen durch die geöffnete Wohnungstür schnarrend deren Echo entgegen klang: „Papperlapapp, papperlapapp, papperlapapp!“

„Na, Keiner Onkel, du hast wohl ein neues Lieblingswort entdeckt?“ Lachend eilte Juli in die Küche, um den Papagei zu begrüßen, doch Walters Stimme ließ sie innehalten.

„Warte bitte, Juli. Ich möchte, dass ihr alle zuerst einmal mit mir kommt – auch Sie, Kronberg! Ich habe euch etwas zu sagen, respektive zu zeigen.“ Mit dieser geheimnisvollen Andeutung ging er voraus in sein Wohnzimmer.

Esther hatte die Tage seiner Abwesenheit genutzt: Der Raum befand sich wieder im selben geordneten Zustand wie vor dem Zwischenfall im Buchladen; mit dem einzigen Unterschied, dass der Wandteppich vor dem geheimen Zugang in deutlich intensiveren Farben erstrahlte als früher. Zu ihrer Überraschung steuerte Walter zielstrebig auf diesen zu, und plötzlich hielt er einen altmodischen Zimmerschlüssel in den Händen.

„Aber Walter, was ... Ich habe da drinnen längst Ordnung gemacht! Es ist alles wie früher!“, stieß sie hervor.

„Schön!“ Ohne Zögern bat Walter Hajo, den Wandteppich zu

entfernen, drehte den Schlüssel im Türschloss und winkte den anderen, ihm zu folgen.

Erst an der Kassentheke machte er Halt. „Da wären wir!“ Mit einem auffälligen Räuspern blickte er in die Runde, als wollte er sich vergewissern, dass alle ihm zuhörten. „In Mariannes Buchladen. Viel zu lange habe ich diesen Ort nicht nur verborgen und gemieden, sondern seine Existenz totgeschwiegen. *Bücher zum Leben*, so hatte meine Frau ihren Laden damals genannt, doch mir war er zu einem Ort des Grauens und des Todes geworden. Damit ist es nun vorbei. Nicht, dass ich jemals vergessen würde, was hier geschehen ist, doch ich habe meinen Frieden mit diesen Ereignissen gefunden, und zwar mit eurer Hilfe. Du, Esther, hast mich durch dein zugegebenermaßen nicht ganz korrektes Handeln gezwungen, mich der Vergangenheit zu stellen; Sie, Hajo, haben mir sozusagen die Kehrseite der Medaille gezeigt, die Seite des Täters, und mich in seinem Namen um Vergebung gebeten; und eine dritte, mir unbekannte Person empfahl mir, meinen Blick nach vorn zu richten statt auf das, was hinter mir liegt. Nun, genau das habe ich vor – mit Gottes helfender Hand, die ich viel zu lange ignoriert habe. Ich will nicht länger rückwärts gerichtet leben, sondern Gott die Gelegenheit geben, heute etwas Neues, Wunderbares in meinem Leben zu tun. Und mein erster Schritt auf diesem Weg ist es, diese Räume wieder zu einem Ort zu machen, an dem Leben herrscht statt Schrecken und Bitterkeit. Falls du also bei deinem Plan bleiben solltest, dein Haus zu verkaufen, Esther ...“, fragend, forschend wanderte sein Blick zwischen Esther und Hajo hin und her, „brauchst du nicht länger nach einer Wohnung zu suchen. Du befindest dich schon darin: Zwei Zimmer, Küche und Bad – die Anschlüsse dafür sind im hinteren Lagerraum bereits vorhanden. Und ich wäre glücklich, dich als meine geschätzte Cousine – und wirklich nur als solche – in nächster Nachbarschaft zu wissen! Falls du also möchtest, gehören diese Räume künftig dir.“

Walter beendete seine lange Ansprache mit einem erneuten Räuspern, während Esther sich, wie schon einmal, haltsuchend an den Kassentresen klammerte und stammelte: „Walter, das ist ... das ist – ich weiß nicht, ich finde keine Worte dafür. Ich bin total überwältigt!“

Und das war sie. Trotz der kalten, harten Holzkante unter ihren Fingern hatte sie das Gefühl zu träumen. Zuerst Hajo, nun Walter mit seinem überaus großzügigen Angebot, das sie ganz gewiss nicht verdient hatte, und der Andeutung, wie Gott an ihm arbeitete. Aber nein, das war kein Traum, an dessen Ende sich alle Probleme in Wohlgefallen auflösten, denn noch waren längst nicht alle offenen Fragen geklärt. Es war schlicht und einfach das Wirken Gottes. Gott war bei der Arbeit, nicht nur bei Walter, sondern auch bei ihr. Er öffnete Türen – wortwörtlich –, sogar die, die man sich selbst vor der Nase zugeschlagen hatte, veränderte Perspektiven und Herzen ...

Esther schluckte die Tränen hinunter, die sich seit Walters Zusammenbruch so leicht ihren Weg nach draußen bahnten, löste sich von dem Tresen und umarmte ihren Cousin. Egal, wie ihr weiterer Weg aussah, ob sie ihr Haus nun tatsächlich verkaufte und Walters Wohnungsangebot annahm, ob sie irgendwann in der Zukunft möglicherweise Frau Kronberg werden würde – sie wusste sich geliebt und geborgen.

Schweigend ließ Walter ihre Umarmung über sich ergehen, drückte sie sogar kurz an sich, ehe er sie sanft von sich schob. „Verschwende deine Umarmungen nicht an mich, Esther, sondern drück lieber deine Tochter. Oder noch besser deinen Hajo, ehe der mich mit seinen Blicken an die Wand spießt. So etwas vertrage ich nämlich nicht auf nüchternen Magen!“ Bezeichnend legte er die Hand auf seinen Bauch, der prompt einen bestätigenden Knurrlaut von sich gab.

Hajo grinste. Juli hielt sich die Hand vor den Mund und kicherte, und Esther ergab sich in ihr Schicksal: „Zu Befehl, Walter, das werde ich – aber erst, nachdem ich dir nach der ganzen Krankenhauskost eine ordentliche Mahlzeit aufgetischt habe! Juli, du kannst mir dabei helfen! Und ihr beiden“, sie umfasste Hajo und ihren Cousin mit einem liebevollen Blick, „setzt euch ins Wohnzimmer und unterhaltet euch. Aber friedlich, verstanden?“

Jeweils eine Hand auf die Schultern der beiden Männer gelegt, schob sie diese vor sich her, Juli im Schlepptau, bis die Tür des Buchladens hinter den vieren ins Schloss fiel.

Fürs erste ins Schloss fiel.

Epilog

Frühling.

Ruth liebte diese Jahreszeit. Der Apfelbaum auf dem Rasen war übersät von rosa-weißen Blüten, das Gras saftig grün und so lang, dass es höchste Zeit wurde für den nächsten Schnitt, und in dem Beet am hinteren Zaun blühten Tulpen in den unterschiedlichsten Farben, die sie letzten Herbst höchstpersönlich hatte setzen können.

Sie lächelte versonnen. Wieder einmal war es geschafft. Einmal mehr war die dunkle Jahreszeit gewichen, und vor ihr lagen Tage voller Licht und – hoffentlich – auch Wärme, die ihren schmerzenden Gliedern so gut tat. Obendrein war heute ein besonders lichterfüllter Tag: Heute, sobald Daniel nachmittags von der Arbeit zurück war, würden sie gemeinsam in die Stadt fahren, und zwar zur feierlichen Eröffnung von *Raum zum Leben.*

Das hieß, genau genommen handelte es sich um eine Neueröffnung, denn die christliche Buchhandlung hatte vor vielen Jahren unter ähnlichem Namen schon einmal existiert, ehe sie ganz unerwartet von einem Tag auf den anderen geschlossen wurde. Ruth konnte sich noch daran erinnern, wie sie als kleines Mädchen dort Bücher wie „Der verschlossene Garten", „Die unglaubliche Geschichte des Herrn Niemand" und ähnliche erstanden hatte. Eigentlich hatte sie es immer bedauert, dass der Laden damals zugemacht hatte und es in der gesamten Stadt keinen Ort mehr gab, an dem vergleichbare Bücher angeboten wurden.

Aber das war wohl der Lauf der Dinge in einer Zeit, in der man mit nur einem Klick Zugang zu tausenden von Büchern haben konnte. Umso mutiger von Esther Wittmann, der ehemaligen Filialleiterin des Drogeriemarkts und Empfängerin von Ruths erster Wort-Botschaft im vergangenen Herbst, das Geschäft wieder zu eröffnen!

Erwartungsfroh summte Ruth vor sich hin, rollte ihren Stuhl, den sie heute leider wieder einmal benutzen musste, vor die Terrassentür und genoss den Anblick ihres sonnendurchfluteten, sprießenden Gartens. Was für ein wundervolles Bild er doch war für Gottes Wort, das überall dort, wo seine Strahlen hinfielen, Wachstum und blühendes Leben hervorbrachte!

Einige Stunden später war es soweit: Daniel fuhr mit dem Wagen vor und verfrachtete ihren Rollstuhl in den Kofferraum, während sie selbst mühsam auf den Beifahrersitz kletterte. Zu Ruths Verwunderung führte das Navi sie vor ein Haus, das ihr sehr bekannt vorkam. Lag die christliche Buchhandlung tatsächlich in dem Haus, das ihr Marc im Winter für seine Sonderpostzustellung ausgewählt hatte? Ihr Herz schlug eine Spur heftiger.

Über das holprige Kopfsteinpflaster schob Daniel ihren Rollstuhl von dem Parkplatz, den sie ein gutes Stück entfernt gefunden hatten, zum Ladeneingang, der glücklicherweise über eine Rampe verfügte, und hinein in das überschaubare Geschäft. In hellem Licht lagen die beiden Räume mit ihren Regalreihen und dem Kassentresen vor ihr, und freudiges Wiedererkennen durchzuckte Ruth: Wie ihr schien, hatte Esther mit den sorgsam beschrifteten Regalen aus Kiefernholz und auch dem Kassentresen die gesamte ursprüngliche Ladeneinrichtung beibehalten! Lediglich die Kasse selbst war durch eine moderne ersetzt worden, während die alte als Dekorationsobjekt das andere Thekenende zierte. Das Regal links von dieser alten Kasse war überschrieben mit „*Oldies: Originaltitel aus Bücher zum Leben*“, und darin stand eine Anzahl von Paperbacks, die Ruth bekannt vorkamen.

„Sieh doch“, wandte Ruth sich an ihren Mann, „das müssen die Bücher aus dem ehemaligen Laden sein! Bitte bring mich dort hinüber, ich möchte mir das genauer ansehen.“

Sie hatte kaum ausgesprochen, als Esther, bisher mit einer anderen Kundin beschäftigt, sie entdeckte und auf sie zueilte: „Ruth, wie schön, dich hier zu sehen – und dich natürlich auch, Daniel!“ Freudig streckte Esther ihren beiden Gemeindegeschwistern die Hand entgegen.

„Das konnten wir uns doch nicht entgehen lassen, nachdem du am Sonntag im Gottesdienst die Eröffnung angekündigt hast,

Esther!", entgegnete Ruth. „Ich finde es bewundernswert, dass du dir die Führung dieses Geschäfts zutraust! Außerdem musst du wissen: Ich habe den Buchladen von früher her noch in bester Erinnerung! Als Kind habe ich den größten Teil meines Taschengeldes durch diese Tür hier getragen und bin, von der Besitzerin hervorragend beraten, stets mit den tollsten Büchern wieder nach Hause gegangen!"

„Tatsächlich?" Esther lächelte, als gelte dieses Kompliment ihr persönlich. „Dann solltest du dich unbedingt mit meinem Cousin Walter unterhalten!" Sie nickte in Richtung des hageren älteren Herrn, der von einem Sessel in der Leseecke aus das lebhafte Kommen und Gehen an diesem Tag der Neueröffnung im Auge behielt. „Er ist nicht nur der Eigentümer des Ladens, sondern war mit der verstorbenen Besitzerin verheiratet und wird sich sicherlich sehr freuen, deine lobenden Worte über sie zu hören! Im Übrigen ist es in der Hauptsache sein Verdienst, dass der Laden heute wieder existiert, ich selbst bin eigentlich nur die ausführende Hand. Kommt doch beide gleich mit, ich stelle euch ihm vor – oder möchtet ihr euch zuerst einmal in Ruhe umsehen?"

„Ach, das können wir auch später noch, also stell uns gerne zuerst vor! Vom Sehen kenne ich Walter ja bereits aus den vergangenen Gottesdiensten und wusste auch, dass er mit dir verwandt ist, aber alles andere ist mir neu!"

„Das dachte ich mir, also kommt! Bei der Gelegenheit würde ich euch auch gerne noch jemand anderen vorstellen: Hajo, meinen Verlobten!" Esther stellte sich neben den dunkelblonden, vollbärtigen Mann, der gerade mit zwei Kaffeetassen in der Hand aus dem hinteren Raum getreten war.

Eilig stellte dieser daraufhin die Tassen ab, legte besitzergreifend seinen Arm um Esthers Schulter und fügte strahlend hinzu: „Genau der bin ich: Hajo, der Verlobte. Und zu unserer Hochzeit im Herbst seid ihr herzlich eingeladen, genau wie der Rest der Gemeinde!"

„Tatsächlich?", rief Ruth überrascht aus. Esther, die mit ihren Töchtern allein gelebt hatte, solange Ruth sie kannte, und nie den Eindruck gemacht hätte, als fehle ihr dabei etwas, hatte also einen Seelengefährten gefunden: Hajo, den Mann, der damals die Fürbittekarte ausgefüllt hatte! Von ganzem Herzen gönnte sie Esther ihr Glück mit diesem Mann, der ihre dunklen Augen zum Leuchten brachte, wie Ruth es noch nie an ihr gesehen hatte, und ihr die Ausstrahlung eines frisch verliebten Teenagers verlieh. „Das ist ja wundervoll! Ich freue mich so für euch beide!"

Und nur einen Augenblick später erblickte Ruth die Spruchtafel an der Wand unmittelbar hinter der Kasse. Sie war im *Chalk Lettering*-Stil gehalten – weiße Schrift auf tafelgrünem Grund –, verziert mit ein paar Schnörkeln sowie einer minimalistischen Blättergirlande, und ihr Text lautete:

Denk daran,
wo immer du dich niederlässt:
Er ist schon da,
der dich getragen, geprägt,
geführt und befreit hat.
Er ist schon dort,
der dich in Ungeahntes, Neues führt.
Er ist schon dort.
Geh mit ihm,
erfahre ihn, wie du es nie geglaubt.
Er ist schon dort.
Geh –
Du bist nicht verlassen.
Der Herr zieht mit.

Ruth schluckte. Ihr Gedicht. Die uralten Worte von Bernhard von Clairvaux, die sie auch Esther hatte zukommen lassen. Sollte das bedeuten …?

Sie legte Daniel die Hand auf den Arm, sodass der den Rollstuhl unmittelbar vor der Kasse anhielt, suchte Esthers Blick und wies fragend auf die Spruchtafel.

„Bemerkenswert, nicht?", beantwortete diese ihre stumme Frage. „Derart schlichte Verse – und doch so wahr, wie ich es gerade in den letzten Monaten erleben durfte. *Er* hat mich nicht verlassen, als ich mich vollkommen verlassen fühlte, sondern ging mir auf meinem Weg voraus und gleichzeitig mit mir in einen ungeahnten neuen Raum – meinen Raum zum Leben! Wenn du möchtest, erzähle ich dir bei Gelegenheit gern die ganze Geschichte!"

Ruth nickte. Sprachlos. Unfähig, ihren Gefühlen Ausdruck zu verleihen, und doch im Inneren überströmend vor Dankbarkeit. Einmal mehr hatte Gottes Wort sein Werk getan – und sie hatte in ihrer Schwäche sein Handlanger und Überbringer sein dürfen!

Weiterhin stumm vor Staunen rollte sie hinter dem frischverliebten Pärchen her auf den Eigentümer des Buchladens zu, der sie mit einem offenen Lächeln erwartete.

ENDE

Der Verlag weist ausdrücklich darauf hin, dass im Text enthaltene externe Links
nur bis zum Zeitpunkt der Buchveröffentlichung eingesehen werden konnten.
Auf spätere Veränderungen hat der Verlag keinerlei Einfluss.
Eine Haftung des Verlags für externe Links ist stets ausgeschlossen.

MIX
Papier aus verantwortungsvollen Quellen
FSC® C014496
www.fsc.org

Die Bibelstellen wurden, wenn nicht anders angegeben,
der folgenden Übersetzung entnommen:
Lutherbibel, revidierter Text 1984, durchgesehene Ausgabe in neuer
Rechtschreibung, © Deutsche Bibelgesellschaft, Stuttgart

1. Auflage 2017
Bestell-Nr. 817190
ISBN 978-3-95734-190-7

Umschlaggestaltung: Björn Steffens
Umschlagfotos: Shutterstock
Satz: Greiner & Reichel, Köln
Druck und Verarbeitung: GGP Media GmbH, Pößneck
Printed in Germany